Donna Leon est née en 1942 dans le New Jersey et vit à Venise, théâtre de ses romans policiers, depuis plus de vingt-cinq ans. Elle enseigne la littérature dans une base de l'armée américaine située près de la Cité des Doges. Son premier roman, *Mort à La Fenice*, a été couronné par le prestigieux prix japonais Suntory, qui récompense les meilleurs romans à suspense. Les enquêtes du commissaire Brunetti ont conquis des millions de lecteurs à travers le monde.

Donna Leon

DEUX VEUVES POUR UN TESTAMENT

ROMAN

Traduit de l'anglais (États-Unis) par William Olivier Desmond

Calmann-Lévy

TEXTE INTÉGRAL

TITRE ORIGINAL
Drawing Conclusions
ÉDITEUR ORIGINAL
William Heinemann, Londres, 2011

ISBN 978-2-7578-2962-2
(ISBN 978-2-7021-4374-2, 1re publication)

Pour Jenny Liosatou et Giulio D'Alessio

« Au nom de Dieu, amen. Moi, George Frederick Handel, considérant les incertitudes de la vie humaine, rédige ici mon testament de la manière suivante… »

1

Après des dizaines d'années passées à traduire des textes – romans, récits, essais – de l'anglais ou de l'allemand vers l'italien, Anna Maria Giusti avait acquis pas mal de notions sur les sujets les plus divers. Sa dernière traduction était un ouvrage américain de conseils sur la meilleure manière d'affronter des émotions conflictuelles. Même si certaines des âneries contenues dans cet ouvrage – qui lui paraissaient encore plus idiotes en italien – l'avaient parfois fait pouffer de rire, d'autres passages lui venaient à l'esprit, alors qu'elle montait l'escalier qui menait à son appartement.

Il est possible de ressentir simultanément deux émotions conflictuelles vis-à-vis d'une même personne. Exactement les sentiments contradictoires qu'elle avait éprouvés pour l'homme qu'elle aimait après avoir rendu visite à sa famille à Palerme. *Même les personnes que nous connaissons bien peuvent nous surprendre lorsqu'elles se retrouvent dans un contexte différent.* « Différent » lui paraissait inadéquat pour décrire Palerme et ce qu'elle y avait vu. « Étranger », « exotique » ou encore « bizarre », aucun de ces mots n'exprimait vraiment ce qu'elle avait ressenti, mais alors, comment l'expliquer ? Ne possédaient-ils pas tous un téléphone portable ? N'étaient-ils pas tous bien habillés, n'avaient-ils pas tous eu d'excellentes manières ? Ce n'était même pas une question de langue, car tous parlaient un italien bien plus châtié que celui de sa famille et de ses amis, avec leurs intonations vénitiennes. Et ce n'était pas non plus une question d'argent, car l'aisance de la famille de Nico avait constamment été visible.

Le voyage à Palerme avait eu pour but de la présenter à la famille de Nico, et elle avait cru qu'elle serait logée dans la maison familiale ; mais elle avait couché les cinq nuits à l'hôtel – un hôtel nettement plus étoilé que ce que ses revenus de traductrice lui auraient permis de s'offrir, si jamais on avait cédé à ses instances pour régler la note.

« Non, dottoressa, lui avait répondu le directeur de l'hôtel avec un sourire, monsieur l'avocat s'en est chargé. » Ah, monsieur l'avocat… le père de Nico. Qu'elle avait tout d'abord appelé « dottore », titre honorifique et poli rejeté d'un geste nonchalant de la main, comme si monsieur l'avocat chassait une mouche. Mais elle n'avait pu se résoudre à l'appeler « maître » et s'était contentée du *lei*, le vouvoiement italien, qu'elle avait d'ailleurs employé avec toute la famille.

Nico l'avait avertie que le séjour ne serait pas facile, mais pas suffisamment. Il se montrait plein de déférence pour ses parents : si son comportement n'avait pas été le fait de l'homme qu'elle croyait aimer, elle l'aurait qualifié de servile. Il embrassait la main de sa mère à chaque fois qu'elle entrait dans une pièce et se levait à l'apparition de son père.

Elle avait refusé, un soir, d'assister au repas familial ; Nico l'avait ramenée à l'hôtel, après un dîner au restaurant placé sous le signe du malaise. Il l'avait embrassée dans le hall, puis avait attendu qu'elle soit montée dans l'ascenseur avant d'aller retourner dormir, tel un petit garçon, dans le palazzo de ses parents. Lorsqu'elle lui avait demandé des explications, le lendemain, il lui avait répondu qu'il était le produit de son milieu, et que dans celui-ci les gens se comportaient ainsi. L'après-midi même, lorsqu'il l'avait reconduite à l'hôtel en lui disant qu'il repasserait la prendre à huit heures pour le dîner, elle lui avait souri, lui avait dit au revoir dans le hall et l'avait quitté là. À la réception, elle avait déclaré qu'elle partait. Elle était montée faire ses valises, avait appelé un taxi et laissé un mot pour Nico à la réception. Il ne restait qu'une place en classe affaires sur le vol du soir pour Venise, mais elle paya le prix fort, ce qui compensait en partie, se dit-elle, la note d'hôtel qu'on ne lui avait pas laissé régler.

Sa valise était lourde et claqua bruyamment lorsqu'elle la laissa tomber sur le palier du premier. Giorgio Bruscutti, le fils aîné de ses voisins, avait une fois de plus laissé ses chaussures de sport devant leur porte. Devant cette preuve qu'elle était bien de retour chez elle, Anna Maria fut presque heureuse. Elle reprit sa valise et la hissa jusqu'au second où elle trouva, comme elle s'y était attendue, deux paquets de journaux soigneusement ficelés : *Famiglia cristiana* et *Il Giornale*. Le signor Volpe, devenu un ardent écologiste avec l'âge, posait toujours les papiers destinés au recyclage sur son palier dès le dimanche soir, alors que le ramassage n'avait lieu que le mardi matin. Elle jubilait tellement devant ces signes d'une vie normale qu'elle ne se fit même pas la remarque que la poubelle était la meilleure place pour ces deux publications.

Le palier du troisième était désert, comme la petite table à gauche de la porte. Ce fut une déception pour Anna Maria : soit elle n'avait reçu aucun courrier depuis son départ – ce qu'elle avait du mal à croire –, soit la signora Altavilla, qui s'occupait de son courrier en son absence, avait oublié de l'apporter.

Sa montre indiquait presque dix heures. Elle savait que la vieille dame se couchait tard : elles s'étaient un jour avoué mutuellement que l'un des charmes de la vie en solitaire était de pouvoir lire dans son lit aussi longtemps qu'on en avait envie. Anna Maria recula d'un ou deux pas pour voir si de la lumière ne filtrait pas par-dessous la porte de l'appartement de la signora Altavilla, mais le palier était trop éclairé pour qu'elle puisse voir s'il y avait ou non un rai de lumière. Elle posa alors l'oreille contre le battant, espérant entendre quelque bruit en provenance de l'intérieur : la télévision, par exemple, aurait pu lui indiquer que sa voisine était encore debout.

Déçue par le silence, elle reprit sa valise et la laissa retomber bruyamment sur le carrelage. Elle tendit l'oreille, mais aucun son ne lui parvint de l'appartement. Elle souleva de nouveau son lourd bagage et s'engagea alors dans l'escalier, laissant intentionnellement la valise heurter encore plus fort la première marche. Elle continua à monter en faisant un tel tapage qu'elle aurait été la première à se scandaliser par ce manque d'égards pour les autres, ou aurait passé la tête par la porte pour voir ce qui se passait.

Une fois sur son palier, elle reposa la valise. Elle ouvrit la porte de son appartement et se sentit envahie d'un sentiment de paix et de plénitude. Tout ce qui était là-dedans lui appartenait ; ici, elle déciderait, sans rien demander à personne, ce qu'elle allait faire, comment et quand. Elle n'avait à se plier aux règles de qui que ce soit, n'avait aucune main à embrasser ; à cette seule idée, ses derniers doutes l'abandonnèrent et elle eut la certitude qu'elle avait pris la bonne décision en quittant Palerme, en quittant Nico et en mettant un terme à leur liaison.

Elle alluma, et parcourut automatiquement le séjour des yeux, déduisant de la précision militaire avec laquelle les coussins étaient disposés sur le canapé que la femme de ménage était bien passée. Elle prit sa valise, referma la porte et se laissa envahir par le silence. Anna Maria était chez elle.

Elle ouvrit la fenêtre du séjour et repoussa les volets. L'église San Giacomo dell'Orio s'élevait de l'autre côté du Campo : si l'abside arrondie avait été la proue d'un bateau, elle aurait été dirigée vers ses fenêtres et la collision aurait été imminente.

Elle parcourut l'appartement, ouvrit toutes les fenêtres pour l'aérer, repoussa et assujettit les contrevents. Elle porta sa valise jusque dans la chambre d'amis, la posa sur le lit, puis fit de nouveau le tour des pièces pour fermer les fenêtres ; les nuits d'octobre sont fraîches.

Sur la table de la salle à manger, Anna Maria trouva une note laissée par Luba, la femme de ménage, dans son style curieux, avec, à côté, un formulaire de la poste concernant une lettre recommandée qui n'avait pu être délivrée. *Pour vous c'est venu*, disait la note. Elle étudia le récépissé ; il datait de quatre jours. L'adresse de l'expéditeur était illisible. Elle eut une bouffée d'inquiétude : une administration de l'État avait peut-être découvert une irrégularité quelconque et l'informait qu'elle faisait l'objet d'une enquête.

Le récépissé du deuxième passage, deux jours après, n'était pas là, ce qui signifiait que la signora Altavilla avait signé pour elle et donc que la lettre devait se trouver à l'étage en dessous. Pour en avoir le cœur net, elle reposa le formulaire et alla dans son bureau où, de mémoire, elle composa le numéro de la signora

Altavilla. Elle préférait la déranger plutôt que de se tracasser jusqu'au lendemain matin sur le contenu de cette lettre qui se révélerait sans doute, se rassurait-elle, parfaitement anodin.

La signora n'avait toujours pas décroché à la quatrième sonnerie. Anna Maria s'approcha de la fenêtre, l'ouvrit et tendit l'oreille : elle entendit la sonnerie qui continuait. Où pouvait bien se trouver la vieille dame à une heure pareille ? Au cinéma ? Il lui arrivait de sortir avec des amies et elle allait parfois garder ses petits-enfants, même si souvent l'aîné venait dormir chez elle.

Anna Maria raccrocha et retourna dans le séjour. Avec le temps, et alors que presque deux générations les séparaient, des habitudes de bon voisinage s'étaient instaurées entre elles, sans aller jusqu'à une réelle amitié. Elles n'avaient jamais pris un repas ensemble, mais elles se rencontraient de temps en temps dans la rue et avaient un bout de conversation autour d'un café, sans parler de celles, plus nombreuses, qu'elles avaient eues dans les escaliers de l'immeuble. Anna Maria partait parfois travailler comme interprète de conférences et restait donc absente pendant plusieurs jours, sinon, dans certains cas, pendant plusieurs semaines. Et comme la signora Altavilla allait en montagne avec la famille de son fils tous les mois de juillet, Anna Maria avait les clefs de l'appartement pour pouvoir arroser les plantes mais aussi, comme le lui avait dit la vieille dame « juste au cas où ». Il était également clairement établi qu'Anna Maria, lorsqu'elle rentrait de l'un de ses déplacements, pouvait – devait même – aller chercher son courrier chez la signora Altavilla si celle-ci n'était pas à l'appartement.

Elle prit donc les clefs dans le deuxième tiroir de

la cuisine, laissa sa porte ouverte, alluma sur le palier et descendit d'un étage.

Bien que certaine qu'il n'y avait personne, Anna Maria sonna, sans doute par un respect instinctif pour l'intimité de sa voisine. Mais il n'y eut aucune réaction et elle mit la clef dans la serrure. Elle eut du mal à la faire tourner, comme cela arrive souvent. Elle recommença, tirant et poussant en même temps le battant. Sa main abaissa la poignée et la porte récalcitrante s'ouvrit alors toute seule : elle n'avait pas été fermée à clef. Anna Maria se trouva propulsée à l'intérieur.

Elle se dit d'abord que Costanza Altavilla, avec l'âge, avait tout simplement oublié de donner un tour de clef. Et pourquoi n'avait-elle jamais fait poser un blindage avec une serrure qui se referme automatiquement ? « Costanza ? appela-t-elle. *Ci sei* ? » Immobile, elle tendit l'oreille, mais il n'y eut pas de réponse. Anna Maria s'approcha de la table proche de l'entrée, attirée par la petite pile de courrier – quatre ou cinq lettres, tout au plus, posées sur *L'Espresso* de la semaine. C'est en parcourant les titres des yeux qu'elle prit conscience que la lumière de l'entrée était allumée et que le couloir était éclairé par deux sources lumineuses : la première en provenance de la porte entrouverte du séjour, la seconde de la porte ouverte de la grande chambre juste à côté.

La signora Altavilla avait grandi dans l'Italie d'après-guerre et si son mariage lui avait donné, outre le bonheur, une certaine aisance, elle n'avait jamais perdu les habitudes de frugalité de son enfance. Anna Maria, elle, appartenait à une famille relativement aisée qui profitait du plein essor économique de l'Italie et qui ne lui avait jamais inculqué ces habitudes qu'elle trouvait un peu surannées chez Costanza, comme lorsqu'elle éteignait la lumière en sortant d'une pièce, ou qu'elle portait deux chandails l'hiver pour chauffer moins et manifestait une grande satisfaction lorsqu'il y avait un produit en promo au Billa.

« Costanza ? » lança-t-elle à nouveau, non qu'elle s'attendît à avoir une réponse mais pour ne pas laisser courir son imagination. Dans un geste inconscient pour garder les mains libres, elle posa les clefs sur les lettres et resta un instant immobile, silencieuse, attirée par la lumière en provenance du couloir.

Elle prit une profonde inspiration, fit un pas, puis un deuxième, puis un troisième, et s'arrêta, se sentant incapable d'aller plus loin. Se disant de ne pas être idiote, elle se força à se pencher en avant pour regarder par la porte entrouverte. « Costan… » Elle s'interrompit et porta brusquement une main à sa bouche tandis qu'elle découvrait un avant-bras posé sur le sol. Puis un bras, une épaule, une tête, ou plus exactement une nuque. Et des cheveux blancs portés courts. Cela faisait des années qu'Anna Maria avait l'intention de demander à la vieille dame pourquoi elle ne se faisait pas teindre les cheveux de cette couleur acajou qui semble être de règle pour les femmes de son âge, et si c'était là une autre manifestation de son esprit de frugalité ou simplement parce qu'elle estimait que ses cheveux blancs adoucissaient ses traits et ajoutaient à sa dignité.

Elle regarda la femme immobile, sa main, son bras, sa tête. Et prit conscience qu'elle n'aurait jamais la réponse à sa question.

2

Guido Brunetti, commissaire de police de la ville de Venise, attablé dans un restaurant en face de son supérieur immédiat, le vice-questeur Patta, priait pour que survienne la fin du monde. Il aurait accepté d'être enlevé par des extraterrestres, ou peut-être même de voir des terroristes barbus, le regard avide de sang, faire une violente irruption dans la salle et s'ouvrir un chemin à coups de feu. Le chaos qui en aurait résulté lui aurait permis d'arracher l'arme de l'un d'eux (comme d'habitude, il n'avait pas la sienne sur lui) et d'abattre le vice-questeur et son assistant, le lieutenant Scarpa qui, assis à la gauche de Patta, était en train de donner son avis – négatif – sur la grappa qu'on leur avait offerte à la fin du repas.

« Vous autres, gens du Nord, poursuivit le lieutenant avec un signe de tête condescendant en direction de Brunetti, ne savez déjà pas faire le vin – comment pourriez-vous fabriquer de la grappa ? » Scarpa vida néanmoins son reste d'alcool, mais avec une petite moue dédaigneuse si subtilement calculée que, comme s'en rendit compte Brunetti, elle ajoutait le dégoût au mépris, puis il reposa son verre. Sur quoi il regarda carrément le commissaire, comme pour l'inviter à apporter sa contribution à la conversation, en toute franchise œnologique. Mais Brunetti refusa de se laisser embarquer vers ce territoire et se contenta de terminer son propre verre. Devoir dîner avec Patta et Scarpa aurait bien mérité une deuxième grappa, comme on le lui proposait. Mais s'il en mourait d'envie, il comprit aussi que le repas en serait prolongé d'autant et il résista à l'offre du serveur, tout comme sa clairvoyance l'avait fait résister à l'appât lancé par Scarpa.

Le refus de Brunetti de croiser le fer avait dû aiguillonner le lieutenant, ou alors c'était la grappa (sa deuxième), car il reprit sa diatribe : « Je ne comprends pas pourquoi les vins du Frioul sont… » Mais Brunetti ne sut jamais quels défauts le lieutenant Scarpa allait révéler sur les vins du Frioul, car son téléphone portable venait de sonner. Chaque fois que Brunetti était obligé par ses fonctions de prendre part à une activité sociale – l'invitation à dîner de Patta avait pour but de discuter des candidats à une promotion –, Brunetti n'oubliait jamais de prendre son portable et était souvent sauvé par la générosité de Paola qui l'appelait sous un prétexte quelconque exigeant sa présence immédiate.

« *Si*, répondit-il, déçu de constater que c'était le numéro du central de la questure.

– Bonsoir, commissaire, fit une voix qui lui sembla être celle de Ruffolo. Une dame vient de nous téléphoner de Santa Croce. Elle a trouvé une femme morte dans son appartement. Il y avait du sang et elle nous a donc appelés.

– Dans l'appartement de qui ? demanda Brunetti, non pas parce qu'il était important qu'il le sache tout de suite, mais parce qu'il détestait le manque de clarté.

– Elle a dit que c'était dans son appartement – euh, l'appartement de la dame morte. Il est à l'étage en dessous du sien.

– Et où ça, à Santa Croce ?

– Giacomo dell'Orio, monsieur. L'immeuble juste en face de l'église.

– Qui est sur place ?

– Personne, monsieur. C'est vous que j'ai appelé en premier. »

Brunetti regarda sa montre. Il était presque onze heures. Beaucoup plus tard que l'heure à laquelle il avait espéré que se terminerait ce dîner. « Vois si tu peux trouver Rizzardi pour qu'il se rende sur place. Et appelle Vianello. Il devrait être chez lui. Envoie un bateau le prendre. Et réunis une équipe de scène de crime.

– Et vous, monsieur ? »

Brunetti avait déjà consulté le plan de la ville qu'il avait imprimé dans la tête : « J'aurais plus vite fait à pied. Je retrouverai l'équipe sur place. » Puis autre chose lui vint à l'esprit. « Si par hasard il y a une patrouille dans le secteur, contacte-là et demande-leur d'y aller. Et appelle la femme pour lui dire de ne rien toucher dans l'appartement.

– Elle est retournée dans le sien pour téléphoner, monsieur. Je lui ai demandé de ne pas en bouger.

– Bien. Comment s'appelle-t-elle ?

– Giusti, monsieur.

– Si tu envoies une patrouille, dis-leur que j'y serai dans dix minutes.

– Oui, monsieur », répondit le policier avant de raccrocher.

Le vice-questeur Patta regardait Brunetti avec une curiosité non dissimulée. « Un problème, commissaire ? » demanda-t-il d'un ton qui fit clairement comprendre à Brunetti toute la différence qui existait entre curiosité et intérêt.

« Oui, monsieur. On a trouvé une femme morte à Santa Croce.

– Et c'est vous qu'ils ont appelé ? intervint Scarpa avec une légère pointe de suspicion dans le ton.

– Griffoni n'est pas encore rentrée de vacances, et c'est moi qui habite le plus près, expliqua Brunetti avec dans la voix la neutralité qu'il maîtrisait depuis longtemps.

– Oui, évidemment », dit Scarpa, qui préféra se tourner pour demander quelque chose au serveur.

Brunetti s'adressa à Patta : « Je vais me rendre sur place, vice-questeur. » Il adopta l'expression du bureaucrate débordé qui renonce à contrecœur à ce qu'il a envie de faire pour faire ce qu'il doit faire ; il repoussa sa chaise et se leva. Il laissa à Patta la possibilité d'ajouter un commentaire, mais le vice-questeur garda le silence.

Devant le restaurant, Brunetti laissa à ses pieds le soin de trouver le chemin, sortit son téléphone et composa le numéro de son domicile.

« Est-ce un appel de détresse ? demanda Paola quand elle décrocha.

– Scarpa vient juste de me dire que nous autres, gens du Nord, nous n'y connaissions rien en vin. »

Il y eut un court silence à l'autre bout du fil. « Quelque chose dans ta voix me dit que tu as un sujet de contrariété plus sérieux que ça.

– On vient de m'appeler. Une femme trouvée morte à Santa Croce, du côté de San Giacomo.

– Et pourquoi c'est tombé sur toi ?

– Parce qu'ils ne voulaient probablement pas appeler Patta ou Scarpa.

– L'appel est donc arrivé alors que tu étais avec eux ? Génial !

– Celui qui m'a appelé ne le savait pas. Sans compter que ça a été pour moi une occasion en or de filer. Je vais aller voir ce qui s'est passé. De toute façon, c'était moi qui habitais le plus près.

– Veux-tu que je t'attende ?

– Non. Je n'ai aucune idée du temps que cela va me prendre.

– Je me réveillerai quand tu arriveras. Et sinon, pousse-moi un bon coup. »

Brunetti sourit à cette évocation et se contenta d'un petit bruit d'acquiescement.

« Il m'est arrivé de passer une nuit blanche », reprit Paola avec une fausse indignation dans la voix – son radar télépathique ayant perçu la nuance précise du petit bruit émis par Guido.

Sauf que la dernière fois remontait à l'incendie de la Fenice, lorsque le vacarme incessant des hélicoptères passant au-dessus de leur toit avait fini par la tirer des abysses où elle se réfugiait toutes les nuits.

« J'espère que ce ne sera pas trop affreux », ajouta-t-elle d'un ton plus conciliant.

Il la remercia, lui souhaita une bonne nuit et remit le téléphone dans sa poche. Il reporta son attention autour de lui. La rue était éclairée pratiquement *a giorno* : encore une largesse des bureaucrates dépensiers de Bruxelles. On aurait pu lire son journal à la lueur des lampadaires. Et de nombreuses vitrines étaient brillamment éclairées, ce qui lui fit penser aux photos satellites de notre planète illuminée vue du ciel, la nuit. Seule l'Afrique noire restait ce qu'elle était.

Au bout de Scaleter Ca'Bernardo il tourna à gauche, contourna le clocher de San Boldo, franchit le pont, puis s'engagea dans la Calle del Tintor et passa devant la pizzeria. À côté, la boutique vendant des sacs à main bon marché était encore ouverte ; une jeune Chinoise, assise derrière le comptoir, lisait un journal chinois. Il n'avait aucune idée de ce que précisait la loi en matière d'heures d'ouverture des magasins, mais il ne pouvait s'empêcher, viscéralement, de trouver anormal le fait de s'engager dans des activités commerciales à une heure pareille.

Quelques semaines auparavant, il avait dîné avec un commandant de la police des Frontières qui lui avait appris, entre autres choses, que d'après leurs estimations – ils n'avaient pu faire mieux – entre cinq cent mille et cinq millions de Chinois vivaient actuellement en Italie. Après avoir dit cela, il s'était enfoncé dans son siège pour mieux profiter de la stupéfaction de Brunetti. Puis il avait ajouté : « Si tous les Chinois qui se trouvent en Europe portaient un uniforme, nous serions forcés de constater qu'il s'agit d'une véritable invasion. » Après quoi il était retourné à ses calamars grillés.

Un peu plus loin, il tomba de nouveau sur une boutique éclairée tenue par une jeune Chinoise. De la lumière sortait de l'entrée d'un bar devant lequel se tenaient quatre ou cinq jeunes gens qui fumaient et buvaient. Trois d'entre eux, remarqua-t-il, sirotaient un Coca-Cola – parlez-moi des chaudes nuits vénitiennes…

Il déboucha sur la place, elle aussi inondée de lumière. Des années auparavant – il venait d'obtenir son transfert de Naples –, l'endroit avait eu très mauvaise réputation. Il se rappelait des histoires sur les seringues abandonnées par les drogués qu'il fallait balayer tous les matins, et il avait le vague souvenir d'une jeune femme retrouvée morte d'une overdose sur un banc. Mais la boboïsation du quartier l'avait nettoyé – ou alors, c'étaient les nouvelles façons de se shooter qui avaient rendu les seringues caduques.

Il se tourna vers les bâtiments qui faisaient face à l'abside, sur sa droite. La silhouette d'une femme se détachait devant une fenêtre éclairée, au quatrième étage de l'un d'eux. Résistant à sa première impulsion de lever la main pour la saluer, Brunetti s'avança vers l'immeuble. Il ne vit pas le moindre numéro sur la façade, mais le nom de la locataire du quatrième figurait au-dessus de la sonnette.

Il sonna et l'ouvre-porte cliqueta presque sur-le-champ, comme si la femme s'était approchée de sa porte lorsqu'elle l'avait vu traverser le Campo. Les touristes s'étaient apparemment évaporés, les Vénitiens étaient déjà couchés et elle en avait déduit que ce piéton solitaire devait être un policier.

Il monta les étages, passa devant les chaussures, devant les journaux ficelés ; mais pour un Vénitien, cette tendance à lancer des pseudopodes pour étendre son territoire au-delà des murs qui le confinent était tellement ancrée dans les mœurs que c'est à peine s'il remarqua les objets.

Alors qu'il attaquait la dernière volée de marches, une voix de femme lui parvint de l'étage au-dessus. « Vous êtes de la police ?

– *Si*, signora », répondit-il. Il sortit sa carte tout en réfrénant son envie de lui répondre qu'elle devrait se montrer plus prudente avant de laisser entrer quelqu'un dans son immeuble. Quand il arriva sur le palier, elle avança d'un pas et lui tendit la main.

« Anna Maria Giusti.

– Brunetti », répondit-il en lui serrant la main. Il lui montra sa carte, mais c'est à peine si elle y jeta un coup d'œil. Il lui donna la trentaine ; elle était grande et mince, avec un nez aquilin aristocratique et des yeux d'un brun profond. La tension ou la fatigue durcissait ses traits ; il se dit que, détendu, son visage devait avoir une certaine beauté. Elle l'entraîna par le bras dans l'appartement, puis le lâcha et recula d'un pas. « Merci d'être arrivé si vite », dit-elle. Elle regarda derrière lui comme pour vérifier qu'il était bien seul.

« Mes collègues ne vont pas tarder, signora, répondit Brunetti sans chercher à s'avancer davantage dans l'appartement. Pendant que nous les attendons, pouvez-vous me dire ce qui s'est passé ?

– Je l'ignore », répondit-elle, écartant les mains à hauteur de sa taille pour exprimer sa confusion – le genre de geste que font les femmes dans les films américains des années cinquante pour montrer leur désarroi. « Je suis rentrée de vacances il y a environ une heure, et lorsque je suis descendue dans l'appartement de la signora Altavilla, je l'ai trouvée chez elle. Elle était morte.

– Vous en êtes certaine ? » demanda Brunetti, pensant qu'il lui serait psychologiquement plus facile de répondre à cette question qu'à une demande de description de ce qu'elle avait vu.

« J'ai touché le dos de sa main. Il était froid. » Elle pinça les lèvres et regarda au sol. « J'ai pris son poignet. Pour tâter son pouls. Je n'en ai pas trouvé.

– Quand vous nous avez appelés, signora, vous avez mentionné du sang.

– Oui, sur le plancher, près de sa tête. En le voyant, je suis aussitôt remontée chez moi pour vous appeler.

– Autre chose, signora ? »

Elle eut un geste en direction du palier comme pour indiquer ce qui se trouvait à l'étage en dessous. « La porte palière était ouverte. » Voyant la surprise se dessiner sur le visage de Brunetti, elle ajouta précipitamment : « Je veux dire qu'elle n'était pas fermée à clef. Elle était fermée, mais pas verrouillée.

– Je vois » dit Brunetti. Il resta quelques instants silencieux, puis demanda : « Pouvez-vous me dire combien de temps vous êtes partie, signora ? »

Le regard qu'elle lui adressa prouvait à quel point elle était intelligente et que la question l'offensait.

« Il s'agit d'exclure des hypothèses, signora », ajouta-t-il d'une voix normale.

Elle répondit un peu plus fort, en détachant davantage les mots. « Je suis descendue dans un hôtel de Palerme, le Villa Igeia. Cinq nuits. Vous pouvez vérifier. » Elle détourna les yeux – comme si quelque chose la gênait, songea Brunetti. « Ce n'est pas moi qui ai payé la note, mais j'ai été enregistrée sous mon nom. »

Brunetti savait que rien ne serait plus facile à vérifier. « Et vous êtes descendue dans l'appartement de la signora Altavilla pour… ? se contenta-t-il de demander.

– Pour prendre mon courrier. » Elle se tourna et passa dans la pièce derrière eux ; c'était un grand espace dégagé, sous un toit en pente, qui, quelques siècles auparavant, était l'ancien grenier de l'appartement. Brunetti la suivit et leva les yeux vers les deux Velux, avec l'espoir d'apercevoir les étoiles, mais la lumière de la ville empêchait de les distinguer.

Elle prit, sur la table, une feuille de papier beige et la tendit à Brunetti. Il reconnut un récépissé de lettre recommandée. « La femme de ménage l'avait laissé en évidence. J'ignorais complètement de quoi il s'agissait et j'ai craint que ce ne soit quelque chose d'important. Je n'avais pas envie d'attendre demain pour le savoir, et je suis donc descendue pour voir si la lettre était là ; la signora Altavilla signe pour moi, dans ces cas-là. »

Devant le regard interrogateur que lui adressa Brunetti, elle enchaîna. « C'est elle qui prend mon courrier quand je ne suis pas là, et soit elle le laisse sur la table le jour de mon retour, devant sa porte, soit je descends le prendre chez elle.

– Et si elle-même n'est pas chez elle à votre retour ? demanda Brunetti.

– Elle m'a confié ses clefs. J'entre chez elle pour le prendre. » Elle se tourna pour faire face aux fenêtres, au-delà desquelles on apercevait l'abside illuminée de l'église. « Je suis donc descendue. Les lettres étaient toujours au même endroit que d'habitude, sur la table à côté de la porte de l'entrée. » Elle parut ne pas savoir qu'ajouter, mais Brunetti attendit.

« Après quoi je suis allée dans la pièce de devant, pour la simple raison que la lumière y était allumée et qu'elle éteint toujours, d'habitude, quand elle quitte une pièce ; j'ai pensé qu'elle ne m'avait peut-être pas entendue. Ce qui est un peu idiot, non ? Et c'est là que je l'ai vue. Et que je lui ai touché la main. Et que j'ai vu le sang. Et que je suis remontée vous téléphoner.

– Ne voulez-vous pas vous asseoir, signora ? » demanda Brunetti avec un geste vers une chaise proche.

Elle secoua la tête tout en s'avançant d'un pas vers le siège. Elle s'assit lourdement et, soudain gagnée par l'épuisement, se laissa aller contre le dossier. « C'est terrible. Comment peut-on… »

On sonna à la porte de l'immeuble avant qu'elle ait pu finir sa phrase. Brunetti alla jusqu'à l'Interphone et entendit Vianello qui s'annonçait, disant qu'il était avec le dottor Rizzardi. Le commissaire déclencha l'ouvre-porte et reposa le combiné. Puis il se tourna vers la femme assise. « Mes collègues viennent d'arriver, signora. Avez-vous refermé la porte à clef ? » ajouta-t-il. Il était obligé de poser la question.

Elle le regarda, la confusion se peignant sur son visage. « Quoi ?

– La porte de l'appartement. Chez la signora Altavilla. L'avez-vous refermée à clef ? »

Elle secoua la tête à plusieurs reprises, l'air d'être si peu consciente de son geste que Brunetti se sentit soulagé quand elle l'interrompit. « Je ne sais pas. J'avais les clefs. » Elle fouilla ses poches mais ne les retrouva pas. « J'ai dû les laisser en bas, sur le courrier. » Elle ferma les yeux, puis, au bout d'un moment, reprit la parole. « Mais vous pouvez entrer. On peut ouvrir depuis l'extérieur. » Elle leva une main pour attirer son attention. « C'était une bonne voisine. »

Brunetti la remercia et descendit rejoindre les autres.

3

Brunetti retrouva Vianello et Rizzardi qui attendaient devant la porte de l'appartement. Il se contenta d'échanger un signe de tête avec Vianello, qu'il avait vu l'après-midi même, et serra la main du médecin légiste. Comme toujours, ce dernier était tiré à quatre épingles, l'air d'un Anglais qui sort de son club. Il portait un costume à rayures bleu foncé qui trahissait discrètement mais indiscutablement la main du bon faiseur. On aurait dit qu'il venait d'enfiler sa chemise juste avant de monter l'escalier, et sa cravate était du genre de celles que Brunetti taxait de « régimentaires », sans très bien savoir ce que cela voulait dire.

Rizzardi venait de passer quinze jours de vacances en Sardaigne, ce qui ne l'empêchait pas d'avoir l'air fatigué, ce que Brunetti trouva troublant. Mais il est délicat de demander à un médecin comment il se porte.

« Ça me fait plaisir de te voir, Ettore. Comment… euh, comment se sont passées ces vacances ?

– Pas une minute tranquille. Nous avions prévu de passer tout notre temps sur la plage, sous un parasol, Giovanna et moi. Juste lire et regarder la mer. Farniente. Mais à la dernière minute, Riccardo nous a demandé si nous n'aimerions pas prendre nos petits-enfants avec nous, et comment dire non ? Si bien que nous nous sommes retrouvés avec deux gosses de huit et six ans. » L'expression de ceux qui viennent de subir une agression violente passa brièvement sur le visage de Rizzardi. « J'avais oublié ce que c'était que d'avoir à s'occuper d'enfants.

– Je suppose qu'ils ont passé tout leur temps sous un parasol à lire et à regarder la mer, c'est ça ? »

Rizzardi sourit et haussa les épaules. « On était tous les deux ravis, mais c'était épuisant. » Ces politesses échangées, le médecin changea de ton pour passer aux choses sérieuses. « De quoi s'agit-il ?

– En rentrant de vacances, la femme qui habite à l'étage au-dessus est descendue chercher son courrier chez sa voisine. Un accord entre elles, elle avait les clefs. Et elle l'a trouvée morte dans l'appartement.

– Et pourquoi a-t-elle appelé la police au lieu de l'hôpital ? intervint Vianello.

– Elle a dit qu'elle avait vu du sang, voilà pourquoi. »

La porte, remarqua Brunetti, était d'un modèle ancien en bois, comprenant une poignée métallique, comme on n'en voit presque plus dans une ville où les cambriolages sont devenus monnaie courante. Elle avait été manipulée par la signora Giusti et les empreintes qui avaient pu s'y trouver devaient avoir été plus ou moins effacées, mais Brunetti prit néanmoins soin de ne toucher que l'extrémité de la poignée pour l'abaisser.

Dans l'entrée, il vit sur sa gauche la table avec les clefs posées sur la pile d'enveloppes. La lumière provenait d'une porte ouverte à sa droite et d'une autre au bout du couloir, vers le devant de l'appartement. Il s'avança jusqu'à la première et jeta un coup d'œil dans la pièce, mais il ne vit qu'une chambre avec un lit à une place et une commode.

L'habitude lui fit vérifier l'autre pièce qui donnait

sur le couloir, et il ouvrit la porte avec les mêmes précautions que pour celle de l'entrée. Assez de lumière s'y diffusait pour qu'il puisse voir qu'il s'agissait d'une chambre plus petite avec un lit d'une personne, une table de nuit et une commode. La porte donnant sur la salle de bains était entrouverte. Il se tourna pour aller jusqu'à la pièce donnant sur le fond du couloir, vaguement conscient que les hommes de son équipe le suivaient. C'est dans cette dernière pièce qu'il trouva la femme, gisant sur le côté droit, le dos tourné, bloquant la porte avec un pied, un bras tendu, l'autre prisonnier sous elle. Elle était à peine plus grande qu'un enfant et ne devait même pas peser cinquante kilos. À côté de sa tête, il vit une tache de sang, pas tout à fait de la taille d'un CD, qui avait séché et noirci sur le plancher. La tête la cachait en partie. Les cheveux blancs coupés court, le cardigan bleu marine en cachemire épais, le col d'un chemisier jaune, le fin anneau d'or à son annulaire – Brunetti enregistra tout cela d'un coup.

Il estimait être le moins superstitieux des hommes et s'enorgueillissait de respecter strictement la raison, le bon sens et toutes les vertus qu'il associait à un bon fonctionnement de l'esprit. Ce qui, cependant, ne l'empêchait pas d'accepter la possibilité de « phénomènes moins tangibles » – il n'avait jamais trouvé de meilleure façon de l'exprimer. Quelque chose qui n'était pas visible mais laissait des traces. Et c'était la présence de telles traces qu'il ressentait ici. Cette mort avait été tout sauf paisible. Elle n'avait pas été nécessairement violente ou criminelle : seulement troublée. C'était ce qu'il éprouvait, mais vaguement et de manière passagère, si bien que dès que la sensation eut atteint ses pensées conscientes il la rejeta comme n'étant rien de plus qu'une réaction plus forte que d'habitude à la vue d'une mort soudaine.

Il parcourut rapidement la pièce des yeux, vit divers meubles, deux lampadaires, une rangée de fenêtres, mais la morte à ses pieds l'empêchait de se concentrer sur quoi que ce soit d'autre.

Il retourna dans le couloir. Il ne vit pas Vianello, seulement le médecin légiste qui attendait à quelques pas. « Elle est ici, Ettore », dit Brunetti. Tandis que le médecin approchait, le policier fut attiré par des bruits de pas, en provenance des étages inférieurs. Il y eut ensuite des voix d'hommes, l'une grave, l'autre haute ; puis une porte se referma.

Les bruits de pas reprirent dans l'escalier et bientôt Marillo, l'assistant du technicien du laboratoire, apparut dans l'encadrement de la porte, suivi de deux hommes qui portaient le matériel exigé par leur spécialité. Marillo, un grand Lombard dégingandé, paraissait incapable d'aller au-delà de l'aspect le plus élémentaire des choses ; il prenait tout au pied de la lettre. Il salua Brunetti et s'avança pour permettre à ses hommes d'entrer à leur tour dans l'appartement. Le dernier referma la porte. « Le type, en bas, voulait savoir pourquoi il y avait toute cette agitation », dit Marillo.

Brunetti salua les hommes, mais quand il se retourna, Rizzardi était déjà passé dans le séjour. Il dit aux techniciens que Vianello les aviserait quand ils pourraient prendre leurs photos et commencer la recherche d'empreintes. Il trouva Rizzardi penché sur le corps de la femme, les mains prudemment enfoncées au fond des poches de son pantalon. Il se releva en voyant Brunetti. « Il pourrait tout aussi bien s'agir d'une crise cardiaque. Ou d'un AVC. »

Sans rien dire, Brunetti lui montra la petite flaque

de sang ; mais Rizzardi, qui était resté assez longtemps dans la pièce pour l'examiner, montra à son tour un radiateur placé sous une fenêtre, non loin de l'endroit où était étendue la femme. « Elle a pu le heurter de la tête en tombant, observa-t-il. J'en saurai davantage quand j'aurai pu la retourner. » Il s'éloigna du corps d'un pas. « Le mieux est de les laisser prendre leurs photos, d'accord ? »

Avec tout autre médecin, Brunetti se serait impatienté de ce refus de conclure à un acte de violence à la seule vue de la flaque de sang, mais il savait à quel point Rizzardi exigeait de s'en tenir rigoureusement aux causes immédiates d'un décès et de tirer des conclusions qu'une fois les preuves formellement établies. Il était arrivé que le commissaire parvienne à lui faire formuler des hypothèses, mais ce n'était pas facile.

Brunetti s'autorisa alors à regarder autre chose que le médecin et la femme qui gisait à ses pieds. L'ordre régnait dans la pièce, mis à part deux coussins sur le sol et, entre eux, un livre relié en cuir tombé à l'envers. Il y avait un placard, mais ses deux portes étaient fermées.

Le photographe entra. « Marillo et Bobbio s'occupent des empreintes, dit-il, et je peux commencer par elle, si vous voulez. » Brunetti acquiesça et l'homme s'avança vers le corps, manipulant déjà son appareil.

Brunetti le laissa à sa tâche. Il entendit Rizzardi murmurer derrière lui, mais l'ignora et retourna dans le couloir.

Dans la plus grande des chambres, Vianello se tenait devant les tiroirs ouverts de la commode, penché en avant pour examiner des papiers posés sur le dessus. Du bout de l'index, l'inspecteur repoussa de côté la feuille qu'il venait de lire et parcourut la suivante des yeux, puis la repoussa à son tour pour s'intéresser à la dernière.

« C'est une lettre d'une fillette indienne, dit Vianello, réagissant à la présence silencieuse de son supérieur. Adressée à Mamma Costanza. Il doit s'agir d'une de ces ONG qui vous font adopter un filleul.

– Qu'est-ce qu'elle lui raconte ?

– C'est en anglais, dit Vianello avec un geste vers les papiers, et écrit à la main. D'après ce que je comprends, elle la remercie pour son cadeau d'anniversaire et elle lui dit qu'elle a donné tout l'argent à son père pour qu'il puisse acheter du riz à planter pour la prochaine saison. Elle a aussi envoyé son bulletin scolaire et une photo. »

Soigneusement, Vianello aligna les feuilles. « D'après vous, elles sont vraiment honnêtes, toutes ces organisations ?

– Je l'espère, répondit Brunetti. Ou alors, cela voudrait dire que beaucoup d'argent se retrouve depuis longtemps dans de mauvaises poches.

– Vous donnez quelque chose, vous ?

– Oui.

– En Inde ?

– Oui, répondit encore Brunetti, se sentant vaguement gêné. C'est Paola qui s'en occupe.

– Chez nous, c'est aussi Nadia, dit hâtivement l'inspecteur. Sauf que je n'arrive pas à comprendre pourquoi nous donnons de l'argent pour des pays comme l'Inde et la Chine. On ne peut pas ouvrir un journal sans entendre parler de leur puissance économique. Le monde leur appartiendra d'ici dix ans paraît-il. Ou vingt. Alors, pourquoi s'occuper de leurs mioches ? En tout cas, ajouta Vianello après un bref silence, je me pose la question.

– D'après Fazio, répondit Brunetti en faisant allusion à son ami de la police des Frontières, ce que nous devrions nous abstenir de faire, c'est d'acheter leurs vêtements, leurs jouets et leur matériel électronique. Et ça ne peut pas faire de mal d'envoyer deux cents euros pour qu'un gosse aille à l'école, si ? »

Vianello acquiesça d'un signe de tête. « Il faut bien que les gosses mangent, j'imagine. Et qu'on leur achète leurs manuels. » Sur quoi l'inspecteur enleva ses gants et les fourra dans sa poche.

Le photographe se présenta à ce moment-là à la porte de la chambre et dit à Brunetti que le médecin voulait le voir. La morte avait été retournée sur le dos, les bras le long du corps. En la regardant, Brunetti ne retrouva pas l'impression qu'il avait ressentie en voyant le corps pour la première fois. Elle avait les yeux fermés, la bouche ouverte. Mais son esprit n'était plus là. Il n'y avait aucune chance pour qu'un esprit s'attarde auprès de ce corps. On pouvait s'interroger sur ce qu'il était devenu, voire se demander s'il avait existé, mais l'absence de vie ne faisait pas le moindre doute ici.

Juste au-dessus de son sourcil droit, la morte avait une coupure bordée d'un bourrelet de chair enflé et décoloré. La plaie avait laissé couler dans ses cheveux un liquide sombre et épais, ayant la consistance de la cire à cacheter ; la tache de sang sur le sol provenait de là. Le cardigan était déboutonné et le chemisier avait été décentré par le mouvement, laissant voir maintenant une marque oblongue plus sombre au-dessus de sa clavicule gauche.

Inconsciemment, Brunetti rapprocha ses mains, pouce contre pouce et doigts contre doigts. Lorsqu'il jeta un coup d'œil à Rizzardi, il vit que le médecin l'observait.

« Elle aurait eu les yeux injectés de sang », dit Rizzardi, ayant parfaitement compris le message de violence des mains de Brunetti.

Quelqu'un, derrière eux, laissa échapper un long soupir. Brunetti se tourna et vit Vianello, qu'il n'avait pas entendu arriver.

Le commissaire revint à la morte. Une de ses mains était serrée en un poing, comme pétrifiée dans une tentative pour retenir son esprit qui s'enfuyait ; l'autre main, ouverte, relâchée, encourageait ce même esprit à partir.

« Tu pourras t'en occuper dès demain matin ? demanda Brunetti.

– Oui.

– Tu feras la totale ? »

Rizzardi réagit tout d'abord par un soupir. « Voyons, Guido », dit-il à voix basse, d'un ton s'efforçant à la patience.

Le médecin consulta sa montre : il allait devoir indiquer l'heure probable de la mort de la femme dans son certificat de décès, mais il paraissait prendre un temps inhabituel pour en décider. Il se tourna finalement vers Brunetti. « Je ne peux rien faire de plus ici, Guido. Tu auras mon rapport dès que possible. »

Brunetti exprima sa gratitude d'un signe de tête, constata qu'il était presque une heure du matin, et remercia le médecin légiste de s'être dérangé, même s'il savait que celui-ci n'avait pas eu vraiment le choix. Rizzardi se tourna pour partir, mais Brunetti lui posa une main légère sur le bras, sans rien dire.

« Je te passerai un coup de fil dès que j'aurai terminé », dit Rizzardi. Sur quoi il s'écarta de la main de Brunetti et quitta l'appartement.

4

Brunetti referma la porte, peu satisfait de son échange avec Rizzardi et mécontent à l'idée qu'il avait une fois de plus essayé de faire voir au médecin les choses comme il aurait voulu que celui-ci les voie. Avant qu'il ait pu parler à Vianello, il y eut du bruit aux étages inférieurs : une porte qui s'ouvrit, puis on entendit un échange entre des voix masculines. Marillo sortit de la pièce où lui et ses hommes travaillaient. « Le docteur les a appelés il y a un moment pour qu'ils viennent la prendre. C'est sans doute l'équipe. »

Ni Brunetti ni Vianello ne répondirent et les bruits que faisaient les techniciens cessèrent. Tout le monde attendit l'arrivée de ces collègues qui s'occupaient des défunts, chacun étant comme paralysé et rendu silencieux par l'approche des séides de la mort. Brunetti ouvrit la porte palière. Les deux hommes qui se présentèrent paraissaient cependant tout à fait ordinaires, dans leur longue blouse bleue d'aide-soignant de l'hôpital. L'un d'eux portait une civière repliée : chacun savait ici qu'un troisième collègue les attendait en bas, avec le cercueil en plastique noir dans lequel ils placeraient le corps avant de le transporter jusqu'au bateau.

Il y eut un échange de signes de tête et de salutations marmonnées, car tous s'étaient plus ou moins déjà rencontrés dans des circonstances similaires. Brunetti, qui connaissait les deux brancardiers de vue mais ignorait leurs noms, leur indiqua le couloir. Lorsque les deux hommes furent passés dans le séjour, Brunetti, Vianello, Marillo et ses deux aides attendirent, faisant semblant de ne pas prêter attention aux bruits en provenance de la pièce. Moins d'une minute après, les deux brancardiers sortirent avec la civière sur laquelle gisait une forme menue, recouverte d'un tissu bleu foncé. Brunetti fut soulagé de constater que le tissu était propre et bien repassé, même s'il savait que cela n'y changeait rien.

Les deux hommes saluèrent Brunetti au passage d'un signe de tête, et Vianello referma derrière eux. Personne ne dit rien tant qu'on entendit du bruit dans l'escalier. Lorsque le silence retomba, preuve que le corps de la morte avait quitté la maison, personne ne bougea. C'est finalement Marillo qui rompit leur paralysie en invitant ses aides à reprendre leur travail.

Vianello passa dans la plus petite chambre et Brunetti le rejoignit. Le lit était impeccablement fait, le revers du drap posé sur une simple couverture en laine grise sans motifs. Tout semblait être à sa place dans la pièce. Elle avait quelque chose de militaire, ou de monacal, dans sa simplicité. Même les traces laissées par les techniciens à la recherche d'empreintes étaient peu nombreuses.

Brunetti traversa la pièce pour aller inspecter la salle de bains. La personne qui avait rangé la chambre devait être aussi celle qui avait tout disposé ici sur les étagères : des flacons miniatures d'échantillons de shampoing, un petit savon dans son emballage en papier comme on en trouve dans les hôtels ; un peigne dans un sachet en plastique ; une brosse à dents également dans son emballage. Des serviettes propres et un essuie-main étaient rangés sur un porte-serviettes, juste à côté de la cabine de douche.

Une voix d'homme appela Brunetti par son titre. Lui et Vianello passèrent dans la plus grande des deux chambres, où Marillo se tenait près de l'une des fenêtres. « C'est terminé pour nous, commissaire. »

Le photographe repliait déjà son tripode ; il le mit sur son épaule et passa devant Brunetti et Vianello pour rejoindre le couloir.

« Vous avez trouvé quelque chose ? » demanda Brunetti, regardant autour de lui les surfaces poudrées de la pièce, comme s'il avait voulu que Marillo suive son regard et découvre la chose qui rendrait ses recherches fructueuses.

Les restes de poudre répandus un peu partout rappelèrent à Brunetti à quel point il avait du mal à croire qu'on puisse trouver des preuves matérielles fiables, au milieu de toutes les superpositions d'empreintes digitales qui couvraient la moindre surface. Et pourtant, des pièces, il en avait fouillé. De la poudre était tombée dans le tiroir du bas resté ouvert. Il y en avait des traces au milieu du désordre des foulards de soie et des chandails.

« Vous savez que je n'aime pas trop parler de ce genre de choses, monsieur », répondit finalement Marillo, s'exprimant manifestement à contre cœur. « Tant que je n'ai pas rédigé mon rapport, en tout cas.

– Je le sais, Marillo, je le sais. Et j'estime que c'est de bonne pratique. Mais je me demandais si tu ne pourrais pas me donner plus ou moins une idée sur… comment dire ? sur ce à quoi Vianello et moi devons nous attendre… », il s'interrompit et eut un geste de la main qui englobait la pièce, comme s'il demandait aux poignées de la commode de confier à Marillo les secrets qu'elle détenait.

Le technicien restant, encore à genoux à côté du lit, éteignit la lampe avec laquelle il avait examiné ce qui aurait pu se trouver sous le sommier, se redressa et regarda tour à tour Brunetti et son supérieur. Marillo secoua la tête et se tourna pour partir.

« Allons voyons, Stefano, dit l'homme sans chercher à cacher son agacement. Ils sont de notre bord. Et ça leur fera gagner du temps. » Brunetti se demanda si le technicien n'avait fait qu'utiliser un cliché, ou si on en était au point où il fallait qu'un policier garantisse l'intégrité des autres.

Marillo se raidit, soit parce qu'un de ses subordonnés se permettait de lui parler sur ce ton, soit à l'idée qu'on lui demandait de risquer une opinion plutôt qu'une preuve avérée. « Nous ne faisons que relever les empreintes et prendre des photos, dottore. Ce sont les gens comme vous et Vianello qui sont chargés d'interpréter ce que veulent dire les résultats. » On aurait pu voir dans cette réplique de l'opposition, voire une forme d'obstruction ; mais de la part de Marillo, ce n'était que le rappel de ce qu'il considérait comme ses devoirs et les leurs.

« Oh, pour l'amour du ciel, rétorqua le technicien, toujours agenouillé à côté du lit, nous avons examiné des centaines d'endroits semblables, Stefano, et tu sais aussi bien que moi qu'il n'y a rien de suspect ici. » Il allait continuer quand Marillo le fit taire d'un regard. Du temps avait passé depuis l'instant où Brunetti avait vu le corps et éprouvé sa sensation bizarre ; la remarque du technicien ne faisait que le conforter dans son envie de voir et d'interpréter des faits, pas des impressions. Ce n'était pas un voleur – en tout cas pas de ceux qui cambriolaient les appartements de Venise – qui avait été à l'œuvre ici. Un voleur aurait recherché les objets en or et les bijoux ; il aurait tiré tous les tiroirs, renversé leur contenu, éparpillé celui-ci à coups de pied pour être sûr de tout voir. Mais le tiroir du bas de la commode n'était pas plus en désordre, songea Brunetti, que ne l'était celui de sa fille lorsqu'elle avait fouillé le sien à la recherche d'un chandail particulier. Ou celui de son fils.

Le technicien rompit le silence en s'avançant à quatre pattes pour aller jusqu'à la plinthe détacher le fil de sa lampe de la prise. Il se leva alors sans se presser et enroula bruyamment le fil électrique autour de la poignée, glissant la prise en dessous pour la bloquer. « Je n'ai plus rien à faire ici, Stefano, dit-il sèchement.

– C'est terminé, dans ce cas, constata alors Marillo, du soulagement dans la voix. Je donnerai les photos et les relevés d'empreintes à Bocchese. Il y en a beaucoup, certaines sont parfaitement claires. Il vous fera un rapport, monsieur.

– Merci, Marillo », dit Brunetti.

L'homme regarda Brunetti et hocha la tête d'une manière qui non seulement montrait qu'il était sensible aux remerciements de son supérieur, mais qui exprimait aussi sa gêne de n'avoir pas voulu en dire davantage. Le technicien le suivit jusqu'à la porte où attendait déjà leur collègue, rangeant son appareil photo et son flash dans son sac. Les trois hommes rassemblèrent rapidement le reste de leur matériel et, lorsqu'ils eurent terminé, Marillo se contenta d'un simple « Bonne nuit ». Après quoi, lui et son équipe sortirent en silence de l'appartement.

« Je m'occupe de boucler », dit Brunetti, décidant de retourner dans la petite chambre. Il avait déjà remarqué à quel point elle était modeste ; mais à présent qu'il avait tout le temps de l'examiner, il la trouva littéralement spartiate. Pas un tapis ni même une descente de lit sur le sol. Lequel n'était pas un noble parquet, mais un simple plancher bon marché constitué de courtes lames de bois, une réfection qui devait dater d'une cinquantaine d'années. Sur la table de nuit massive aux pieds épais, à côté du lit, il y avait une petite lampe à l'abat-jour en tissu ocre bordé de glands jaunis par le temps. Une chambre comme il y aurait pu en avoir une chez sa grand-mère – une vraie machine à remonter le temps.

Dans le tiroir du haut à demi ouvert de la commode, il trouva des sous-vêtements féminins dans leur emballage d'origine, des petites culottes blanches toutes simples : trois par paquet, de trois tailles différentes. Un modèle qu'il n'avait jamais vu sur Paola. Il s'agissait d'un article à porter tous les jours pour faire ses courses au supermarché, par exemple, conçu pour être pratique mais nullement affriolant comme de la lingerie de magasin spécialisé. Il y avait également – toujours emballés – des T-shirts en coton blanc, également de trois tailles différentes. Les paquets étaient rangés en deux piles séparées par des mouchoirs en coton blanc.

Il referma le tiroir sans précaution spéciale, n'ayant plus à faire attention à ce qu'il touchait. Le suivant contenait quelques paquets toujours scellés de collants, et six ou sept paires de chaussettes portant encore la bague en papier du fabricant, toutes grises ou noires, une fois de plus de tailles différentes et disposées avec une précision quasi militaire. Quant au tiroir du bas, il contenait des chandails, en coton d'un côté, en laine de l'autre, mais ici les piles avaient été dérangées. Dans ce tiroir, il y avait au moins un peu de couleur : un rouge, un orangé, un autre vert clair, et si aucun n'était neuf, ils avaient été lavés et repassés avant d'être rangés. Deux pyjamas propres, repassés et pliés, étaient posés à droite des chandails avec dans le fond des sachets dégageant un parfum de lavande.

Brunetti referma le dernier tiroir. Il s'approcha du lit, s'agenouilla et regarda dessous, mais il n'y avait rien.

Il entendit Vianello qui entrait dans la pièce. « As-tu trouvé quelque chose d'intéressant dans sa chambre ? lui demanda ce dernier.

– Non. Pas grand-chose. Sauf qu'elle paraissait apprécier la lingerie fine et les chandails de luxe. »

Brunetti se releva et retourna à la commode. Il ouvrit le premier tiroir et montra les paquets de Cellophane. « Ils sont de tailles différentes, et aucun n'a été ouvert. » Vianello vint à côté de lui pour regarder. « Pareil avec les collants, reprit Brunetti. Et pareil avec les chandails, mais là, pas de cachemire. Et il y a en plus deux pyjamas dans le tiroir du bas – tout paraît avoir été lavé et repassé récemment.

– Et quelles conclusions en tires-tu ? demanda Vianello en haussant les épaules. Moi, je n'ai pas la moindre idée.

– Des invités viennent avec leurs vêtements, fit observer Brunetti. Et en particulier avec leurs sous-vêtements », ajouta-t-il, devant le silence de l'inspecteur.

Les deux hommes retournèrent dans la pièce où on avait retrouvé le corps de la femme. Depuis la porte, Brunetti vit que la tache de sang était toujours là et se demanda quel effet elle ferait à la famille, quand elle viendrait et tomberait dessus. Au cours de toutes ces années où il s'était retrouvé au milieu des indices laissés par la mort, il s'était souvent demandé ce que l'on devait ressentir lorsqu'il fallait nettoyer les traces d'une ancienne vie, et comment on pouvait supporter de le faire.

Le corps de la femme n'étant plus là, Brunetti put vraiment examiner la pièce. Elle lui parut alors plus grande. Sur sa droite, il vit une porte coulissante avec, de l'autre côté, une petite cuisine aux placards en bois et un carrelage de type marocain sur les murs.

La pièce était trop petite pour qu'on puisse y manger, et la table, simple rectangle utilitaire entouré de quatre chaises, se trouvait donc dans la pièce principale. Il fallut quelques instants à Brunetti pour prendre conscience du manque presque total de décoration. Il y avait en tout et pour tout un tapis beige en jonc de mer sur le sol et sur les murs, et un crucifix, de taille moyenne, qui paraissait avoir été fabriqué en série dans un pays qui n'était certainement pas chrétien : rien ne justifiait qu'un Christ exsangue ait pu avoir des lèvres aussi roses et arborer un tel sourire.

L'autre côté de la salle était meublé par un canapé marron foncé, qui tournait le dos aux fenêtres donnant sur le Campo et l'abside illuminée de l'église. Sans doute une porte avait-elle dû se trouver à droite du canapé, mais lors d'une des restaurations de l'appartement, quelqu'un avait décidé de la murer. Puis, plus récemment, on s'était servi du renfoncement pour y installer des étagères et en faire une bibliothèque encastrée.

Le petit bureau sur lequel était posée une machine à écrire, à côté du canapé, tournait lui aussi le dos à la fenêtre. Brunetti n'en croyait pas ses yeux. Oui, il s'agissait bien d'une machine à écrire, une ancienne Olympia portable, du genre de celles que ses condisciples trimballaient avec eux quand il était à l'université, des dizaines d'années auparavant. Sa famille n'avait pas eu les moyens de lui en offrir une. Il s'assit devant le bureau et plaça les doigts au-dessus des touches, prenant soin de ne pas les effleurer. Il était obligé de se tordre le cou pour regarder par la fenêtre et, après s'être orienté grâce au clocher de l'église, il se rendit compte que, à la lumière du jour, cette vue, depuis le troisième étage, devait s'étendre loin vers le nord, jusqu'aux montagnes.

Il entendit Vianello qui ouvrait et refermait les tiroirs de la cuisine, puis le souffle d'une porte de réfrigérateur qu'on ouvre. De l'eau coula, un verre tinta. Brunetti trouva ces bruits réconfortants.

Même si des restes de poudre témoignaient que des recherches d'empreintes avaient eu lieu sur le bureau, par habitude Brunetti enfila ses gants et ouvrit l'unique tiroir, au milieu du meuble, pour chercher il ne savait trop quoi. Ce fut un soulagement d'y trouver un peu de désordre : des crayons non taillés, des attaches-trombones emmêlées, un stylo sans capuchon, un bouton de manchette solitaire, et un carnet de notes bleu comme en ont souvent les étudiants – vide, comme le sont aussi souvent ceux des étudiants.

Il retira complètement le tiroir et le posa à côté de la machine à écrire. Il se pencha et regarda dans l'évidement, mais rien n'y avait été caché, pas plus que sous le tiroir, quand il le souleva pour voir si un document n'y aurait pas été scotché. Se sentant un peu idiot, d'autant que l'équipe de Marillo avait déjà dû faire tout cela, il s'agenouilla et examina le dessous du bureau sans y trouver quoi que ce soit.

« Qu'est-ce que tu cherches ? fit la voix de Vianello derrière lui.

– Aucune idée, répondit Brunetti en se relevant. Tout est parfaitement rangé.

– Et ce n'est pas bien, en principe ?

– Oui, en principe, admit Brunetti. Mais…

– Mais tu refuses d'accepter l'idée qu'elle ait pu mourir d'une crise cardiaque ou d'un AVC, comme l'a suggéré Rizzardi.

– Je ne refuse rien du tout, protesta sèchement le commissaire, mais tu as vu la marque, comme moi. »

Au lieu de répondre, Vianello laissa échapper un profond soupir qui pouvait signifier tout ce qu'on voulait, sinon rien du tout. Quant à Brunetti, il n'avait pas envie de faire mention de l'impression qu'il avait éprouvée, dans le couloir, de crainte que Vianello n'y voie qu'un moment d'aberration.

« Rien n'indique que quelqu'un a fouillé l'appartement, observa Vianello. Il se tourna vers l'horloge placée à côté du réfrigérateur. Il est presque trois heures, Guido. On pourrait peut-être fermer la porte, poser un scellé et revenir dem… plus tard aujourd'hui ? »

L'heure tardive lui tomba sur les épaules comme un vêtement trop lourd, et la fatigue qu'il avait déjà ressentie avant le dîner avec Patta et Scarpa ressurgit. Il répondit d'un hochement de tête et les deux hommes passèrent dans toutes les pièces pour éteindre les lumières. Ils laissèrent les contrevents ouverts, comme ils les avaient trouvés, d'autant que la lumière en provenance du Campo éclairait suffisamment l'appartement pour qu'ils puissent s'y déplacer sans éclairage. Après avoir pris les clefs sur la table du courrier, Brunetti ouvrit la porte palière et alluma dans la cage d'escalier. Vianello sortit un rouleau d'adhésif rouge et blanc et condamna la porte d'un X géant. Brunetti donna un tour de clef et mit le jeu dans sa poche. Ils n'avaient trouvé aucun carnet d'adresses, rien qu'un téléphone banal sans numéros préenregistrés, et il était maintenant trop tard pour déranger la signora Giusti et lui poser des questions sur la famille de la défunte. Brunetti traversa le palier et commença à descendre l'escalier. « La femme qui habite au-dessus m'a dit qu'elle était restée cinq jours dans un hôtel de Palerme. Je me charge de le vérifier », dit-il.

Vianello eut un mouvement de tête vers la porte de l'appartement en dessous quand ils passèrent devant. « Ils nous ont entendus aller et venir, et s'ils avaient remarqué quelque chose d'anormal, ils seraient probablement venus nous en parler. Mais, ajouta-t-il avant que Brunetti ait pu faire un commentaire, je reviendrai un peu plus tard aujourd'hui pour le leur demander. On ne sait jamais. »

Une fois dehors, l'inspecteur téléphona à la station de Piazzale Roma pour qu'on envoie un bateau le prendre à la station Riva di Biasio. Sachant qu'il irait plus vite à pied, Brunetti serra la main de Vianello et prit le chemin de son domicile.

5

Après une mauvaise nuit, Brunetti se réveilla dans un appartement déserté par tous ; pendant une demi-heure il somnola, se rappelant l'exclamation de la signora Giusti, selon qui la signora Altavilla était « une bonne voisine », se rappelant aussi le liquide épais qui avait coulé dans les cheveux de la bonne voisine en question. Sa mémoire sélective évoqua aussi les réticences de Marillo et la froide minutie avec laquelle Rizzardi avait travaillé. Il s'installa sur le dos et contempla le plafond. Est-ce qu'il aurait aimé qu'on dise cela de lui, que quelqu'un ayant vécu pendant des années dans l'appartement à côté du sien s'en tienne à ça ? Qu'il avait été un bon voisin ? N'y avait-il rien de plus à dire d'une personne que l'on connaissait et fréquentait depuis des années ?

Finalement il se leva et se rendit dans la cuisine en bougonnant. Là, il trouva un mot laissé par Paola. « Arrête de bougonner. La cafetière est sur la cuisinière. Il suffit de brancher. Brioche fraîche sur le comptoir. » Il vit la cafetière et la brioche, brancha l'appareil et alla regarder par la fenêtre en attendant que le café passe. Au nord, les Dolomites étaient clairement visibles – les Dolomites, ces montagnes auxquelles la signora Altavilla avait manifestement tourné le dos et que la signora Giusti devait voir de son quatrième étage.

Brunetti avait beau être fils, petit-fils, arrière-petit-fils et plus encore de Vénitiens, la vue des montagnes l'avait toujours davantage réconforté que celle de la mer. Chaque fois qu'il entendait parler du Grand Quelque chose qui ferait disparaître l'humanité de la Terre, ou des bateaux de plus en plus nombreux chargés de produits toxiques et de déchets radioactifs que la Mafia allait faire couler au large des côtes d'Italie, il évoquait la majestueuse solidité des montagnes. Il n'avait aucune idée du temps qu'il restait à l'humanité, mais il était certain que les montagnes survivraient à tout ce qui pourrait arriver et seraient encore là quand quelque chose d'autre se produirait. Il n'avait jamais confié à personne, pas même à Paola, ces réflexions sur les montagnes et la bizarre consolation qu'elles lui apportaient. Les montagnes lui paraissaient tellement permanentes, comparées à la mer, toujours changeante et visiblement affectée par les agressions dont elle était l'objet ; qui plus est, elle était une victime plus évidente pour les déprédations et les dégâts provoqués par l'homme.

Il en était à évoquer la masse de détritus et de plastique de la taille d'un continent qui flottait au milieu du Pacifique, quand le gargouillis de la cafetière le ramena à une réalité plus modeste. Il se servit une tasse, y ajouta du sucre et prit une part de brioche dans le sachet. Puis, la tasse dans une main, la viennoiserie dans l'autre, il retourna contempler les montagnes. Le téléphone le détourna de sa contemplation. La bouche pleine, il répondit en donnant son nom. « Qu'est-ce que vous fabriquez, Brunetti ? » cria Patta à l'autre bout du fil. Plus jeune, lorsqu'il était davantage provocateur et sujet aux actes de résistance, il aurait répondu qu'il était dans son séjour et prenait son café, mais avec le temps, il était devenu capable d'interpréter la moindre nuance d'une « pattaterie », et il reconnut la question pour ce qu'elle était : le vice-questeur exigeait de savoir pourquoi il n'était pas dans son bureau. Il engloutit ce qui restait de brioche avant de répondre. « Je suis désolé d'être en retard, monsieur, mais j'attends un appel d'un instant à l'autre du dottor Rizzardi.

– Mais pour l'amour du ciel, n'avez-vous pas un portable ? rétorqua Patta.

– Bien sûr que si, monsieur, mais son assistant m'a dit que le docteur risquait de me demander de venir le voir à l'hôpital et j'attendais son appel avant de quitter mon domicile. Si je vais à la questure et dois retourner à l'hôpital, je vais perdre… » Brunetti se rendit compte qu'il se perdait, en effet, mais dans ses explications ; heureusement, Patta l'interrompit à cet instant. « Arrêtez de me raconter n'importe quoi, Brunetti.

– Bien, monsieur », répondit le commissaire, prenant bien soin d'employer le ton avec lequel Chiara avait répondu à Paola, quand celle-ci avait commenté le choix des vêtements de sa fille.

« Rappliquez. Tout de suite.

– Oui, monsieur », répondit Brunetti, raccrochant aussitôt.

Douché, rasé et tout à fait d'aplomb après avoir ingurgité l'équivalent de trois cafés et deux brioches riches en sucre, Brunetti quitta l'appartement en se sentant étrangement joyeux, humeur qui se reflétait partout, par cette superbe journée ensoleillée, où l'automne et la nature s'unissaient pour faire sauter tous les bouchons et offrir à l'humanité des raisons de se réjouir. Humeur qui lui donnait une forte envie de poursuivre à pied, mais Brunetti n'alla pas plus loin que l'arrêt du Rialto pour embarquer sur le Numéro 2, en direction du Lido.

Cela ne lui ferait gagner que quelques minutes, mais le ton, dans la voix de Patta, encourageait à se dépêcher.

Il n'avait pas eu le temps d'acheter un journal et il se contenta donc de lire les manchettes autour de lui. Encore un politicien filmé en compagnie d'un transsexuel brésilien. Déclaration du ministre de l'Économie selon qui tout allait bien et irait encore mieux, les informations sur les fermetures d'usines et l'augmentation du chômage n'étant que des exagérations volontaires, une tentative délibérée de la part de l'opposition pour faire peur aux gens et leur inspirer la méfiance. Un homme ayant perdu son emploi s'était fait brûler vif sur la place d'une ville – Trieste, cette fois.

Il leva les yeux lorsqu'il passa à la hauteur de l'université. Il n'y vit rien de neuf. Comme ce serait sympa si un jour, se dit-il, juste au moment où il passait sous ces fenêtres, Paola en ouvrait soudainement une pour le saluer, peut-être crier son nom, lui dire qu'elle l'aimait de tout son cœur et l'aimerait toujours… Et lui ne se démonterait pas, et lui répondrait la même chose. À côté de lui, l'homme tourna la page de son journal et Brunetti revint au quotidien et à ses nouvelles qui n'en étaient jamais vraiment. Un jeune homme avait perdu le contrôle de la voiture de son père, tôt ce matin, et s'était écrasé contre un platane ; un homme se faisant passer pour un inspecteur de la compagnie d'électricité avait dépouillé une vieille femme de sa retraite ; de la viande congelée de supermarché infestée d'asticots…

Il descendit à San Zaccaria et poursuivit par la rive, fasciné par le jeu du vent et des vagues, se sentant plein d'entrain à cette vue. Il franchit la porte de la questure quelques minutes avant dix heures et se rendit directement au bureau de Patta. La secrétaire de son supérieur, la signorina Elettra Zorzi, était à son ordinateur. Elle était parée, telle les lis des champs, d'une blouse qui ne pouvait être qu'en soie, comme l'exigeait un motif or et blanc que tout autre support aurait gâché. « Bonjour, commissaire, lui dit-elle d'un ton cérémonieux quand elle le vit. Le vice-questeur est très impatient d'avoir un entretien avec vous.

– Tout autant que moi, signorina », répondit Brunetti en allant frapper à la porte.

Un « *Avanti !* » sonore fit sourciller le policier et les doigts de la signorina Elettra s'immobilisèrent au-dessus de son clavier.

« Hou la la ! dit-elle en manière d'avertissement.

– Je ne fais qu'entrer quelques minutes dans la cage aux fauves », répliqua-t-il en anglais, à la grande consternation de la secrétaire.

Il trouva Patta en mode commandant-des-forces-armées, attitude on ne peut plus familière à Brunetti. Le commissaire ajusta donc la sienne et se dirigea vers le siège que lui indiquait Patta, devant son bureau.

« Pourquoi ne m'a-t-on pas appelé, la nuit dernière ? Pourquoi m'avoir laissé dans l'ignorance de ce qui se passait ? » Il y avait une pointe de colère dans le propos, du calme dans le ton, comme il convenait à un commis de l'État ayant un travail difficile à faire et qui ne se sent pas soutenu par ses collaborateurs, en particulier par celui d'entre eux qui se trouvait devant lui.

« Je vous ai informé du décès d'une femme quand je vous ai quitté à la fin du repas, dottore, fit observer Brunetti. Le temps que soient terminées les premières investigations, il était déjà plus de trois heures du matin, et je ne voulais pas vous déranger à cette heure. » Avant que Patta puisse protester, comme il le faisait généralement à ce stade, qu'il n'y avait pas d'heure, de nuit comme de jour, où il n'était pas prêt à assumer les responsabilités de son service, Brunetti ajouta : « Je savais que j'aurais dû le faire, monsieur, mais j'ai estimé que quelques heures n'y changeraient rien et que nous serions l'un et l'autre mieux à même de nous occuper de cette affaire après une nuit de sommeil correcte.

– Comme vous paraissez indiscutablement en avoir eu une », ne put s'empêcher de rétorquer Patta. Brunetti ignora la pique, ou du moins s'abstint d'y réagir, gardant la même expression impassible sur le visage qu'il tournait vers son supérieur.

« Vous ne paraissez avoir aucune idée de qui est cette dame, reprit Patta.

– D'après sa voisine de l'étage au-dessus, il s'agit d'une certaine Costanza Altavilla, dottore », répondit Brunetti, s'efforçant de prendre le ton le plus conciliant possible.

Réussissant avec peine à contenir son exaspération, Patta dit alors : « Elle était la mère de l'ancien vétérinaire de mon fils, voilà qui était cette femme. » Patta garda le silence quelques instants, pour bien faire sentir le poids de ce fait, puis ajouta : « Je l'ai rencontrée une fois. »

Il était rare que Patta laisse Brunetti absolument sans voix, mais avec les années, le policier avait mis au point une tactique pour parer jusqu'à ce genre de situation peu courante. Il adopta son expression la plus sérieuse, hocha dignement la tête à plusieurs reprises, lèvres pincées par la concentration, et laissa échapper un long « Hmmmmm » méditatif. Il ne comprenait pas pourquoi, depuis le temps, Patta tombait à chaque fois dans le piège, comme il y tomba une fois de plus. Son supérieur avait peut-être des trous de mémoire, ou alors était-il incapable de réagir autrement aux manifestations extérieures de la plus extrême déférence – tel un loup alpha incapable d'attaquer un congénère qui se met sur le dos et expose ses parties vulnérables, ventre et gorge.

Brunetti ne pouvait rien répliquer, et il le savait. Pas question de risquer un « Je n'en avais pas conscience », Patta sentirait le sarcasme, pas plus qu'il ne pouvait demander à Patta de lui expliquer une relation dont l'importance allait apparemment de soi. Et s'il tenait à son poste, il ne pouvait pas non plus exprimer sa stupéfaction à l'idée que le fils de Patta avait un vétérinaire et non pas un médecin. Il attendit, tête inclinée de côté, tel un toutou attentif.

« Autrefois, Salvo avait un husky. Ce sont des animaux très délicats, en particulier dans ce climat. Il était infesté d'eczéma à cause de la chaleur. Le dottor Niccolini était apparemment le seul capable d'y remédier.

– Et qu'est-ce qui s'est passé, monsieur ? demanda Brunetti, sincèrement curieux.

– Oh, Salvo a finalement dû donner le chien. C'était devenu un trop gros problème pour lui. Mais il a gardé une excellente opinion du vétérinaire et il voudrait certainement que nous fassions tout notre possible pour l'aider. »

Il n'y avait aucun doute : c'était bien de la sympathie pour l'humanité souffrante qu'il décelait dans la voix de Patta.

Même au bout de tant d'années, Brunetti ne savait toujours pas comment prévoir quand Patta, oubliant un instant de se protéger, allait s'abandonner à des sentiments de ce genre. Il se sentait à chaque fois désarmé, poussé à soupçonner qu'en fin de compte on pouvait détecter des traces d'humanité dans l'âme du vice-questeur. Les multiples rechutes de Patta dans son attitude insensible habituelle n'étaient pas venues à bout du désir qu'avait Brunetti d'être détrompé.

« Il est toujours à Venise ? » Brunetti se demandait si Patta n'avait pas contacté le fils de la signora Altavilla, mais il n'avait pas envie de poser la question.

« Non, non. Il travaille ailleurs. À Vicenze. Ou à Vérone. J'ai oublié dans quelle ville, exactement.

– Je vois, dit Brunetti avec un hochement de tête, comme s'il comprenait. Et il exerce toujours comme vétérinaire ? »

Patta leva la tête, comme s'il venait soudain de détecter une odeur bizarre. « Pourquoi cette question ?

– Nous devons prendre contact avec lui. Il n'y avait aucun carnet d'adresses dans l'appartement, et vu l'heure qu'il était, je n'ai pas voulu aller poser la question à la femme qui habite à l'étage au-dessus. Mais s'il est toujours vétérinaire, il sera facile à retrouver dans l'une ou l'autre de ces villes.

– Évidemment que nous devons le contacter, répliqua Patta avec une soudaine irritation de façade, comme si Brunetti s'était opposé à cette idée. J'aurais cru ne pas avoir à vous expliquer une chose aussi évidente, commissaire. » Puis, pour empêcher Brunetti de se lever, il ajouta : « Je tiens à ce que cette affaire soit bouclée rapidement. On ne peut pas laisser les habitants de cette ville s'imaginer qu'ils ne sont pas en sécurité dans leur domicile.

– Effectivement, vice-questeur », dit tout de suite Brunetti, curieux de savoir qui avait suggéré à Patta ce lien entre la mort de la signora Altavilla et l'insécurité dans la ville. « Je vais le chercher et je vais aussi appeler la signora Giusti.

– Qui ça ? le coupa Patta, soupçonneux.

– La femme qui habite à l'étage au-dessus, monsieur. Elle paraissait très bien connaître la défunte.

– Dans ce cas, elle doit savoir comment on peut contacter son fils.

– C'est ce que j'espère, dottore. » Brunetti commença à se lever.

« Qu'envisagez-vous de dire à la presse ? demanda alors Patta d'un ton précautionneux.

– Vous ont-ils contacté, monsieur ? répondit Brunetti en se rasseyant.

– Oui. » Patta scruta un long moment Brunetti, comme s'il les soupçonnait – lui, Vianello et pourquoi pas Rizzardi – d'avoir passé les petites heures restantes de la nuit pendus au téléphone pour parler aux journalistes.

« Qu'est-ce qu'ils vous ont demandé ?

– Ils connaissaient le nom de la signora Altavilla et ils voulaient des informations sur les circonstances de sa mort, les questions habituelles.

– Et que leur avez-vous répondu, monsieur ?

– Que ces circonstances faisaient déjà l'objet d'une enquête et que nous attendions le rapport du médecin légiste pour plus tard dans la journée ou demain. »

Brunetti eut un hochement de tête approbateur. « Dans ce cas, je vais essayer de contacter son fils, monsieur. La voisine saura certainement comment le trouver. » Puis, précédant la question que Patta n'aurait pas manqué de lui poser, il ajouta : « Elle n'était pas en état de nous répondre la nuit dernière, monsieur. Je vais aller l'interroger maintenant.

– À propos de quoi ?

– De la vie que menait cette femme, de son fils, de tout ce qui pourrait nous conduire à nous poser des questions. » Il n'évoqua ni Palerme, ni le fait que

Vianello allait faire une enquête de voisinage, redoutant que Patta n'en conclue aussitôt que la signora Giusti était impliquée dans la mort de sa voisine.

« Quelles questions, Brunetti ? Je crois qu'il serait plus prudent d'attendre les résultats de l'autopsie avant d'envisager de poser des questions, comme vous dites, ne pensez-vous pas ? »

Brunetti se sentit presque réconforté de retrouver le Patta habituel, le champion toutes catégories de l'ouverture ciblée de parapluie, capable de faire dévier tout ce qui n'était pas entièrement positif ou flatteur pour lui. « Si cette femme est morte de mort naturelle, nous ne sommes pas concernés, et nous n'avons pas à nous en soucier. »

Comme s'il craignait que la presse n'ait vent de cette remarque et ne lui reproche son manque de cœur, il se corrigea aussitôt pour le bénéfice de cet auditoire supposé en ajoutant : « Professionnellement, je veux dire, bien entendu. Sur un plan humain, sa mort est terrible, comme pour n'importe qui. » Puis, comme s'il était poussé par la voix de son fils : « Et doublement dans le cas précis, étant donné les circonstances.

– En effet », dit Brunetti, résistant à l'envie d'incliner la tête avec respect devant l'opacité sibylline des propos tenus par son supérieur, et gardant quelques instants le silence. « Je crois qu'il n'y a rien à déclarer à la presse pour le moment, monsieur, et certainement pas, en tout cas, tant que Rizzardi ne nous aura pas donné ses conclusions. »

Patta se jeta avidement sur cette incertitude manifestée par Brunetti. « Vous pensez donc qu'il s'agit d'une mort naturelle ?

– Je l'ignore, monsieur », répondit Brunetti, qui ne mentionna pas la marque sur la clavicule de la femme.

Si les preuves matérielles plaidaient en faveur d'un crime, il reviendrait à Patta de révéler l'information, réaffirmant ainsi son rôle de protecteur en chef de la sécurité de la ville.

« Quand nous aurons les résultats, il vaudra mieux que ce soit vous qui vous adressiez à la presse, monsieur. Ils prêteront certainement plus d'attention à des informations venant de vous. » Brunetti serra le poing. Même un loup bêta ne serait jamais resté aussi longtemps allongé sur le dos, se dit-il, soudain fatigué de jouer ce numéro.

« Exact », dit Patta, sa bonne humeur retrouvée. Faites-moi savoir ce que Rizzardi aura trouvé dès que vous l'aurez vu. Ah, et trouvez-moi le fils. Il s'appelle Claudio Niccolini. »

Brunetti souhaita une bonne journée au vice-questeur et passa dans le petit bureau de la signorina Elettra, certain que la jeune femme n'aurait aucun mal à trouver un vétérinaire du nom de Claudio Niccolini quelque part en Vénétie.

6

Ce fut encore plus facile qu'il ne l'avait imaginé : la signorina tapa les mots « vétérinaire, Vicenze, Vérone » dans les Pages jaunes et obtint instantanément les coordonnées du cabinet du dottor Claudio Niccolini, effectivement à Vicenze.

Brunetti retourna dans son bureau pour appeler, mais on lui dit que le vétérinaire n'était pas dans son cabinet ce jour-là. Lorsqu'il donna son nom et son titre et expliqua qu'il devait lui parler pour lui annoncer la mort de sa mère, la femme qui lui avait répondu lui apprit que le dottor Niccolini en avait déjà été informé et qu'il était aussitôt parti pour Venise – qu'il devait même y être arrivé, en fait. Il y avait indubitablement, dans sa voix, une note de reproche. Brunetti ne donna aucune explication sur ce délai de la police se contentant de demander le numéro du téléphone portable du vétérinaire. La femme le lui donna et raccrocha sans faire d'autre commentaire.

Brunetti composa le numéro. Une voix d'homme répondit à la quatrième sonnerie. « *Si ?*

– Dottor Niccolini ?

– Oui. Qui est à l'appareil ?

– Le commissaire Guido Brunetti, dottore. Permettez-moi tout d'abord de vous présenter toutes mes condoléances. » Brunetti s'interrompit un instant. « J'aimerais vous parler de ce qui s'est passé, si vous voulez bien. » Le policier n'avait aucune idée de sa légitimité dans cette affaire, d'autant qu'il s'était rendu au domicile de la défunte en quelque sorte par défaut et qu'il n'avait reçu aucun mandat officiel pour enquêter sur les circonstances de la mort de la signora Altavilla.

Son correspondant mit longtemps à réagir, et ce fut pour laisser échapper un « Mais pourquoi… » qui n'alla pas plus loin. Après un silence qui se prolongea encore plus que le premier il ajouta, luttant manifestement pour contrôler son malaise : « Je ne savais pas que la police s'en était mêlée. »

Si c'était ce qu'il pensait, autant le lui laisser croire, se dit Brunetti. « Oh, simplement parce que c'est nous qui avons été appelés en premier, dottore », répondit-il d'un ton neutre de bureaucrate. Sur quoi il changea de registre, prenant les accents d'un responsable débordé, en butte à l'incompétence de ses subordonnés. « Normalement, l'hôpital aurait dû envoyer une équipe, mais comme la personne qui a signalé la mort nous a appelés à leur place, nous avons été obligés de nous rendre sur les lieux.

– Ah, je vois, dit Niccolini d'une voix plus calme.

– Puis-je vous demander où vous vous trouvez en ce moment, dottore ?

– À l'hôpital. J'attends de voir le médecin légiste.

– Je suis déjà en route pour m'y rendre, mentit Brunetti sans le moindre effort. Il y a quelques formalités à remplir. Nous pourrons discuter. Je serai sur place dans dix minutes, ajouta-t-il sans se soucier de savoir si Niccolini était d'accord ou pas. Et il raccrocha.

Il quitta tout de suite la vice-questure, sans chercher à joindre Vianello avant, et prit d'un pas vif la direction de l'hôpital. Tout en marchant, il revint non seulement sur les propos qu'avait tenus Niccolini, mais aussi sur son ton. La crainte de voir la police intervenir dans leurs affaires était une réaction naturelle chez tous les citoyens, si bien qu'il aurait sans doute dû s'attendre à la nervosité qu'il avait détectée dans la voix du vétérinaire. S'ajoutait à cela le fait que Niccolini lui parlait de l'hôpital, où le corps de sa mère subissait au même moment une autopsie.

La beauté de la journée le tira de ses réflexions. Il n'aurait eu besoin que de l'odeur âcre des feuilles brûlées pour retrouver le souvenir des journées évanouies de liberté, en automne, lorsque, encore gamins, lui et son frère parcouraient les îles de la lagune, donnant parfois un coup de main aux agriculteurs, lors des dernières récoltes, et immensément fiers de ramener à la maison des sacs remplis des fruits et légumes qu'ils avaient reçus en paiement.

Il traversa le Campo SS Giovanni e Paolo, songeant que la lumière devait être aujourd'hui parfaite à travers les vitraux de la basilique, puis pénétra dans l'hôpital. Le vaste hall d'entrée absorbait presque toute la lumière et, même s'il traversa des cours et des espaces dégagés pour gagner la morgue, se trouver constamment confiné entre quatre murs empêchait de se sentir vraiment à l'air libre.

Un homme se tenait dans la salle d'attente de la morgue. Il était grand, solidement charpenté, avec le corps d'un lutteur en fin de carrière, lorsque les muscles commencent à perdre de leur tonicité sans s'être cependant déjà transformés en graisse. Il leva les yeux à l'entrée de Brunetti, mais parut ne pas remarquer le nouvel arrivant.

« Dottor Niccolini ? » demanda Brunetti en lui tendant la main.

L'homme mit un certain temps à prendre conscience de ce qui se passait, comme s'il lui avait fallu chasser les pensées qui lui occupaient l'esprit avant de pouvoir accepter la présence d'une autre personne. « Oui, dit-il finalement. Vous êtes le policier ? Je suis désolé, j'ai oublié votre nom.

– Brunetti. »

Niccolini serra machinalement la main du commissaire. Sa poignée de main était ferme, mais brève. Brunetti remarqua qu'il avait l'œil gauche légèrement plus petit que le droit, ou placé à un angle différent. Des yeux brun foncé, comme ses cheveux qui commençaient à grisonner aux tempes. Il avait un nez et une bouche curieusement délicats pour un homme de son gabarit, à croire que ses traits avaient été dessinés pour un visage plus petit.

« Je suis désolé de faire votre connaissance dans de telles circonstances, dit Brunetti. Ce doit être très dur pour vous. » Il devrait exister une langue spécialement codée pour ce genre de situation, songea Brunetti, quelque chose qui permette de surmonter sa maladresse.

Niccolini hocha la tête, pinça les lèvres, ferma les yeux puis se détourna vivement, comme s'il venait d'entendre un bruit derrière la porte de la morgue.

Brunetti ne bougea pas. C'est alors qu'il remarqua l'odeur qui régnait dans la pièce, odeur qu'il avait pourtant déjà sentie bien souvent, faite d'un produit chimique qui essayait, sans y parvenir, d'en masquer une autre, fauve, chaude, fluide. Devant lui, sur le mur, était accroché un de ces horribles posters que les hôpitaux ne peuvent s'empêcher de placarder partout ; celui-ci présentait des photos agrandies de ce qui était apparemment des tiques porteuses du virus de l'encéphalite ou de la bactérie de la borréliose.

Obligé de s'adresser au dos de l'homme, Brunetti n'avait que des banalités qui lui venaient à l'esprit. « J'aimerais vous exprimer toute ma sympathie, dottore », lâcha-t-il avant de se rappeler qu'il l'avait déjà fait. L'homme ne réagit pas tout de suite et ne se tourna pas. Finalement, d'une voix douce, torturée, il répondit : « Vous savez, j'ai déjà pratiqué des autopsies. »

Brunetti garda le silence. Le vétérinaire tira un mouchoir de sa poche, s'essuya la figure et se moucha. Lorsqu'il se retourna, il avait un autre visage, comme s'il avait brusquement vieilli. « Ils n'ont rien voulu me dire, ni comment elle était morte et pourquoi il fallait faire une autopsie. Et du coup, je ne peux rien faire d'autre que penser à ce qui est en train de se passer. » Sa bouche se durcit en une grimace et, un instant, Brunetti crut bien que l'homme allait pleurer.

Comme il n'y avait rien d'intelligent à répondre, Brunetti laissa passer quelques instants et, sans rien dire, s'approcha de Niccolini et le prit par le bras. L'homme se raidit, comme si ce contact avait été le prélude d'un coup. Il tourna brusquement la tête et regarda Brunetti avec, dans les yeux, une peur animale. « Venez, dottore, dit le commissaire de son ton le plus apaisant. Vous devriez peut-être vous asseoir une minute. » Toute résistance disparut chez le vétérinaire et Brunetti put le conduire jusqu'à une rangée de chaises en plastique, où il lui lâcha progressivement le bras et attendit de le voir s'asseoir. Sur quoi Brunetti prit une deuxième chaise, qu'il installa de manière à être de trois quarts face à lui.

« C'est la voisine de votre mère, la dame qui habite au-dessus, qui nous a appelés hier au soir. »

Il fallut apparemment un certain temps à Niccolini pour enregistrer ce que Brunetti venait de lui dire. « Elle m'a appelé ce matin, dit-il finalement. C'est pourquoi je suis ici.

– Qu'est-ce qu'elle vous a dit ? »

Les mains de l'homme, presque contre sa volonté, se mirent à se tordre avec un bruit de râpe sec étonnamment fort. « Qu'elle était descendue pour avertir maman qu'elle était de retour et pour prendre son courrier. Et quand elle est entrée, elle… elle l'a trouvée. »

Il s'éclaircit la gorge et détacha soudain ses mains l'une de l'autre pour les glisser sous ses cuisses, comme un écolier pendant un examen difficile. « Sur le plancher. Elle a dit qu'elle avait compris au premier coup d'œil qu'elle était morte. »

Le vétérinaire prit une profonde inspiration, détourna les yeux de Brunetti et reprit son récit. « Elle a dit aussi que quand tout avait été terminé et qu'ils l'avaient emportée – ma mère, je veux dire – elle avait décidé d'attendre pour m'appeler. C'est ce qu'elle a fait. Ce matin.

– Je vois. »

Niccolini secoua la tête comme si Brunetti venait de lui poser une question. « Oui, elle m'a dit que je devais vous appeler – appeler la police. Et quand je l'ai fait, vous – enfin, la personne qui m'a répondu à la questure – m'avez dit que je devais appeler l'hôpital si je voulais savoir quelque chose. » Il ressortit ses mains et les croisa sur ses genoux, où elles restèrent immobiles tandis qu'il les étudiait un instant. « J'ai donc appelé ici. Mais on n'a rien voulu me dire. On m'a seulement demandé de venir sur place. C'est pourquoi j'ai été surpris quand vous m'avez appelé », ajouta-t-il après une brève hésitation.

Brunetti hocha la tête, comme pour suggérer que la police n'était pas impliquée dans l'affaire, tout en se demandant pour quelle raison Niccolini tenait tant à ce que la police ne se mêle pas de la mort de sa mère. Mais quel Italien n'aurait pas réagi de cette façon ? Brunetti essaya de chasser tout soupçon et de ne pas s'attarder sur les méthodes d'une bureaucratie capable de renvoyer un homme dans un tel endroit à un tel moment. « Je vous prie de m'excuser pour cette confusion, dottore. Dans de telles circonstances, ce doit être doublement douloureux. »

Le silence se fit entre les deux hommes. Niccolini se remit à contempler ses mains et Brunetti estima qu'il valait mieux ne rien dire. Les circonstances, le lieu, ce qui se passait dans la salle à côté, toutes ces choses les oppressaient et les poussaient à se taire.

Quelques minutes plus tard, Rizzardi apparut à la porte, sans sa blouse de laboratoire mais en costume cravate. « Ah, Guido, dit-il lorsqu'il vit Brunetti, je voulais justement te… », dit-il en remarquant l'autre homme qui devait être un parent de la femme autopsiée. Sans hésitation, il se tourna vers l'inconnu et dit : « Ettore Rizzardi, médecin légiste, puis il s'approcha, la main tendue. Je suis désolé de vous rencontrer ici, signore. » Brunetti l'avait vu dans cette même situation un bon nombre de fois, mais à chacune on aurait dit que le médecin venait de découvrir à l'instant même ce qu'était le chagrin humain et qu'il voulait faire de son mieux pour réconforter celui qui en était victime.

Niccolini se leva et agrippa la main de Rizzardi. Brunetti vit les lèvres du médecin se pincer, tant l'homme l'étreignait. Rizzardi réagit en se rapprochant et en posant sa main gauche sur l'épaule du vétérinaire. Celui-ci se détendit un peu, aspira brutalement puis serra les lèvres et redressa la tête. Il prit de profondes inspirations par le nez et lâcha alors lentement la main de Rizzardi. « Qu'est-ce qui est arrivé ? » demanda-t-il, presque suppliant. Rizzardi ne parut nullement décontenancé par le ton de Niccolini. « Nous serions peut-être mieux dans mon bureau », suggéra le médecin d'un ton calme. Brunetti leur emboîta le pas, mais alors qu'ils avaient parcouru la moitié du couloir au bout duquel se trouvait le bureau du médecin légiste, Niccolini s'arrêta et dit : « Je crois que j'ai besoin de sortir d'ici. J'étouffe entre ces murs. » Brunetti, comme Rizzardi, se rendit compte que l'homme avait manifestement du mal à respirer et il les conduisit donc à travers le dédale de halls et de cours, jusqu'à l'entrée principale d'où ils sortirent sur le Campo où la splendeur du jour les attendait toujours.

De retour au soleil et dans le monde des vivants, Brunetti fut pris d'une envie presque irrépressible de café – à moins que ce ne soit de sucre. Pendant que le trio descendait les marches basses, devant l'hôpital, Niccolini renversa à nouveau la tête en arrière et laissa le soleil inonder son visage, dans une attitude que Brunetti trouva quasiment rituelle. Ils s'arrêtèrent au pied de la statue de Colleoni, Brunetti lorgnant avec impatience la rangée de cafés, de l'autre côté de la place. Sans explication, Rizzardi s'éloigna soudain en direction de *Rosa Salva*, puis se tourna et leur fit signe de le suivre.

À l'intérieur, Rizzardi demanda un café. Les autres le rejoignirent et commandèrent la même chose au barman d'un signe de tête. Il y avait du monde autour d'eux, les gens mangeaient des pâtisseries, d'autres des tramezzini, ou buvaient du café tandis que quelques-uns en étaient déjà à leur premier *spritz*. Il était merveilleux et en même temps effrayant d'émerger de l'hôpital pour entrer ici, au milieu du sifflement de la machine à café, du claquement des tasses sur les soucoupes, et de se trouver confronté avec un rappel de ce que nous savons tous et qu'il nous déplaît à tous de savoir : que la vie continue, quoi qu'il arrive à l'un ou l'autre d'entre nous. Elle met un pied devant l'autre, sifflant un air joyeux ou sinistre, c'est selon, mais elle met toujours un pied devant l'autre.

Une fois les trois cafés devant eux, sur le bar, Rizzardi et Brunetti déchirèrent leur petit paquet de sucre pour le verser dans leur tasse et remuèrent. Niccolini, lui, regardait sa tasse comme s'il se demandait ce que c'était. Il fallut qu'un autre consommateur qui voulait reposer sa tasse sur le comptoir le bouscule légèrement pour qu'il prenne à son tour son paquet de sucre et le verse dans son café.

Les tasses vides, Rizzardi posa de la monnaie sur le comptoir et les trois hommes retournèrent sur la place. Un petit garçon haut comme trois pommes passa à toute vitesse devant eux sur sa trottinette, poussant du pied et lançant des cris d'excitation sauvages. Un instant plus tard, son père passa au petit trot, hors d'haleine, criant lui aussi : « Marco, Marco, *fermati* ! »

Rizzardi gagna la grille qui entourait le piédestal de Colleoni et s'y adossa, regardant en direction de Barbaria delle Tole, l'église sur sa gauche. Brunetti et Niccolini se mirent l'un à droite, l'autre à gauche du médecin. « Votre mère est morte d'une crise cardiaque, monsieur, dit Rizzardi sans autre préambule, regardant droit devant lui. Cela a dû être très rapide. Je ne sais pas dans quelle mesure elle a pu souffrir, mais de toute façon, je peux vous assurer que ça n'a duré que très peu de temps. »

Derrière eux, les cris incessants de Marco célébraient à leur manière la splendeur du jour et la découverte de la vitesse.

Niccolini prit une profonde inspiration, dans laquelle Brunetti reconnut le soulagement que n'importe qui ressentirait en entendant de telles paroles d'un médecin. Les trois hommes s'abandonnèrent un instant à la voix de l'enfant et au contre point de son père.

Puis le vétérinaire s'éclaircit la gorge, mais c'est d'une voix hésitante et rauque qu'il parla. « La signora Giusti – la voisine de ma mère – m'a dit qu'elle avait vu du sang. » Sur quoi il s'arrêta, mais Rizzardi ne réagit pas. « C'est vrai, dottore ? » Brunetti regarda les mains crispées du vétérinaire qui tremblaient légèrement.

Le petit garçon poussa un cri en passant devant eux, et lorsqu'il eut atteint l'autre côté de la place, Rizzardi se tourna vers Brunetti comme pour lui demander d'apporter sa contribution, mais le policier ne lui offrit pas son aide, curieux de savoir comment le légiste allait répondre. Rizzardi posa une main sur le haut de la grille et s'y adossa. « Oui, et il y a une explication matérielle à cet épanchement, mais elle est sans rapport avec la crise cardiaque. » Brunetti observa que le légiste s'était bien gardé de mentionner la marque relevée au cou de la signora Altavilla. Il était exclu qu'il la considère comme dénuée d'intérêt, car dans ce cas Rizzardi en aurait parlé, ne serait-ce que pour la rejeter en tant qu'indice de quelque chose.

Brunetti se tourna vers Niccolini pour voir comment celui-ci allait réagir à cette réponse dilatoire, mais l'homme se contenta d'acquiescer d'un hochement de tête. « Si vous le souhaitez, reprit Rizzardi, je peux essayer de vous expliquer exactement ce qui s'est passé. D'un point de vue médical, en tout cas. » Devant le sourire affable avec lequel Rizzardi accompagna cette proposition, Brunetti comprit que le légiste ignorait la profession qu'exerçait Niccolini, et donc que celui-ci avait une formation médicale ; Rizzardi ne pouvait pas savoir l'effet que son ton un peu condescendant risquait de produire.

C'est d'uns voix à peine plus forte qu'un murmure que Niccolini demanda alors : « Pourriez-vous être plus précis sur ce que vous avez appelé une explication matérielle ? »

Ce fut le ton, plus que le contenu de la question, qui éveilla l'attention de Rizzardi. « Il y avait des traces de traumatisme. » Ah, se dit Brunetti, on va en venir à la marque sur le cou.

Niccolini resta un instant songeur. « Il y a toutes sortes de traumatismes », observa-t-il en luttant pour garder un ton calme. Brunetti décida d'intervenir avant que Rizzardi ne se lance dans des explications pour néophyte, ce qui n'aurait fait qu'exaspérer un peu plus Niccolini. « Je crois qu'il serait bon que tu saches que le dottor Niccolini est vétérinaire, Ettore. » Rizzardi ne réagit pas tout de suite, mais il était évident, quand il le fit, que l'information le soulageait. « Ah, dans ce cas il va comprendre », dit-il. Niccolini inspira profondément, puis s'approcha brusquement du légiste, un poing involontairement serré, l'air choqué. Rizzardi s'écarta du grillage et leva les deux mains, paumes ouvertes, dans un geste instinctif pour se protéger. « Dottore, dottore, je ne voulais pas vous offenser », dit-il, avec des mouvements comme s'il tapotait l'air entre lui et Niccolini, jusqu'à ce que ce dernier, stupéfait par son propre comportement, baisse les mains. « Je voulais dire que vous seriez mieux à même de comprendre les aspects physiologiques de ce qui s'est passé. C'est tout. » Il se tut un instant. « Je vous en prie, ne le prenez pas mal », ajouta-t-il d'un ton plus calme.

Niccolini avait-il été tellement bouleversé qu'il aurait vu dans la remarque de Rizzardi une comparaison entre l'anatomie humaine et animale ? Mais comment s'attendre à ce qu'il garde son calme et reste rationnel en présence de l'homme qui venait de pratiquer l'autopsie ?

Le vétérinaire hocha la tête à plusieurs reprises, les yeux fermés, le visage empourpré, puis il regarda Rizzardi. « Bien sûr, dottore. J'ai mal compris. Tout ça est tellement…

– Je comprends. Tellement terrible. J'ai dû souvent parler à des gens. Ce n'est jamais facile. »

Le silence se fit entre les trois hommes. Un chien sortit d'une des boutiques, à l'autre bout de la place, alla se soulager contre un arbre et retourna dans la boutique. La voix de Rizzardi détourna l'attention de Brunetti du chien. « Je ne peux que vous répéter ceci : votre mère est décédée d'une crise cardiaque. Cela ne fait aucun doute. » Brunetti connaissait assez bien le médecin légiste, depuis le temps, pour savoir que celui-ci disait la vérité, mais comme il le voyait à présent de face, il se rendait compte aussi qu'il y avait quelque chose que Rizzardi ne disait pas.

« Et pour répondre à votre question, dottore, oui, il y avait bien du sang sur place. Le commissaire Brunetti l'a vu, lui aussi. » Niccolini se tourna vers Brunetti pour avoir confirmation ; le policier acquiesça, puis attendit de voir quelle explication allait donner Rizzardi. « Il y a un radiateur à proximité de l'endroit où nous avons retrouvé votre mère, et tout semble indiquer qu'elle l'a heurté dans sa chute. Comme vous le savez, les blessures à la tête saignent normalement beaucoup, mais la mort étant intervenue très rapidement après la crise cardiaque, l'hémorragie a été de courte durée et cela aussi est cohérent avec ce que nous avons observé par ailleurs. » Au fur et à mesure qu'il parlait, Rizzardi retrouvait le langage officiel des rapports et des compte-rendus.

Apparemment moins oppressé, Niccolini dit : « Mais c'est bien la crise cardiaque qui l'a tuée, n'est-ce pas ? » Combien de fois, se dit Brunetti, va-t-il falloir lui répéter ? « Sans le moindre doute », répondit Rizzardi de son ton le plus officiel, si bien que le léger flottement qu'avait ressenti Brunetti, lorsqu'il avait pensé que le légiste ne disait pas tout, devint pour lui un mensonge flagrant par omission. Le policier n'avait aucune idée de ce que Rizzardi tenait à cacher, mais il était maintenant convaincu qu'il cachait bien quelque chose.

Niccolini s'adossa à la grille, comme l'avait fait Rizzardi avant lui. Un son qui avait tout du cri de guerre les fit sursauter à ce moment-là. Ils se tournèrent comme un seul homme vers l'autre bout de la place, où le jeune Marco décrivait des cercles de plus en plus étroits autour d'un des arbres. Brunetti ne put s'empêcher de mettre ce manège en rapport avec le comportement de Niccolini. Il aurait compris si Niccolini avait eu des manifestations de chagrin ou de douleur, ou s'il avait fondu en larmes. Au cours de sa carrière, il avait également assisté à des réactions inverses – la satisfaction d'un cœur insensible à la mort d'un proche. Niccolini semblait à la fois nerveux et paralysé. Pourquoi donc obliger Rizzardi à répéter son diagnostic, selon lequel la mort avait été naturelle ?

Rizzardi remonta sa manchette pour consulter sa montre. « Je suis désolé, signori, mais j'ai un rendez-vous. » Il tendit la main à Niccolini et le salua poliment. Puis il dit à Brunetti qu'il lui enverrait un rapport écrit dès que possible et de l'appeler s'il avait des questions. C'est en silence que Niccolini et Brunetti regardèrent le médecin traverser la place et disparaître dans l'hôpital.

7

Rizzardi parti, Brunetti demanda à Niccolini, avec un signe de tête en direction de l'hôpital : « Avez-vous encore quelque chose à faire là-dedans ?

– Non, je ne crois pas, répondit le vétérinaire, secouant la tête comme pour chasser cette idée. J'ai signé des papiers à mon arrivée, mais personne ne m'a dit que j'en aurais d'autres à remplir. » Il regarda vers le bâtiment, puis revint à Brunetti. « Je ne pourrai pas la voir avant cet après-midi. À deux heures. » Puis il leva les yeux sur Brunetti et ajouta, comme si celui-ci aurait eu des raisons d'en douter : « C'était une bonne mère… et une femme bien. »

En dépit des années – des dizaines d'années – qu'il avait passées comme policier, Brunetti avait toujours autant envie de croire que cela était vrai de la plupart des gens. L'expérience tendait à lui faire penser qu'ils étaient bons, au moins tant qu'ils ne se retrouvaient pas dans une situation inhabituelle ou difficile, mais que quelques-uns – et même beaucoup, peut-être – changeaient. Brunetti se surprit lui-même en évoquant le Notre Père : *Ne nous soumets pas à la tentation*… Quel discernement, de la part de celui qui avait inventé ça – était-ce le Christ lui-même ? – d'avoir pris conscience de la facilité avec laquelle nous étions tentés, de la facilité avec laquelle nous succombions ; et qu'il était sage de prier pour que nous soit épargnée la tentation…

« …Vous pensez qu'ils… », disait Niccolini, et Brunetti reporta son attention sur lui. Mais le vétérinaire n'acheva pas sa phrase. Il leva la main, paume tournée vers le ciel, puis la laissa retomber le long de son corps, comme s'il se résignait à ce que les cieux ne manifestent aucun intérêt pour le sort de sa mère.

Brunetti n'était resté qu'un instant plongé dans ses pensées. Il tenait beaucoup à entendre ce que Niccolini avait à dire, si bien que, après avoir jeté un coup d'œil à sa montre, il lui proposa qu'ils aillent déjeuner ensemble. « Cependant, si vous préférez être seul, ajouta le policier, je comprendrais. » Niccolini le regarda bien en face, puis consulta à son tour sa montre – cela lui prit un certain temps, comme s'il avait oublié ce que signifiaient ces chiffres. « J'ai une heure devant moi », dit-il finalement. Puis il ajouta, jetant un coup d'œil autour de lui sur la place : « D'accord. Sinon, je ne saurais pas quoi faire en attendant, et comme ça le temps passera plus vite. » Il se tourna vers l'établissement où ils avaient pris un café. « Tout est complètement différent.

– Le bar ? Ou le Campo ? » demanda Brunetti. Mais Niccolini parlait peut-être de la vie, d'aujourd'hui, de demain.

« Tout, je crois. Je ne venais plus que rarement à Venise, depuis quelques années. Seulement pour voir ma mère, et elle habite si près de la gare que je ne vais jamais dans les autres quartiers. » Il regarda une fois de plus autour de lui, à la recherche de quelque chose qui n'aurait pas changé, avec dans les yeux ce même ébahissement qu'on voit dans ceux des touristes, quand ils viennent pour la première fois dans la Sérénissime. Il se tourna et montra l'église des Miracoli. « Je suis allé à l'école à Giacinto Gallina, je connais donc le quartier. Ou plutôt, je le connaissais. Sergio est parti, continua-t-il avec un geste vers l'un des bars, et le patron est maintenant chinois. Et les deux vieux qui tenaient Rosa Salva sont partis aussi... »

Comme encouragé par l'évocation de ce nom, Niccolini se mit à marcher dans la direction du bar. Brunetti lui emboîta le pas, supposant que son invitation avait été acceptée. Par consentement tacite, ils s'installèrent à l'extérieur, choisissant une table sans parasol pour pouvoir mieux profiter de ce qui restait de soleil automnal. Il y avait un menu sur la table, mais ni l'un ni l'autre ne prirent la peine de le consulter. Quand le serveur vint prendre leur commande, Brunetti demanda un verre de vin blanc et deux tramezzini – n'importe lesquels. Niccolini dit qu'il prendrait la même chose.

Les premiers mois durant lesquels la mère de Brunetti avait développé la maladie d'Alzheimer dont elle allait mourir, elle avait été placée dans une maison de retraite médicalisée pas très loin d'ici, sur Barberia delle Tole. Mais Brunetti, en dépit de l'envie qu'il avait de faire parler Niccolini de la signora Altavilla, se refusait à tenter de gagner sa sympathie en lui offrant en gage les souffrances qu'avait vécues la sienne. Ils attendirent en silence, étrangement à l'aise pour deux personnes qui venaient juste de faire connaissance. « Veniez-vous la voir souvent ? demanda finalement Brunetti.

– Assez souvent, jusqu'à il y a un an. Puis ma femme a eu des jumeaux, et du coup, c'est ma mère qui a commencé à nous rendre visite.

– À Vicenze ?

– À Lerino, exactement. C'est de là que mes parents sont originaires. Elle venait en train, et j'allais la chercher à la gare. » Le serveur arriva avec les verres de vin. Brunetti prit une première gorgée, puis une seconde. Niccolini n'y prêta pas attention et reprit son récit. « Nous avons un autre enfant. Une fille, âgée de six ans. » Brunetti évoqua la joie qu'avait ressentie sa mère quand elle était devenue grand-mère. « Cela devait la rendre très heureuse. »

Niccolini sourit pour la première fois depuis qu'ils s'étaient rencontrés, et parut du coup plus jeune. « Oui, très heureuse. » Sur quoi le serveur arriva avec les sandwichs.

« C'est bizarre, reprit Niccolini, prenant son verre mais ignorant les tramezzini. Elle aura passé toute sa vie avec des enfants, tout d'abord en tant qu'enseignante, puis avec moi et ma sœur, puis de nouveau avec des enfants quand elle a repris l'enseignement une fois que nous avons pu aller à l'école. » Il goûta un peu de vin, puis prit un sandwich et l'examina – sur quoi il le reposa dans l'assiette.

Brunetti venait de prendre une première bouchée de son sandwich. « Qu'est-ce que cela a de bizarre ? demanda-t-il.

– Que, quand elle a pris sa retraite, elle se soit arrêtée de s'occuper d'enfants.

– Qu'est-ce qu'elle a fait, à ce moment-là ? »

Niccolini étudia un moment le visage de Brunetti, puis répondit en parlant très lentement, comme s'il avait du mal à trouver les bons mots pour s'exprimer. « Pourquoi tenez-vous à savoir tout cela, commissaire ? »

Brunetti prit une nouvelle gorgée de vin. « Je m'intéresse aux femmes de la génération de ma mère, ou du moins, proche de cette génération », ajouta-t-il avant que Niccolini ait le temps de s'étonner de cet intérêt. Puis il reposa son verre. « Ma mère ne travaillait pas. Elle était femme au foyer et s'occupait de nous, mais une fois, il y a bien longtemps, elle m'a avoué qu'elle aurait aimé être institutrice. Cependant sa famille était pauvre et elle a commencé à travailler dès l'âge de quatorze ans. En tant que domestique. » Il avait parlé sans hésiter, comme s'il reniait toutes ces années pendant lesquelles il avait refusé cette simple vérité et souhaité avoir eu des parents différents, plus riches, plus cultivés. « C'est pourquoi je suis toujours intéressé par les femmes qui ont réussi à faire ce que ma mère avait rêvé de faire. Qui ont su saisir leur chance. »

L'air de ne pas être très convaincu par cette explication, Niccolini poursuivit tout de même. « Elle s'est mise à s'occuper de personnes âgées. Plus âgées qu'elle. En fait, dit-il avec un mouvement du menton, elle a même commencé là-bas. » Tout le monde, à Venise, aurait compris qu'il faisait allusion à la maison de retraite, la Casa di cura, qui ne se trouvait qu'à quelques centaines de mètres d'ici.

« Commencé en faisant quoi ?

– Elle leur rendait visite. Elle les écoutait. Elle les sortait sur le Campo quand le temps s'y prêtait. » Voilà un spectacle qui était devenu familier, dans les rues de Venise : des vieillards minuscules, recroquevillés dans leur fauteuil roulant, une couverture sur les genoux – et même par temps froid –, poussés au soleil par des proches ou des amis ou, de plus en plus souvent, par des femmes d'Europe de l'Est, à en juger par leur aspect –, poussés jusque sur la place pour qu'ils passent encore un peu du temps qu'il leur restait à vivre ailleurs qu'entre les quatre murs d'une chambre minuscule encombrée de leurs souvenirs.

Brunetti se demanda si la mère de Niccolini n'aurait pas fait partie des personnes qui s'étaient occupées de sa propre mère, mais il rejeta tout de suite cette hypothèse comme absurde.

« Par temps de pluie, elle leur faisait la lecture ou les

écoutait raconter leur histoire. » D'un geste lent, Niccolini reprit son sandwich. Il mordit dedans et le reposa tout de suite sur le bord de l'assiette. « Elle disait toujours combien ils aimaient raconter ce qu'était la vie, lorsqu'ils étaient plus jeunes, ce qu'ils avaient fait, comment était la ville alors, il y a soixante, soixante-dix ans.

– Les gens n'ont pas besoin d'entrer en maison de retraite pour aimer parler de ça, j'en ai peur », observa Brunetti avec un sourire, pensant aux heures que lui-même avait passées à se lamenter sur les transformations qu'avait subies Venise depuis l'époque où il était jeune homme. « Je crois que cela fait partie du fait d'être vénitien… Ou du fait d'être un être humain. »

Niccolini s'enfonça dans son siège. « Je crois que c'est pire pour les personnes âgées. Les changements sont tellement plus évidents pour eux. » Puis, comme font beaucoup de personnes lorsqu'on évoque ce sujet, il poussa un soupir et agita une main en l'air dans un geste d'impuissance.

« Vous avez dit qu'elle avait commencé ici, reprit Brunetti. Et où a-t-elle été, ensuite ?

– À Bragora. C'est là-bas qu'elle travaillait. Encore. » Il baissa les yeux sur ses mains en prononçant ce dernier mot.

Brunetti se souvenait d'avoir entendu parler de cette maison de retraite, des années auparavant : tout un étage d'un palazzo de Campo Bandiera e Moto, tenu par des religieuses d'il ne savait quel ordre, qui avaient la réputation de demander des prix élevés mais aussi d'offrir les meilleurs soins de toute la ville. Aucun lit n'y était disponible quand il avait voulu y placer sa mère et, depuis, il n'avait jamais repensé à cette institution.

Un nouveau soupir de Niccolini força Brunetti à se tourner vers lui. « Oh, mon Dieu, il va falloir que je leur annonce. » Il devint tout rouge et ses yeux se mirent à briller. Il se pencha en avant, et les coudes sur les accoudoirs de son siège, se cacha la bouche et le nez avec les mains. Brunetti regarda sa montre. Il était presque deux heures.

« Je ne peux pas les appeler. Je ne peux pas leur dire par téléphone », dit Niccolini en secouant la tête. Brunetti demanda avec précaution : « Voulez-vous que j'aille leur parler, dottore ? » Il y eut un éclair dans les yeux du vétérinaire. « Je connais deux des religieuses de l'établissement », se hâta d'ajouter Brunetti. Bon, d'accord, il leur avait parlé une ou deux fois deux ans auparavant, mais d'une certaine manière, il les connaissait. « Ce n'est pas loin de la questure. » Brunetti ne savait trop dans quelle mesure il pouvait ou non insister et ne voulait pas avoir l'air trop intéressé. « Bien entendu, je ne vois aucun inconvénient à ce que vous vous acquittiez en personne de cette tâche. »

Le serveur passa près d'eux et Brunetti en profita pour demander l'addition. Pendant les deux ou trois minutes qui suivirent, le temps que le serveur entre dans le bar et prépare la note, Niccolini ne quitta pas des yeux le verre à demi plein et les sandwichs à peine entamés.

Brunetti paya la note, laissa quelques euros sur la table et repoussa sa chaise. Niccolini se leva. « J'aimerais que vous le fassiez, commissaire. Je ne sais pas si je vais être capable… », mais il n'acheva pas sa phrase, dans l'impossibilité de nommer la chose qu'il ne se sentait pas capable de faire.

« Volontiers », dit Brunetti, se contentant de cette formule de courtoisie. Puis il tendit la main à Niccolini.

Celui-ci la prit et la serra vigoureusement avant de parler. « Ne dites rien, je vous en prie. » Et là-dessus il lâcha la main de Brunetti et traversa le Campo en direction de l'hôpital.

8

Brunetti prit l'un des sandwichs qui restaient dans l'assiette mais, gêné d'être vu mangeant debout, il se rassit pour le terminer. Après quoi il entra dans le bar et commanda un verre d'eau minérale. Ce n'est qu'à cet instant qu'il se rendit compte qu'il avait oublié d'avertir Paola qu'il ne rentrerait pas déjeuner. Il régla son eau et sortit pour l'appeler. Il espéra, tandis qu'il composait le numéro de son domicile, qu'elle comprendrait qu'en un certain sens il avait été pris en otage par les circonstances.

« Paola, dit-il dès qu'elle eut décroché, la maîtrise des événements m'a échappé.

– Comme un certain bar au fenouil cuit au four. »

Bon. Au moins n'était-elle pas en colère. « Avec des pommes de terre nouvelles et des petites carottes, continua-t-elle, impitoyable, et l'une de ces bouteilles de tokay que t'a données ton informateur.

– En principe, tu n'es pas au courant de leur provenance.

– Tu n'as qu'à faire semblant de ne pas m'avoir entendue dire que je connaissais leur provenance. »

Mais il n'avait pas envie de s'en sortir par une simple pirouette. « J'ai pu rencontrer le fils de la femme qui est morte la nuit dernière.

– Ce n'était pas dans le journal, ce matin, mais il y avait déjà un article dans la version en ligne. »

Brunetti, qui était entré à reculons dans l'âge de l'informatique, préférait lire le journal dans sa version papier ; qu'on puisse maintenant lire un quotidien comme le *Gazzettino* sur un ordinateur le mettait très mal à l'aise. « Que vont devenir les gens, quand ils seront confrontés vingt-quatre heures sur vingt-quatre aux articles du *Gazzettino* ? » demanda-t-il à sa femme.

Paola avait moins de mal que Guido à accepter la modernité et à en voir les avantages. « Cela donnera peut-être une chance aux gens de voir ce canard comme le déchet toxique qu'il est, même si on ne l'expédie pas en Afrique, répliqua-t-elle.

– Ah, c'est vrai. Je n'y avais pas pensé. Me voilà la conscience en paix, à présent. Qu'est-ce qu'il disait ? demanda-t-il alors, curieux de savoir comment le journal avait présenté les choses.

– Qu'une voisine l'avait trouvée dans son appartement et que son décès était probablement dû à une crise cardiaque.

– Parfait.

– Cela veut-il dire que ce n'est pas vrai ?

– Rizzardi s'est montré évasif et peu enclin à se prononcer. Je pense qu'il a vu quelque chose, mais il n'a rien voulu dire au fils.

– Et comment est-il, ce fils ?

– Il a l'air d'être quelqu'un de bien, répondit Brunetti, car telle avait été sa première impression. Mais il n'a pas pu me cacher son soulagement lorsqu'il a appris que la police ne s'intéressait pas à la mort de sa mère.

– C'est toi-même qui le lui as dit ?

– Oui. Il paraissait ennuyé que je veuille lui parler, et j'ai donc fait passer ça pour de la procédure en disant que c'était nous qui avions été appelés et que nous devions forcément faire un rapport.

– Mais pourquoi serait-il nerveux ? Il n'a rien à voir avec ce qui est arrivé. » Devant ce ton catégorique, Brunetti se rendit compte que lui aussi avait rejeté cette possibilité *a priori*. Les variations sur le thème de l'homicide que le monde offrait étaient infinies ; les époux s'entre-tuaient avec une fréquence effrayante, amants et ex-amants vivaient dans un état de guerre larvée et le nombre de femmes ayant tué leurs enfants au cours des années précédentes était effrayant. Mais quelque chose, en lui, refusait toujours l'idée qu'un fils puisse tuer sa mère.

Il laissa son esprit vagabonder quelques instants autour de cette idée. Paola attendit sans rien dire. « Il se peut tout aussi bien que ce ne soit rien, admit-il finalement. Après tout, il vient de vivre un choc terrible et après notre entretien, il devait retourner à l'hôpital pour l'identifier.

– *Oddio !* s'exclama-t-elle. On n'aurait pas pu trouver quelqu'un d'autre ?

– C'est un parent qui doit le faire. »

Ils gardèrent quelques instants le silence. Guido le rompit le premier, les tirant tous les deux de leurs réflexions. « Je devrais être à l'heure ce soir.

– Entendu. » Et elle raccrocha.

Le chemin le plus court pour se rendre à la maison de retraite passait devant la questure : il y avait certes d'autres possibilités, mais toutes rallongeaient le parcours. Il pourrait en profiter pour récupérer Vianello au passage et lui parler ainsi, chemin faisant, de Niccolini et du fait que sa présence avait empêché Rizzardi de dire tout ce qu'il avait à dire sur l'autopsie. Il sortit son téléphone et composa le numéro du lieutenant pour le prévenir qu'il passerait le prendre dans cinq minutes. Le soleil avait franchi le zénith et la première ruelle dans laquelle il s'engagea avait déjà commencé à perdre un peu de chaleur.

Comme à chaque fois qu'il empruntait la voie longeant le Rio della Tetta, Brunetti eut le plaisir d'admirer le plus beau pavage de tout Venise. D'une couleur qui hésitait entre rose et ivoire, certaines des dalles faisaient presque deux mètres de long pour un de large, et donnaient une idée de l'effet que cela devait faire de se déplacer dans la ville au temps de sa splendeur. Malheureusement, le palazzo qui s'élevait sur l'autre rive fournissait la preuve matérielle que ces beaux jours étaient bel et bien passés. Il était maintenant à l'abandon : la peinture s'écaillait aux volets du fait des intempéries, des balconnières rouillées contenaient des pots de fleurs d'où retombaient des tiges desséchées depuis longtemps, les vantaux de la porte d'eau pendaient de guingois sur leurs gonds mangés de rouille, les marches envahies de mousse s'enfonçaient dans des espaces caverneux où seuls des rats oseraient s'aventurer. Contemplant le bâtiment, Brunetti y lut le lent déclin de la ville. Un investisseur y aurait vu une occasion à saisir : en faire un atelier pour des architectes étrangers, ou un hôtel, ou un *bed & breakfast*, voire un bordel chinois.

Il franchit le petit pont puis, après avoir tourné une fois à gauche et une fois à droite, il aperçut Vianello devant lui, adossé à une rambarde. Lorsque l'inspecteur le vit, il rejoignit Brunetti. « J'ai parlé aux gens du premier, dit-il. Ça n'a rien donné. Ils n'ont rien entendu, ils n'ont vu personne. Ils n'ont même pas entendu entrer la signora Giusti – en fait, ils n'ont commencé à remarquer quelque chose d'anormal que quand nous sommes arrivés. Pareil avec les gens du second.

– Tu les as crus ?

– Oui, répondit Vianello sans hésiter. Ils ont deux enfants en bas âge et comme fond sonore, c'est difficile à battre. Quant au couple âgé, ils sont tous les deux plutôt durs d'oreille. » Puis il ajouta : « Ils m'ont dit que des personnes venaient parfois passer un moment chez la signora Altavilla. Toujours des femmes. D'après ce qu'ils avaient vu, en tout cas. »

Brunetti lui adressa un regard interrogateur. « C'est tout ce que j'ai pu en tirer, admit Vianello.

– D'après son fils, la signora Altavilla était visiteuse à la maison de retraite de Bragora et j'ai eu envie d'aller parler d'elle aux religieuses. Il m'a expliqué qu'elle y allait pour tenir compagnie aux personnes âgées – ou plutôt pour les écouter.

– Ce qui est beaucoup plus utile, tu ne crois pas ? demanda Vianello.

– Ah bon ?

– J'ai l'impression que plus les gens prennent de l'âge, moins ils s'intéressent à ce qui se passe autour d'eux, moins ils s'intéressent au présent ; c'est au passé qu'ils ont envie de penser, c'est du passé qu'ils ont envie de parler. » Il se tut un instant, mais Brunetti ne le relança pas. « C'est le cas, incontestablement, avec toutes les personnes âgées que je connais ou que j'ai connues : ma grand-mère, ma mère, et même les parents de Nadia. Sans compter que si tu y réfléchis, pourquoi devraient-ils s'intéresser au présent ? Pour la plupart d'entre eux, il n'est rempli que par des problèmes de santé, ou des problèmes d'argent et ils perdent peu à peu leurs forces. Si bien qu'il est beaucoup plus agréable pour eux de passer leur temps dans le passé, et encore plus s'il y a quelqu'un pour écouter leurs histoires. »

Brunetti fut obligé de le reconnaître : il était d'accord. Ses propres parents avaient eu ce type de comportement, même s'ils n'étaient peut-être pas des exemples fiables : son père était revenu de la guerre brisé et déprimé, et sa mère s'était progressivement perdue dans la nuit d'Alzheimer. Il pensa aux parents de Paola, le comte et la comtesse Falier, solidement ancrés dans le présent et curieux de l'avenir – et la théorie de Vianello vola en éclats.

« Est-ce que nous faisons tout ça, demanda alors Vianello, marchant du même pas que Brunetti, à cause de cette marque au cou ? »

Brunetti résista à son envie de hausser les épaules. « Je n'ai jamais vu un Rizzardi aussi peu communicatif. Il a dit au fils qu'elle était morte d'une crise cardiaque – et je suppose donc que c'est vrai – mais il n'a fait aucune allusion à la marque. Et nous n'avons pas pu parler.

– Tu as une idée ? »

– J'aimerais bien en apprendre davantage sur elle, puis voir ce que Rizzardi voudra bien nous apprendre. »

Ils arrivèrent au sommet du pont San Antonin et Brunetti eut un mouvement du menton en direction de l'église. « Chaque fois que nous passions par là, ma mère ne pouvait s'empêcher de me raconter qu'au XIXe siècle – je crois – un rhinocéros, ou peut-être un éléphant, elle changeait de version d'une fois sur l'autre, s'était échappé et avait terminé enfermé dans cette église. »

Vianello s'arrêta et regarda la façade. « Je n'ai jamais entendu cette histoire. Comment un rhinocéros aurait-il pu se balader dans Venise ? Ou bien un éléphant ? » Il secoua la tête, se disant qu'il devait s'agir encore d'une idée farfelue de touriste et s'engagea dans les marches qui descendaient de l'autre côté. « J'ai assisté à des obsèques ici, il y a longtemps, reprit Vianello, s'arrêtant à nouveau pour regarder l'église. Tu ne trouves pas ça bizarre ? Je ne me rappelle même plus qui on enterrait. »

Ils poursuivirent leur chemin, le long de la courbe à droite, et Vianello retourna à ce que Brunetti venait de lui raconter. « C'est le genre d'histoire qui te fait comprendre pourquoi rien n'est jamais clair.

– Celle du rhinocéros ? Tu te demandes si c'est arrivé ou non ? Si c'était un rhinocéros ou un éléphant ?

– Oui. Une fois qu'une histoire a été racontée, il y a toujours quelqu'un pour la croire et la répéter, si bien que des centaines d'années plus tard, les gens la racontent encore.

– Et du coup, elle devient vraie ?

– En quelque sorte », répondit Vianello un peu à contre-cœur. Ils marchèrent en silence pendant quelque temps, puis le lieutenant observa : « C'est encore vrai aujourd'hui, n'est-ce pas ?

– Que les histoires ne sont pas fiables ?

– Que les gens en inventent et qu'au bout d'un certain temps il n'y a pas moyen de dire si elles sont vraies ou non. »

Ils s'avancèrent sur la place et le soleil retrouvé les mit de meilleure humeur. Les arbres avaient encore leurs feuilles, des gens étaient assis dessous, sur des bancs, et la vue dégagée leur faisait du bien aux yeux.

Ils traversèrent le Campo sans ajouter un mot. Brunetti ne se souvenait plus très bien où était l'entrée de la maison de retraite, sinon qu'elle se trouvait dans la rangée de bâtiments à droite de l'église. Il s'arrêta sur la première rangée de sonnettes, mais la liste ne comportait que des noms de famille. C'est à la deuxième porte qu'il trouva *Sacra Famiglia*, et il sonna.

Pas loin d'une minute s'écoula avant qu'une voix de femme, vieille et chevrotante, demande qui c'était. « Brunetti, répondit le policier, je suis un ami de la signora Altavilla… » il se retint de continuer à mentir, optant pour un demi-mensonge. « Du fils de la signora Altavilla, je veux dire.

– Elle n'est pas ici, répliqua la voix de femme d'un ton revêche – mais c'était peut-être dû à la déformation du son par l'Interphone. Elle ne vient pas aujourd'hui.

– Je le sais, suora, dit Brunetti. Je souhaiterais parler à la mère supérieure. »

La voix répondit quelque chose que ni lui ni Vianello ne comprirent, mais l'ouvre-porte claqua et le battant s'ouvrit. Ils pénétrèrent dans un vaste hall aux dalles carrées alternées orange et blanc, un motif courant dans les bâtiments de cette époque. Une lumière médiocre, crépusculaire, filtrait des fenêtres grillagées, au fond du hall. Ils délaissèrent l'ascenseur pour emprunter l'escalier à droite. Une femme âgée, toute petite, les attendait devant l'unique porte du premier étage : sa tenue trahissait les vœux qu'elle avait prononcés avant que sa taille et sa manière de se tenir ne trahissent son âge.

Elle hocha la tête en voyant les deux hommes approcher et leur tendit la main. L'un comme l'autre durent baisser le bras pour la lui serrer, ayant presque l'impression d'avoir affaire à un enfant : sa tête arrivait à la hauteur de la poitrine de Brunetti et elle devait la renverser pour les regarder. « Je suis madre Rosa, dit-elle. La mère supérieure. Suora Grazia m'a dit que vous vouliez me parler. » Elle recula dans l'encadrement de la porte pour mieux les voir. « Je dois dire que votre aspect ne me plaît pas. » Rien ne se manifesta sur son visage, cependant, mais son accent trahissait encore plus clairement des origines loin au sud de Venise.

Parmi les a priori que Brunetti nourrissait sur les Méridionaux, enfants compris, il y avait la conviction que ceux-ci arrivaient toujours à identifier un policier. Avec le sourire, il demanda : « Est-ce parce que nous sommes des hommes, parce que nous sommes grands, ou parce que nous sommes des policiers ? »

La mère supérieure recula encore d'un pas et leur fit signe de la suivre, puis elle referma la porte derrière eux. « Je sais déjà que Costanza est morte, et donc qu'un policier qui se présente ici et me raconte qu'il est son ami ment pour obtenir des informations. C'est pourquoi je vous trouve déplaisants. Je me moque bien que vous soyez grands et forts. »

Brunetti se sentit pris d'une sympathie soudaine pour tous ceux qu'il avait si souvent bernés pendant des interrogatoires, et d'admiration pour cette femme qui l'avait si aisément démasqué ; et la manière directe dont elle avait exprimé ses sentiments l'avait impressionné. « Je ne suis pas non plus un ami de son fils, madre, avoua-t-il. Mais je viens de lui parler et il m'avait chargé de vous apprendre la nouvelle. »

La religieuse ne réagit pas à sa franchise mais tourna les talons et les conduisit dans ce qui avait dû être jadis le salon croulant de meubles d'un appartement privé. Vue de dos, elle paraissait encore plus petite et Brunetti remarqua qu'elle ménageait sa jambe droite en marchant. Canapés et fauteuils étaient tapissés d'un lourd velours brun et avaient les pieds sculptés en forme de pattes de lion. En les examinant de plus près, on se rendait compte que nombre de griffes leur manquaient, que la plupart des dossiers présentaient dans le haut une tache graisseuse et que les accoudoirs étaient éraillés et parfois déchirés. Quant à l'énorme tapis qui allait pratiquement d'un mur à l'autre, il présentait d'indéniables signes de calvitie.

La religieuse leur indiqua deux gros fauteuils et s'installa elle-même avec précaution face à eux, sur une dure chaise en bois à dossier droit, prenant soin de laisser sa jambe droite tendue devant elle. Les fauteuils étaient tellement mous, tant ils étaient vieux, que les deux policiers se retrouvèrent avec la tête au niveau de celle de madre Rosa.

Brunetti s'inclina de côté afin de prendre son portefeuille, voulant montrer sa carte officielle, mais elle le précéda d'un geste, disant : « Je n'ai pas besoin de la voir, signore. Je sais reconnaître un policier. »

Brunetti abandonna sa tentative et essaya de se tenir droit, mais il était tellement engoncé dans le siège qu'il se releva pour s'asseoir sur l'un des accoudoirs. « On m'a appelé, hier au soir, quand on a retrouvé le corps de la signora Altavilla, et je suis allé dans son appartement. J'ai eu un entretien avec sa voisine. » La religieuse hocha la tête, soit qu'elle connaissait cette voisine et ses liens d'amitié avec la signora Altavilla, soit qu'elle était au courant du coup de téléphone donné à la police.

« L'autopsie qui a été effectuée ce matin… » Il s'interrompit un instant, voyant les sourcils de la religieuse se froncer. « … Suggère qu'elle est décédée d'une crise cardiaque.

– Suggère ? demanda madre Rosa.

– Elle avait une coupure au front, mais le légiste pense qu'elle a pu se la faire pendant sa chute. J'étais sur place, la nuit dernière, et j'ai pu constater qu'elle était tombée à proximité d'un radiateur, ce qui pourrait l'expliquer. » Madre Rosa hocha la tête, manifestant qu'elle avait compris mais pas nécessairement qu'elle le croyait.

Elle fit un geste que Brunetti n'avait pas revu depuis l'école élémentaire : elle passa une main sous son long scapulaire blanc et en retira le chapelet accroché à sa taille. Elle le garda à la main et, tout en regardant Brunetti, se mit à égrener les perles. Priait-elle ou les touchait-elle simplement pour y puiser de la force ou du réconfort, Brunetti n'aurait pu le dire. Finalement, elle se contenta de demander : « Pourrait l'expliquer ? »

Brunetti, comme toujours quand il se faisait surprendre à louvoyer, afficha un sourire détendu. « Nous ne saurons ce qui s'est vraiment passé que lorsque nous aurons examiné les preuves matérielles recueillies dans l'appartement.

– Sauf que vous ne serez probablement pas plus avancés, n'est-ce pas ? Vous n'en serez pas certains, en tout cas. »

Vianello n'avait cessé de croiser et décroiser les jambes pendant cet échange et finit par se lever à son tour. Les mains sur les hanches, il fit quelques mouvements d'assouplissement. « Madre, si nous pouvions utiliser ces fauteuils pour interroger les gens, je crois que nous gagnerions énormément de temps. Et que nous aurions beaucoup plus de succès. »

Elle essaya, sans y parvenir, de retenir un sourire. Puis elle les prit tous les deux par surprise en passant sans effort de l'accent du Sud au plus pur vénitien : « *Ti xe na bronsa coverta.* » Les deux hommes affichèrent un même sourire interrogateur, d'autant plus que son jugement était juste : Vianello était tout à fait du genre braises qui couvent sous la cendre. On ne savait jamais quel éclair de lucidité allait en sortir ou quelle idée lumineuse allait jaillir du silence qu'il respectait la plupart du temps.

Elle fit disparaître son sourire comme si elle désapprouvait l'humeur plus légère qui venait de s'établir. Son regard se perdit entre les deux policiers et elle reprit son expression méfiante. « Que voudriez-vous savoir sur Costanza ? » demanda-t-elle. En relevant sa garde, elle avait repris quelques années. Son corps se raidit tandis qu'au contraire les traits de son visage donnaient l'impression de s'affaisser sous l'effet de la fatigue.

Vianello imita Brunetti et s'assit sur le large accoudoir de son fauteuil. Il prit son carnet de notes, ouvrit un stylo et se prépara à écrire. « En fait, nous ignorons tout d'elle, madre Rosa, dit Brunetti. Sa voisine et son fils nous en ont dit cependant le plus grand bien.

– Je n'en doute pas. »

Quand il fut clair que la religieuse n'ajouterait rien, le commissaire reprit la parole. « Il y a quelque chose que j'aimerais savoir sur elle. » Il se tut, mais la religieuse garda le silence. « Était-elle appréciée des personnes qui sont ici ? » demanda-t-il avec un geste qui englobait tout le bâtiment.

La religieuse répondit presque tout de suite. « Elle n'était pas avare de son temps. Elle avait pris sa retraite, mais elle était encore relativement jeune et avait sa propre vie, ce qui ne l'empêchait pas de les écouter. Elle en amenait certains en promenade, le long du canal, et même en bateau s'ils en avaient envie. » Brunetti se garda de laisser voir qu'il était surpris par ce soudain accès de loquacité.

Aucun des deux policiers ne réagissant, elle ajouta : « Il lui arrivait parfois de passer la matinée à regarder les bateaux par la fenêtre, pendant qu'ils parlaient, ou à rester assise dans leur chambre à les écouter. Elle les laissait parler pendant des heures et elle faisait toujours attention à ce qu'ils racontaient. Elle leur posait des questions, elle se souvenait de ce qu'ils lui avaient dit lors de ses précédentes visites. » Elle fit le même geste que Brunetti. « Cela les fait se sentir importants, de se dire que quelqu'un se rappellera de leurs histoires. »

Brunetti se demanda si elle s'incluait parmi les personnes qui écoutaient leurs histoires et s'en souvenaient, ou si cela l'aurait fait se sentir importante d'avoir quelqu'un pour s'en souvenir.

« Traitaient-elles toutes les personnes de la même manière ? » demanda Brunetti. Il vit qu'elle ne s'était pas préparée à cette question et que celle-ci ne lui plut pas. Elle voyait peut-être d'un mauvais œil que se lient des amitiés avec les gens âgés ; peut-être désapprouvait-elle simplement le principe de telles amitiés.

« Oui. Bien entendu », dit-elle, étreignant son chapelet. Le défilé désinvolte des perles s'était arrêté.

« Donc pas d'amitiés spéciales ?

– Non. Les patients ne sont pas des amis. Elle était au courant de ce genre de risque.

– Quel risque ? demanda Vianello, ne comprenant pas.

– La plupart de nos pensionnaires sont très seuls, répondit madre Rosa. Et nombreux sont ceux dont la famille n'attend que leur mort pour récupérer leur argent ou leurs biens. » Elle attendit un instant, comme pour voir s'ils n'allaient pas être scandalisés qu'une religieuse s'exprime avec une aussi sinistre franchise. Devant leur silence, elle reprit ses explications. « Le risque est qu'ils deviennent trop attachés aux personnes qui les traitent bien. Costanza… » Elle ne termina pas sa phrase et revint à son sujet initial. « Les gens âgés ne sont pas toujours faciles, vous savez.

– Je sais », dit Brunetti, sans cependant faire référence à la façon dont il avait appris cette vérité. Il marqua une courte pause. « Mais – et croyez bien que je dis cela avec tout le respect que je vous dois – vous ne nous avez appris que bien peu de chose sur elle. »

La religieuse eut un sourire pincé. « Je ne devrais pas vous le dire, signore, et j'espère que le Seigneur me pardonnera de l'avoir pensé, mais si vous saviez les problèmes que peuvent nous poser certains de nos pensionnaires, vous me comprendriez peut-être. Il est très facile de se montrer gentil avec des personnes elles-mêmes gentilles, ou qui apprécient qu'on le soit avec elles, mais ce n'est pas toujours le cas. » Elle dit cela avec une résignation fatiguée. Brunetti comprit qu'elle parlait d'expérience, une longue expérience. Il comprit aussi qu'elle n'en dirait pas davantage.

Brunetti et Vianello échangèrent un regard et, d'un accord tacite, se levèrent en même temps. Ils avaient fait tout ce chemin, et la mère supérieure s'était contentée de leur parler de la patience de la signora Altavilla ; et encore, avec une parfaite mauvaise grâce. En ce qui les concernait, ils n'avaient strictement rien appris sur la morte – et donc, paix à son âme. « Merci, madre », dit Brunetti, ne sachant trop s'il devait ou non lui tendre la main. Elle prit la décision pour lui, se contentant de deux hochements de tête, le premier à son intention, le second à celle de Vianello, les mains bien à l'abri sous son scapulaire. Puis elle fit demi-tour et les reconduisit jusqu'à l'entrée.

Elle s'arrêta à la porte. « Vous voudrez bien transmettre toutes mes condoléances à son fils. Je ne le connais pas, mais Costanza m'en parlait de temps en temps, et pour n'en dire que du bien. » Puis, comme si elle répondait à une question des policiers, elle ajouta : « On dirait bien qu'il a hérité de sa redoutable honnêteté.

– Que voulez-vous dire par là, madre ? » demanda Brunetti.

La religieuse ne réagit pas aussitôt ; elle fit passer son poids d'une jambe sur l'autre et répondit par une question : « Vous avez compris que j'étais du Sud, n'est-ce pas ? » Les deux hommes acquiescèrent. « Nous avons une conception de l'honnêteté différente des gens du Nord », dit-elle de manière oblique.

Vianello sourit. « C'est le moins qu'on puisse dire, madre. »

Elle lui fit la grâce de lui rendre son sourire et elle continua en s'adressant à l'inspecteur. « Le fait que nous en ayons une conception différente ne signifie cependant pas que nous n'avons pas, comme vous, le plus grand respect pour l'honnêteté, signori. »

Aucun des deux policiers ne réagit, trop désireux de savoir où cela allait conduire. « Mais nous sommes… » Elle s'interrompit et les regarda tour à tour. « Comment dire cela ? Nous sommes plus *parcimonieux* que vous avec la vérité. »

Ceci piqua la curiosité de Brunetti : « Et comment cela se fait-il, madre ? »

Une fois de plus, elle recula maladroitement pour mieux les voir. « Cela tient peut-être à ce qu'il nous en coûte davantage qu'à vous d'être honnêtes », répondit-elle. Son accent était devenu soudain plus prononcé. « Si bien que nous en sommes venus à apprécier la réticence, aussi.

– Faites-vous allusion à la signora Altavilla ? voulut savoir Brunetti.

– Oui. Elle considérait qu'on doit toujours dire la vérité, quoi qu'il en coûte. Et j'ai bien l'impression, en me fondant sur ce qu'elle a pu me dire, qu'elle a aussi appris cela à son fils.

– Estimez-vous que c'est une erreur ? demanda Brunetti, plus intrigué que jamais.

– Non, messieurs, répondit madre Rosa avec une esquisse de sourire. C'est un luxe. »

Elle ouvrit la porte, la tint pendant qu'ils la franchissaient et ils entendirent le battant se refermer quand ils arrivèrent à l'escalier.

9

Vianello ne reprit la parole que lorsqu'ils se retrouvèrent dehors, au soleil. « Je ne sais jamais comment je dois réagir dans ce genre de situation, dit-il.

– Quel genre de situation, exactement ? demanda Brunetti, tandis qu'ils entreprenaient de traverser la place en direction de la questure.

– Quand quelqu'un prétend en savoir moins qu'il ne sait. »

Brunetti tourna à gauche, en direction de l'église, et répondit par un grognement qui fit comprendre à Vianello qu'il était d'accord.

« Tout ce baratin sur l'honnêteté », reprit l'inspccteur. Il s'arrêta en haut du pont, s'accouda au parapet et se mit à contempler un bateau amarré au bord du canal. « Il est clair qu'elle en sait davantage – ou en soupçonne davantage – que ce qu'elle veut bien dire. Elle est religieuse et elle pense donc qu'il n'est pas juste de mentionner des soupçons sans fondement, ou de rapporter un commérage. » Puis à voix plus basse, il ajouta : « Même si je n'arrive pas à imaginer un couvent où cela n'arrive pas. » Brunetti attendit la suite. « C'est une Méridionale. Et une religieuse. Cela signifie qu'elle voulait que nous comprenions ou soupçonnions quelque chose, mais qu'elle ne pouvait se contraindre à nous le dire directement. »

Brunetti dut reconnaître qu'il était d'accord. Qui savait ce qui se passait dans la tête d'une religieuse, et de plus, une religieuse venue du Sud ? Ils apprenaient la discrétion dès le premier jour où leur mère leur donnait le sein, et ils n'étaient pas encore adultes qu'ils avaient déjà été maintes fois témoins des conséquences d'une indiscrétion. Il se rappelait le choc qu'avait été pour lui l'enregistrement vidéo d'un crime parfaitement ordinaire à Naples, en plein jour : une première balle, puis une seconde dans la nuque tandis que, autour de la scène, les gens continuaient de vaquer à leurs affaires. Personne n'avait rien vu, personne n'avait rien remarqué. C'était dans leurs gènes : commettre une indiscrétion, ou dire quoi que ce soit qui puisse provoquer des soupçons, c'était non seulement se mettre soi-même en danger, mais aussi tous les membres de sa famille. Telle était la vérité, et peu importait le nombre d'année passées dans un couvent de Venise. Brunetti avait autant de chances de se voir pousser des ailes d'ange et de s'envoler vers le paradis que madre Rosa de parler ouvertement à la police.

« À l'entendre, on finirait par croire que la vérité est un handicap, non ? » dit Vianello en quittant le parapet. Il leva les bras et les laissa retomber, désarçonné. Mais Brunetti n'eut pas le loisir de répondre : son téléphone sonna.

« Guido ? C'est moi, fit la voix de Rizzardi.

– « Merci de m'appeler. »

Sans perdre plus de temps, le légiste continua. « La marque sur sa gorge… (il laissa sa phrase en suspens mais Brunetti ne dit rien)… ça pourrait être celle d'un pouce. »

Brunetti essaya d'imaginer où avaient pu se trouver

les autres doigts, si les pouces étaient placés sur la gorge, mais il se contenta de dire : « Ah… pourrait être ? »

Rizzardi ignora la provocation.

« Il y a trois marques peu visibles qui pourraient être des traces d'ecchymoses sur son épaule gauche, et deux autres sur son épaule droite. Et une dernière, pratiquement invisible, devant. »

Brunetti inclina la tête pour coincer le téléphone entre son oreille et son épaule. Puis il mit les deux mains en coupe, pouces en opposition, et replia les autres doigts comme pour serrer. « Les marques sont à la bonne place ? » demanda-t-il, ne jugeant pas nécessaire d'en dire plus à quelqu'un comme Rizzardi. « Oui. Elles ne sont pas incompatibles avec une prise de face.

– Pas incompatibles ? »

Mais Rizzardi ignora la question. « Tu te souviens du cardigan qu'elle portait ?

– Oui.

– Il a pu diminuer une bonne partie de la pression exercée, ce qui expliquerait pourquoi les marques sont si diffuses.

– Pourrait-il s'agir de quelque chose d'autre ? » Brunetti se demanda si la prudence de Rizzardi n'était pas inscrite en lui comme ces accents que l'on n'arrive jamais à perdre. « Dans la bouche d'un avocat de la défense retors, commença Rizzardi (le fait qu'il spécule sur un procès suffit à convaincre Brunetti que la signora Altavilla avait bien été victime de violence, même si le légiste ne voulait pas le dire plus explicitement), ces marques dans son dos pourraient avoir été provoquées par sa chute contre le radiateur ; ou bien elle aurait essayé de se masser la nuque et se serait fait mal elle-même ; ou elle aurait perdu l'équilibre et serait tombée contre la porte en entrant dans l'appartement… »

Brunetti le coupa. « Pas la peine de me dire ce que ça pourrait être, Ettore. Dis-moi ce que c'est. »

Rizzardi réagit comme si Brunetti n'avait rien dit. « Je connais des avocats et tu en connais aussi, Guido, qui seraient capables de te démontrer qu'elle est tombée à cinq reprises contre la porte. »

Brunetti, incapable de cacher sa mauvaise humeur grandissante, rétorqua : « Je suis capable d'imaginer tout seul toutes ces hypothèses, bon sang. Pour l'amour du ciel, dis-moi juste ce qui est arrivé. » S'ensuivit un long silence et Brunetti se dit qu'il avait été trop loin. On ne parlait pas sur ce ton à Rizzardi.

« Quelqu'un l'a prise par-devant et il est possible qu'elle ait été secouée, répondit Rizzardi avec une précision qui surprit le policier. Pas d'hésitation, pas de précautions rhétoriques, pas de compromis. Jamais le légiste n'avait été aussi clair.

– Qu'est-ce qui te le fait dire ?

– Il y a autre chose.

– Quoi donc ?

– Une blessure minuscule entre sa troisième et sa quatrième vertèbre. Avec des traces d'hémorragie dans les muscles et les ligaments autour. »

Brunetti refusa de poser la question, obligeant Rizzardi à conclure lui-même. « C'est ce qui me fait dire qu'on l'a peut-être secouée.

– Ou bien ?

– Ou bien cela aurait pu se produire pendant sa chute. Sa tête a porté très durement contre le radiateur. C'est ce que nous avons constaté la nuit dernière.

– Elle a pu être poussée, observa Brunetti.

– Ça, je ne peux pas l'affirmer. »

Brunetti eut l'impression que Rizzardi venait d'épuiser ses réserves de franchise. Le médecin enchaîna, d'un ton ferme : « De toute façon, rien ne vient changer le fait qu'elle est bien morte d'une crise cardiaque. » Après un silence que Brunetti ne rompit pas, Rizzardi ajouta : « Elle avait un cœur en mauvais état et chez elle un choc quelconque pouvait facilement déclencher une fibrillation. Vous n'auriez pas trouvé du Propafénone dans l'appartement ? » demanda Rizzardi.

Brunetti n'avait pas encore lu le rapport sur le résultat des fouilles ; il évita de répondre à la question en demandant de quoi il s'agissait. « On l'utilise contre la fibrillation. C'est ça qui l'a tuée. Un choc peut la déclencher. »

Si vous mettez le feu à une maison sans savoir qu'une personne est à l'intérieur, êtes-vous coupable de meurtre ? Si vous kidnappez un diabétique et ne lui donnez pas d'insuline, êtes-vous responsable de sa mort ? Et si vous faites peur à une personne dont le cœur est faible ? Rizzardi avait raison, un avocat s'en donnerait à cœur joie. « Je vais vérifier ça. Normalement ils ont tout noté, dit Brunetti, pas entièrement convaincu que ce soit toujours le cas. Il y a autre chose ?

– Non. Son cœur mis à part, elle était en bonne condition physique pour une femme de plus de soixante ans. » Rizzardi observa un silence assez long. « Mais c'était une bombe à retardement, et qu'elle ait été par ailleurs en bonne santé n'y a peut-être rien changé. »

Brunetti coupa son téléphone et le remit dans sa poche. Puis il s'adressa à Vianello. « Elle est bien morte d'une crise cardiaque. Mais il a trouvé des indices laissant à penser que quelqu'un a pu la secouer. Ce qui aurait pu déclencher la crise. »

Vianello afficha une expression admirative. « Tu as réussi à faire dire ça à Rizzardi ? »

Mais le commissaire ne réagit pas à la question. « Il faut qu'on aille voir de plus près dans sa vie. »

Avec presque de la colère dans la voix, Vianello remarqua : « Elle avait l'air d'être quelqu'un de tout à fait bien, pas le genre qu'on menace ou qu'on secoue. Ou qu'on tue. Les gens bien ne devraient jamais mourir comme ça. »

Brunetti resta quelques instants songeur. « Si seulement… »

10

Une fois dans son bureau, Brunetti ne trouva rien – rien, en tout cas, en provenance de l'équipe technique : pas de photos de la signora Altavilla, pas de photos de l'appartement, pas de liste des objets qu'on y avait trouvés. Assis à son bureau, il pensa à certains de ces objets, essayant de voir en quoi ils seraient un reflet de la vie de celle qui les avait possédés.

Ni l'appartement, ni les choses qu'il contenait ne lui avaient donné le moindre indice sur son statut financier. Il y avait eu une époque, plusieurs dizaines d'années auparavant, où connaître l'adresse d'une personne suffisait à résoudre la question. Le quartier San Marco ou un palazzo sur le Grand Canal étaient synonymes de prospérité, tandis qu'un appartement à Castello trahissait des revenus modestes. Puis l'argent s'était mis à couler à flots sur la ville, si bien que le moindre bâtiment, la moindre adresse, pouvaient indiquer un immeuble récemment restauré, luxueux jusqu'à l'excès, tandis que ses anciens propriétaires ou locataires se retiraient vers le continent d'où ceux-ci étaient jadis venus, abandonnant Venise à ceux qui pouvaient se l'offrir.

De mémoire, Brunetti parcourut à nouveau les pièces. Il avait vu un mobilier de bonne qualité, certaines des pièces étant même des antiquités. Il y avait peu de livres et peu d'objets décoratifs : il ne se souvenait pas d'avoir vu un seul tableau accroché aux murs. Un domicile, en somme, où dominaient la simplicité et une vie réduite à l'essentiel. Ce qui l'avait le plus frappé avait été la disposition du canapé et de la table : que penser d'une personne qui se détourne, et en détourne les personnes venues lui rendre visite, d'une vue aussi belle que celle qu'on avait des fenêtres sur l'église et les montagnes ? Il savait que tout le monde n'était pas comme lui, accro aux belles choses. Laisser son regard errer sur cette pièce sans charme au lieu de profiter des beautés de la nature ou produites par la main de l'homme était incompréhensible pour Brunetti et il ne pouvait que s'interroger sur une personne pouvant faire un tel choix.

Et que faire de ces paquets de sous-vêtements bon marché encore scellés qu'il avait trouvés dans la commode de la chambre d'amis ? Une femme qui s'offre des chandails en cachemire de la qualité de ceux qu'il avait vus ne porte pas des sous-vêtements aussi modestes, même à son âge. Ou alors, la conception qu'il se faisait des femmes était encore plus erronée qu'elle ne l'était déjà, comme le lui reprochait parfois Paola.

Et pourquoi en trois tailles différentes ? La fille de Niccolini venait rendre visite à sa grand-mère, de temps en temps, mais elle n'était pas encore en âge de porter même la plus petite de ces tailles ; sans compter que, en règle générale, les parents prennent soin de préparer une valise de vêtements de rechange lorsque leur enfant va coucher ailleurs. Des amies qui seraient venues lui rendre visite ? Ou qui lui aurait envoyé leur fille pour un séjour à Venise ? Et que faire aussi des affaires de toilette neuves qu'il avait trouvées dans la salle de bains ? Qui donc peut se préparer à recevoir des visites avec une telle méticulosité ? C'était son domicile, tout de même, pas un hôtel ou un bed & breakfast.

Il quitta son bureau et descendit d'un étage. Au cours des années, il avait eu l'occasion de discuter de bien des sujets avec la signorina Elettra, mais jamais encore de lingerie féminine. Elle se tenait bras croisés auprès de sa fenêtre quand il arriva, regardant par-delà le canal la même vue qu'il avait de sa propre fenêtre : la façade de San Lorenzo, qui n'avait pas l'air moins décrépit pour être vue d'un étage plus bas.

Elle se tourna et lui sourit. « Puis-je vous aider en quelque chose, commissaire ?

– C'est possible », dit Brunetti en s'approchant du bureau. Il s'assit sur le bord et croisa les chevilles. La lumière du soleil et de son reflet dans l'eau entrait à flots. D'où il était, il voyait la secrétaire de profil et il se rendit soudain compte que ses traits étaient moins aigus et ciselés que dans l'image qu'il en avait. Son menton se détachait moins nettement, la peau de ses pommettes était moins tendue et il remarqua, aussi, de minuscules pattes-d'oie au coin de son œil. Il détourna son regard pour contempler l'église.

« Avez-vous une idée de ce que peut signifier le fait qu'on trouve, dans la chambre d'amis d'un appartement, des sous-vêtements féminins encore emballés et de trois tailles différentes, en plus ? » Elle le regarda, et il la vit qui fronçait les sourcils, perplexe. « Il y avait également des collants et des chandails, aussi de trois tailles différentes. » Puis, se rappelant à qui il s'adressait et sachant que ce détail devrait compter, il ajouta : « Tout était en coton ordinaire, le genre de choses qu'on trouve dans les supermarchés. »

Elle décroisa les bras, releva le menton et se tourna de nouveau vers l'église. « S'agit-il de l'appartement d'un homme ou de celui où vous avez été appelé la nuit dernière ? demanda-t-elle, tout en continuant à étudier la façade.

– C'est ce que nous avons trouvé dans l'appartement de la signora Altavilla, en effet. Pourquoi cette question ? »

Examinant toujours l'église comme si elle y cherchait une réponse, elle expliqua : « Parce que dans l'appartement d'un homme, cela suggérerait une chose ; dans celui d'une femme, une autre.

– Et qu'est-ce que cela suggérerait, dans l'appartement d'un homme ? » demanda-t-il, ayant cependant l'impression de s'en douter.

Elle se tourna alors vers lui. « Chez un homme, cela pourrait laisser à penser qu'il a prévu ces sous-vêtements pour une femme – ou pour les femmes – qu'il amène chez lui pour une nuit », répondit-elle, s'arrêtant un instant pour juger de son propos. Puis, avec moins de certitude, elle ajouta : « Mais dans ce cas-là, ce ne serait pas de simples sous-vêtements en coton, n'est-ce pas ? Et ils ne se trouveraient pas dans une autre pièce. À moins que le type ne soit particulièrement bizarre. »

Sans doute considérait-elle qu'il n'était pas si bizarre que cela qu'un homme ait en réserve des sous-vêtements féminins chez lui, pourvu qu'ils soient luxueux et rangés dans sa chambre. Brunetti se contenta cependant de demander : « Et chez une femme ?

– Rien n'interdit d'y voir la même explication », répondit-elle, le surprenant par la manière tout à fait naturelle avec laquelle elle avait dit cela. Sur quoi elle sourit. « Mais il est plus vraisemblable que des femmes sont venues chez elle pour des raisons plus prosaïques.

– Et quelles raisons ?

– Par exemple, pour les protéger des hommes qui

les auraient invitées à passer la nuit chez eux, répondit-elle d'un ton qui pouvait laisser penser qu'elle parlait sérieusement.

– C'est une vision puritaine des choses.

– Pas forcément. Le plus vraisemblable, continua-t-elle d'une voix égale, c'est d'imaginer qu'elle aidait des réfugiées clandestines et qu'elle les hébergeait pour leur assurer la sécurité, le temps qu'elles trouvent un travail ou un endroit où habiter. » Elle se tut un instant, et il comprit qu'elle envisageait diverses possibilités. « Ou bien voulait-elle les protéger contre d'autres personnes.

– Comme qui ?

– Des hommes qui estimeraient avoir des droits sur ces femmes. Un petit ami, par exemple. Un maquereau. »

Brunetti la regarda sans rien manifester et ne dit rien. Plus il y pensait, plus il trouvait du bon sens à cette interprétation. Pour la mettre à l'épreuve, il demanda : « Croyez-vous qu'elle ait pu organiser cela toute seule ? Parce que dans ce cas, comment les trouvait-elle, comment entrait-elle en contact avec ces femmes ? »

Tel un chevalier se mettant en selle avant d'aller briser sa première lance, la signorina Elettra retourna s'asseoir devant son ordinateur. Elle enfonça quelques touches, étudia l'écran, pianota à nouveau. Brunetti s'était écarté du bureau et tourné pour la regarder faire. Au bout d'un moment, elle agita une main en l'air. « Venez voir ça », dit-elle.

Il se plaça derrière elle et regarda l'écran. Il eut droit au photomontage habituel : une femme au visage qui se détournait du spectateur, l'ombre menaçante d'un homme se profilant derrière elle. ARRÊTONS L'IMMIGRATION ILLÉGALE, lisait-on dessous. Puis, en quelques phrases, on offrait soutien et aide aux femmes qui se trouvaient dans ce cas et on donnait un numéro de téléphone d'urgence. Il ne lut pas tout le texte, mais il releva le numéro sur son carnet.

« Vous vous souvenez de ce qu'a déclaré le président, l'an dernier ? lui demanda la signorina Elettra.

– À ce propos ? répondit-il avec un geste vers l'écran.

– Oui. Vous souvenez-vous du chiffre qu'il a donné ?

– Celui du nombre de victimes ?

– Oui.

– Non, j'ai oublié.

– Moi, pas », et c'est tout juste si Brunetti ne l'entendit pas ajouter qu'elle s'en souvenait parce qu'elle était une femme, et qu'il l'avait oublié parce qu'il était un homme. Mais elle ne dit rien, et le policier ne posa pas la question.

« Voulez-vous que je fasse quelque chose, monsieur ? Que je les appelle ?

– Non », répondit-il un peu trop rapidement. Elle parut surprise par ce refus et par la vivacité avec laquelle il avait été exprimé. « Je vais m'en charger. » Il aurait bien aimé ajouter quelque chose pour atténuer la brutalité de sa réaction, mais cela n'aurait fait qu'attirer un peu plus l'attention dessus.

« Autre chose, commissaire ?

– Non merci, signorina. Le numéro suffira.

– Comme vous voudrez, dottore », répondit-elle, se penchant sur son écran.

Dans l'escalier, Brunetti se trouva assailli par sa mauvaise conscience ; pourquoi avait-il rembarré aussi sèchement la signorina Elettra ? Elle était plus intelligente que la plupart des personnes qui travaillaient à la questure, elle méritait des égards bien plus grands de sa part. Inventive et intelligente, elle avait en outre des notions de droit et elle aurait été le fleuron de n'importe quel département de police qui aurait eu la chance de la compter dans ses rangs comme officier. Mais elle n'était pas officier de police et il ne pouvait la laisser se présenter comme telle lorsqu'elle posait des questions ou requérait des informations par téléphone. C'était déjà assez grave de faire semblant de ne pas voir les multiples actes de cyberpiraterie auxquels elle se livrait – des actes que, d'une certaine façon, il était le premier à encourager. Il y avait une frontière entre ce qu'il pouvait l'autoriser à faire ou pas ; le dilemme de Brunetti était que la frontière en question, loin d'être droite, était au contraire fluctuante et jamais à la même place.

Sur son bureau, posé par il ne savait qui, Brunetti trouva le rapport d'autopsie et celui de l'équipe technique. Il aligna la pile devant lui, prit ses lunettes de lecture et entreprit de les éplucher.

Rizzardi, personnage discret et peu adonné aux manifestations de vanité ou aux vantardises, ne résistait cependant pas à la tentation de montrer, dans deux domaines, qu'il n'était pas n'importe qui : sa tenue vestimentaire et sa prose. Discrets, de couleur subtile, ses costumes et ses manteaux, et même ses imperméables, étaient d'une telle qualité que Brunetti se demandait quelles étaient exactement ses sources de revenus ; quant à sa prose, elle était d'une précision grammaticale parfaite et d'une inventivité dans l'expression que Brunetti ne rêvait même pas de trouver dans les autres rapports qu'il lisait. Le légiste décrivait volontiers un organe comme étant « captif d'un maillage de petites veines » ou parlait de « la forme étoilée » d'une brûlure de cigarette sur une victime de torture. Dans le premier rapport que Rizzardi avait écrit à la demande de Brunetti, où il était question des entailles sur l'estomac de la victime saignée à mort, on pouvait lire : « Les blessures rappellent les peintures de Fontana dans sa période rouge. »

Le rapport sur la signora Altavilla ne contenait cependant pas ce genre de fleurs de rhétorique. Il y analysait l'état du cœur de la défunte et établissait de manière formelle que la mort avait été provoquée par une fibrillation incontrôlable. Il estimait la blessure à la vertèbre et aux tissus proches ainsi que la coupure à la tête compatibles avec une mauvaise chute juste avant la mort. Brunetti mit un instant le rapport du médecin légiste de côté pour prendre celui des techniciens, où il trouva une référence à la présence de sang et de fragments de peau sur le radiateur du salon – un sang du même groupe que celui de la signora Altavilla.

Rizzardi décrivait ensuite une « marque grisâtre » de 2,1 centimètres, à la hauteur de la clavicule de la morte. Quant aux marques sur ses épaules, elles étaient « à peine visibles », une des expressions les plus banales jamais employées par le légiste de l'avis de Brunetti.

Il parcourut rapidement le reste du rapport ; la signora Altavilla avait donné naissance à au moins un enfant ; elle avait eu une fracture au poignet gauche, et elle avait un oignon au pied droit. Rizzardi présentait ces informations sans les commenter. Brunetti ne se faisait pas d'illusions : dans un département de police placé sous l'autorité du vice-questeur Giuseppe Patta, des preuves matérielles aussi peu convaincantes ne pouvaient conduire qu'à une conclusion, la mort naturelle.

Brunetti posa le rapport technique sur celui de Rizzardi et, cette fois, le lut en entier et attentivement. Il y observa une certaine tendance à se garder de toute interprétation. En dehors du sang sur le radiateur, l'examen de la maison n'avait relevé « rien que de très normal dans l'usage domestique ».

C'est à la dernière page qu'arriva le coup de massue qui brisa tout espoir que le commissaire aurait pu nourrir de se voir confier une enquête. Les techniciens avaient trouvé du Propafénone dans l'armoire à pharmacie de la signora Altavilla. La preuve d'un problème cardiaque préexistant était ainsi apportée, validant définitivement le diagnostic posthume, formulé par Rizzardi, d'une mort par fibrillation.

Pensif, Brunetti tapota les deux rapports pour en aligner les feuillets, puis croisa les mains sur la pile. Il étudia ses pouces, remarquant au passage que la manche droite de sa chemise s'effilochait légèrement. Sur quoi il s'en détourna pour regarder par la fenêtre.

Ces rapports allaient plaire à Patta, aucun doute. Mais ils feraient tout aussi plaisir à Niccolini. Non, ce n'était pas le bon mot – *plaisir* était trop fort. Lentement, comme s'il regardait un film en pouvant arrêter ou ralentir la projection à sa guise, Brunetti rejoua dans sa tête sa rencontre avec le vétérinaire.

En réalité, l'émotion qu'il avait manifestée avait été plus précisément du soulagement, émotion que Brunetti avait vue s'afficher sur le visage de tous ceux qui entendaient tomber un verdict de relaxe : *innocent*. Mais de quoi étaient-ils donc innocents ? Ayant une longue expérience de la manifestation de faux sentiments et de la simulation, Brunetti ne doutait pas de l'intensité de la douleur de Niccolini. Il se rappelait encore son expression, quand le vétérinaire avait lâché que lui aussi avait pratiqué des autopsies. En se remémorant cette scène, Brunetti se sentit indigné qu'on ait pu le laisser là, tout seul, alors que l'homme savait ce qui se passait de l'autre côté de la porte.

Il décroisa les mains, composa le numéro interne de la salle des officiers et demanda à parler à l'inspecteur Vianello. « Je crois, lui dit-il quand celui-ci fut en ligne, que nous devrions retourner là-bas pour donner un autre coup d'œil à cet appartement.

– Tout de suite ? demanda Vianello avec une réticence manifeste dans la voix.

– Pourquoi ?

– Parce qu'il est presque sept heures, observa l'inspecteur. On ne pourrait pas remettre ça à demain matin ? » Puis, sans attendre, il ajouta tout de suite, avant d'entendre la réponse : « Je vais appeler la signora Giusti pour l'avertir que nous allons venir – à quelle heure au fait ? »

Brunetti fut tenté de demander à Vianello s'il faisait une suggestion ou donnait un ordre. « Dix heures, ce sera parfait », se contenta-t-il de répondre.

11

Ils empruntèrent le Numéro 1 mais préférèrent s'installer à l'intérieur, où Brunetti résuma pour Vianello ce qu'il y avait dans les rapports de Rizzardi et du labo. Il lui fit aussi un portrait de Niccolini, expliquant comment certaines choses non exprimées paraissaient le mettre mal à l'aise.

Le bateau passa devant la place Saint-Marc et Brunetti ne put s'empêcher de regarder par là. « On ne s'en lasse jamais, pas vrai ? » Mais il ne laissa pas à l'inspecteur le temps de répondre, et changea de sujet. « Qu'avons-nous fait de notre journée, hier ? » À la manière dont il avait posé la question, on aurait pu croire qu'il accusait l'inspecteur de l'avoir rayée du calendrier.

« Hier ? Nous avons marché.

– Quoi ?

– Ce n'est pas comme au cinéma, où on saute dans une voiture et où on fonce sur les lieux du crime, sirènes hurlantes. Tu le sais bien. Nous nous y rendons à pied, nous en revenons à pied. Et ça prend du temps. Quant à la vieille religieuse, même si elle ne nous a rien dit, elle a pris aussi pas mal de temps pour le faire. Nous ne sommes pas à New York, Guido », ajouta-t-il avec un sourire qui montrait l'immense soulagement qu'il éprouvait à cette idée.

Comme pour souligner le propos de Vianello, ils furent brièvement inondés par une explosion de lumière – celle du soleil qui se reflétait sur les fenêtres, côté gauche du canal. Leurs regards se portèrent sur l'origine de ce flamboiement : une rangée de bâtiments beiges, ocre, roses, ou hésitant entre le jaune et le brun, dont les fenêtres s'étiraient en pointes et spirales, repoussant les colonnettes torsadées pour laisser passer plus de lumière. Et à peine visibles à hauteur de l'eau, les énormes dalles de pierre d'où la ville s'élançait vers le ciel.

« On aurait dû demander à Foa de nous y amener », dit Brunetti, encore mal à l'aise à l'idée de la vitesse avec laquelle avait passé la journée, la veille. Ils descendirent à l'arrêt de San Silvestro et continuèrent à pied ; cela leur prendrait autant de temps que s'ils avaient quitté le vaporetto à San Stae, mais au moins se déplaçaient-ils d'eux-mêmes.

Tout en marchant, Brunetti expliqua qu'il voulait revoir l'appartement. « Et parler aux voisins », ajouta-t-il. Ils franchirent le pont à San Boldo, s'engagèrent dans la Calle del Tintor, puis prirent la direction du Campo.

Brunetti n'avait pas changé de veston et les clefs étaient toujours dans sa poche, où il les prit. La plus grosse ouvrait la porte donnant sur la rue, la suivante celle de l'appartement, encore scellée par l'adhésif jaune qu'avait apposé Vianello. Brunetti le décolla, le laissant pendre de côté, et ouvrit la porte.

Une fois à l'intérieur, il remarqua que le courrier était toujours à la même place que la veille. Il l'examina et constata que toutes les lettres, y compris un pli recommandé, étaient adressées à la signora Giusti. Il les glissa dans sa poche. Au cours de la demi-heure suivante, ils ne virent rien de plus que ce qu'ils avaient déjà vu, trouvant seulement des reçus pour des factures payées via la poste et des relevés bancaires remontant sur cinq ans. En les feuilletant, Brunetti ne découvrit rien que de parfaitement normal : sa retraite tombait chaque mois, ainsi qu'un deuxième règlement, peut-être sa pension de veuve. La première somme permettait de conclure qu'elle avait pris une retraite anticipée ; la seconde était plus importante ; le total faisait un revenu permettant à une personne seule de vivre confortablement, d'autant plus qu'elle semblait propriétaire de son appartement puisque Brunetti ne découvrit aucune trace d'un paiement de loyer.

Une chose, cependant, attira l'attention de Brunetti : de petits clous plantés dans les murs, des clous qui avaient perdu leurs tableaux. Il y en avait deux dans le couloir, avec en dessous un rectangle d'une couleur légèrement plus claire, mais à peine, que celle du reste du mur. Dans la chambre d'amis, il vit à nouveau un tableau fantôme avec, au-dessus, le clou toujours planté.

Ils décidèrent d'aller rendre visite à la voisine de l'étage. En quittant l'appartement, Vianello recolla comme il put le scellé pendant que Brunetti, les clefs à la main, attendait de pouvoir verrouiller la porte. Mais avant de remettre le petit trousseau dans sa poche, il le montra à Vianello. « Je me demande ce qu'ouvre la troisième.

– Il y a peut-être un rangement au rez-de-chaussée, proposa l'inspecteur.

– Nous demanderons à la signora Giusti », répondit Brunetti en attaquant l'escalier.

La femme ouvrit sa porte alors qu'ils étaient encore à deux ou trois marches du palier. « Je vous ai entendus circuler en dessous », dit-elle en manière d'accueil – puis elle leur tendit la main et leur souhaita le bonjour. Elle paraissait moins agitée et Brunetti fut surpris de constater qu'elle était loin d'être aussi grande que dans son souvenir. C'était peut-être dû à ce qu'elle se sentait plus détendue, à ses épaules qui retombaient. Elle avait aussi retrouvé un peu de cette beauté que Brunetti n'avait fait que soupçonner la veille.

Le commissaire lui présenta Vianello et elle les introduisit dans l'appartement, dont l'ambiance parut à Brunetti, comme sa propriétaire, plus détendue. Il y avait deux journaux sur la table du séjour, l'un d'eux ouvert sur les pages culturelles, l'autre ayant été manifestement feuilleté, à voir la négligence avec laquelle il avait été refermé. Un verre vide et une assiette avec des pelures de pomme et un couteau complétaient la nature morte. Les coussins du canapé étaient éraillés, et l'un d'eux gisait à terre.

Brunetti fut une fois de plus frappé par la vue spectaculaire qu'on avait sur l'abside de l'église, depuis les fenêtres du séjour ; sous cet angle et de cette hauteur, on aurait dit que l'édifice affrontait la haute mer et fendait les flots vers eux. Le mobilier, soit deux fauteuils et un canapé, était disposé de manière à profiter de la vue sur l'église, le Campo et au loin les montagnes. La traductrice s'assit dans un angle du canapé et leur laissa les fauteuils, de l'autre côté d'une table basse. Elle ne leur demanda pas s'ils voulaient boire quelque chose.

Brunetti sortit le courrier de sa poche et le posa sur la table. La signora Giusti y jeta un coup d'œil mais ne fit pas mine de vouloir le regarder de plus près. D'un signe de tête, elle remercia le policier, une expression retenue sur le visage. Brunetti, qui tenait toujours les clefs à la main, les tendit vers elle. « Il y a une troisième clef sur ce trousseau, signora. Pouvez-vous nous dire ce qu'elle ouvre ? »

Elle secoua la tête. « Aucune idée. Je lui ai moi-même posé la question, quand elle me les a données, et elle a dit que c'était… » Elle se tut un instant et ferma les yeux. « C'est bizarre, ce qu'elle a dit. » Vianello et Brunetti gardèrent le silence pour lui donner le temps de se rappeler. Au bout d'un moment, elle releva la tête vers eux. « Que c'était un endroit astucieux pour cacher une clef. Je ne comprends pas plus que vous ce qu'elle a voulu dire, ajouta-t-elle, mais ce sont ses propres paroles, que c'était un endroit astucieux pour cacher une clef.

– Quand vous a-t-elle confié ce jeu, signora ? »

La question la surprit. « Pourquoi me posez-vous la question ?

– Simple curiosité », répondit Brunetti. Il ignorait depuis combien d'années l'une et l'autre habitaient ici, si bien qu'il ne savait pas davantage combien il leur avait fallu de temps pour avoir assez confiance l'une en l'autre pour se confier les clefs de leurs domiciles.

« J'ai ce trousseau depuis plusieurs années, mais il y a environ deux semaines, elle m'a demandé de le lui rendre pour une journée, prétextant qu'elle voulait en faire faire des doubles. » Elle montra les clefs, comme si son geste allait aider les deux policiers à comprendre. Puis elle se pencha pour les toucher. « Mais regardez-les ; il y a une bleue et une rouge. Ce ne sont que des doubles de qualité médiocre, qui n'ont probablement pas coûté plus d'un euro chacun.

– Et donc ? l'encouragea Brunetti.

– Et donc, pourquoi vouloir faire copier des doubles médiocres quand on possède les originaux ? Quand elle me les a rendues, il y avait la troisième clef et c'est à ce moment-là qu'elle m'a dit que c'était une façon astucieuse de cacher une clef. » Elle les regarda tour à tour, pour voir s'ils ne paraissaient pas aussi intrigués qu'elle l'était elle-même.

« Savait-elle où vous les rangiez ? demanda Brunetti.

– Bien entendu. Au même endroit depuis des années, dit-elle avec un geste vers une porte qui devait donner dans la cuisine. Dans le deuxième tiroir. »

Brunetti se retint de lui dire que c'était justement là où un cambrioleur expérimenté regarderait en premier.

« Avez-vous des locaux, des rangements, au rez-de-chaussée ? En avait-elle un ? »

Elle secoua la tête, rejetant cette idée. « Non, ces locaux appartiennent au magasin de petit matériel électrique, à côté de la pizzeria, et à l'un des restaurants du Campo. »

Brunetti s'aperçut que Vianello avait discrètement ouvert son carnet et prenait des notes.

« Pouvez-vous me donner une idée du genre de vie qu'elle menait, signora ?

– Costanza ?

– Oui.

– Elle était enseignante à la retraite. Je crois qu'elle avait arrêté de travailler il y a cinq ans. Institutrice, exactement, elle s'occupait de petits. Et maintenant, elle va rendre visite aux vieillards dans les maisons de retraite. » Prenant conscience qu'elle avait parlé au présent, elle porta une main à sa bouche.

Brunetti laissa le moment passer avant de poser une nouvelle question. « Avait-elle des invités ?

– Des invités ?

– Des personnes qui venaient loger chez elle. Vous auriez pu les croiser dans l'escalier, ou peut-être vous avait-elle avertie que vous verriez des étrangers, simplement pour que vous ne vous inquiétiez pas.

– Oui, il m'est arrivé de voir des gens dans l'immeuble, des fois. Ils étaient toujours très polis.
– Des femmes ? demanda Vianello.
– Oui, répondit-elle sans s'étonner de la question. Son fils aussi venait lui rendre visite.
– Oui, je sais. Nous nous sommes vus hier, dit Brunetti, intrigué par ses réticences à propos des femmes.
– Comment était-il ?
– Je l'ai trouvé très abattu par ce qui s'est passé. »
Ce n'était pas une exagération ; Brunetti estimait qu'il ne faisait que décrire la réalité, derrière la réserve de Niccolini.
« Elle l'adorait. Et elle adorait ses petits-enfants. Et elle aimait aussi beaucoup sa belle-fille », ajouta-t-elle avec un petit sourire.
« Vous en parlait-elle souvent ?
– Non, pas vraiment. Costanza – il faut que vous le sachiez – n'était pas quelqu'un de très communicatif. Ce n'est que parce que nous nous connaissions depuis des années que je suis au courant de tout cela.
– Combien d'années ? » intervint Vianello, brandissant son carnet comme pour suggérer qu'il ne faisait que se plier aux exigences inscrites dans les pages.
« Elle habitait déjà ici quand je suis venue m'installer. Cela remonte à cinq ans. Je crois qu'elle y avait emménagé quelques années auparavant, à la mort de son mari.
– Vous a-t-elle dit pourquoi elle avait déménagé ? demanda Vianello sans lever les yeux de son carnet.
– Son ancien appartement, près de San Polo, était trop grand, m'a-t-elle dit, et quand elle s'y est retrouvée toute seule – son fils était déjà marié, à l'époque –, elle a décidé de prendre quelque chose de plus petit.
– Mais de rester à Venise ? demanda Vianello.

– Bien entendu, répondit-clle, regardant l'inspecteur avec une expression étrange.

– Je voudrais revenir sur un point, dit Brunetti. Celui de ses invitées.

– Les invitées, répéta la traductrice, comme si elle avait complètement oublié qu'on lui avait déjà posé la question.

– Oui, dit Brunetti avec son sourire le plus charmant. Vous n'y avez sans doute pas fait tellement attention, depuis cet étage. Je poserai la question aux gens d'en dessous. Ils auront peut-être remarqué quelque chose. » Il s'éclaircit la gorge, comme s'il se préparait à changer entièrement de sujet.

« Comme je vous l'ai dit, il arrivait parfois que des personnes logent chez elle. Des femmes. De temps en temps.

– Je vois, dit Brunetti, l'air de n'être guère intéressé. Des amies à elle ?

– Je ne sais pas. »

Vianello leva les yeux et observa, un sourire amusé aux lèvres : « Tout le monde a envie de venir séjourner à Venise. À la maison, on n'arrête pas de nous demander d'héberger des fils ou des filles d'amis, et nos enfants ont toujours des copains qu'ils veulent inviter. » Cette histoire parut incongrue à Brunetti vu le jeune âge des enfants de Vianello et le fait que tous les amis de l'inspecteur étaient vénitiens. Elle ne tenait guère debout. Toutefois, apparemment convaincu par sa propre fable, Vianello n'hésita pas à conclure : « C'est probablement de ce genre de visiteurs qu'il s'agissait. » Sur quoi il retourna à son carnet.

« Peut-être », concéda la signora Giusti.

Sentant son hésitation, Brunetti abandonna le ton léger pour parler avec le sérieux que la situation exigeait :

« Nous cherchons simplement à comprendre quel genre de femmes elle était, signora. Toutes les personnes qui nous ont parlé d'elle nous ont dit que c'était quelqu'un de bien, et je n'ai aucune raison de ne pas le croire. Mais cela ne m'aide pas à la comprendre vraiment. C'est pourquoi tout ce que vous pouvez nous dire sur elle pourrait se révéler utile.

– Mais utile en quoi ? demanda-t-elle sur un ton sec qui surprit Brunetti. Qu'est-ce que vous tenez donc tant à savoir ? Vous êtes de la police, et ça tourne toujours mal quand on a affaire à vous. Depuis que vous êtes arrivés, vous avez mélangé la vérité avec ce que vous pensez que j'aimerais entendre, mais ce que vous ne m'avez jamais dit, c'est pourquoi ces questions sont importantes. » Elle se tut un instant, mais pas pour se calmer, pas plus que pour écouter ce que l'un ou l'autre pourrait avoir à objecter. « J'ai lu les journaux, et ils disent qu'elle est morte d'une crise cardiaque. Si l'information est vraie, je ne vois pas ce que vous faites ici, à poser toutes ces questions.

– Je peux comprendre votre réaction, signora, vous qui habitez le même immeuble », dit Brunetti.

Elle porta les mains à ses tempes et les pressa dessus, comme s'il y avait trop de bruit ou comme si c'était trop douloureux. « Arrêtez, arrêtez, arrêtez ça ! Soit vous me dites ce qui se passe, soit vous sortez d'ici, tous les deux ! » Elle criait presque.

L'expérience que Brunetti avait pu faire de la nature humaine luttait contre ses sentiments d'empathie. La prudence l'emporta. Une fois qu'une personne sait quelque chose, vous ne contrôlez plus cette chose, car celui qui détient l'information est libre d'en faire ce qu'il veut, et ce qu'il veut n'est pas toujours ce que vous voulez, vous – c'est même souvent le contraire.

« Très bien, dit-il, s'obligeant à prendre une posture décontractée, synonyme d'honnêteté. La cause de sa mort est bien une crise cardiaque. Là-dessus, il n'y a aucun doute. Mais nous aimerions exclure la possibilité qu'elle ait été favorisée. »

Ce jargon la fit se hérisser. « Ce qui veut dire, en clair ? »

Brunetti continua calmement, comme s'il n'avait pas remarqué sa réaction. « Cela veut dire que quelqu'un lui a peut-être... » Il marqua une pause, donnant l'air d'essayer d'estimer dans quelle mesure il pouvait lui faire confiance. « ... que quelqu'un lui a peut-être fait peur, ou l'a menacée.

– C'est une enquête officielle ? » demanda-t-elle d'un ton plus calme.

Il préféra dire la vérité. « Non, pas vraiment. C'est peut-être simplement pour la paix de mon esprit, et pour la paix de celui de son fils.

– Cela y change-t-il quelque chose ?

– À quoi ?

– D'un point de vue légal. »

Brunetti ne pouvait lui répondre honnêtement sans parler des marques relevées au cou et dans le dos de la signora Altavilla.

Elle se leva et s'approcha de la fenêtre qui donnait sur le Campo et l'abside en proue de bateau. C'est leur tournant toujours le dos qu'elle reprit la parole. « Depuis le sol, quand je sors sur le Campo, je vois l'église sous un certain angle : massive, clouée au sol. Mais d'ici, elle donnerait presque l'impression d'avoir des ailes. » Elle resta longtemps silencieuse, et Brunetti et Vianello échangèrent un regard.

« La même église, mais un angle différent », ajouta-t-elle, retombant encore un long moment dans le silence. Elle se retourna finalement vers eux pour reprendre la parole. « Comme Costanza. La première fois que j'ai croisé ces femmes, dans l'escalier, j'ignorais complètement qui elles étaient. Je savais seulement que ce n'étaient pas des femmes de ménage car nous avons la même, Luba. Sauf que je ne pouvais pas poser la question à Costanza. Elle était très secrète. Mais ces femmes venaient et je revoyais quelquefois les mêmes. Au début, comme je l'ai dit, je n'y faisais pas vraiment attention. Puis cela a commencé à m'intriguer, mais elles ne faisaient jamais d'histoires, étaient toujours très polies, si bien que j'ai fini par m'y habituer, en quelque sorte.

– Jusqu'à ce que ? demanda Brunetti, qui avait senti qu'elle attendait de lui d'être relancée pour continuer son histoire.

– Jusqu'à ce que je trouve l'une d'elles sur les marches – ou plutôt, sur le palier, devant la porte de Costanza. Je montais l'escalier et elle était là, sur le sol. Costanza n'était pas chez elle. J'ai tout d'abord cru qu'elle était ivre ou droguée. Je ne sais pas pourquoi j'ai pensé ça ; elles s'étaient toujours montrées très discrètes. » Elle détourna les yeux et Brunetti comprit qu'elle repensait à ce qu'elle venait de dire. « C'est peut-être simplement parce qu'elles avaient toutes l'air pauvres – une réaction due à mes préjugés bourgeois. » Inconsciemment, elle haussa les épaules. « Je n'en sais rien.

Je ne pouvais pas la laisser là, j'ai donc essayé de la faire se lever. Elle gémissait, preuve qu'elle n'était pas inconsciente. C'est alors que j'ai vu ses traits. Elle avait le nez complètement de travers et le devant de sa veste était couvert de sang. Je ne l'ai pas remarqué tout de suite, sur le vêtement noir, et je n'ai vraiment vu son visage qu'après avoir réussi à la faire asseoir. »

La traductrice croisa les bras devant elle et regarda

de nouveau les deux policiers. « Je lui ai demandé ce qui était arrivé, et elle m'a expliqué qu'elle était tombée dans la rue. Je lui ai alors dit que j'allais appeler une ambulance pour qu'on la conduise à l'hôpital.

– Était-elle italienne ?

– Non. Mais je ne sais pas d'où elle venait. D'Europe de l'Est, je dirais, mais je n'en suis pas certaine.

– Elle parlait italien ?

– Assez, en tout cas, pour comprendre ce que je lui disais et me parler de sa chute. *Cadere. Pavimento*. Dans ce genre-là. Et assez aussi pour comprendre *ospedale*.

– Comment a-t-elle réagi ?

– Elle a paniqué quand j'ai parlé de l'hôpital. Elle m'a pris la main et s'est mise à me supplier, *Prego, prego*, sans s'arrêter. *No ospedale*. Des trucs comme ça.

– Et alors ?

– J'ai entendu une porte s'ouvrir. Celle donnant sur la rue, au rez-de-chaussée. » Elle ferma les yeux, évoquant la scène. « La femme – en fait, c'était encore pratiquement une ado – a encore plus paniqué. Je n'avais jamais vu ça, j'en avais juste lu des descriptions dans les livres. Elle s'est mise à ramper jusque dans l'angle, à croire qu'elle voulait y disparaître. Elle a remonté sa veste sur elle, comme si cela avait pu la cacher ou la rendre invisible. Et elle gémissait.

– Et ensuite ?

– Elle s'est arrêté de gémir ; Costanza est arrivée à ce moment-là et est allée s'agenouiller comme moi à côté d'elle. » Elle les regarda, surprise par quelque chose qui ne lui revenait que maintenant. « Mais elle ne l'a pas touchée. Elle a juste répété son prénom à plusieurs reprises et lui a dit que tout allait bien, qu'il ne fallait pas s'inquiéter.

– Et qu'avez-vous fait ?

– Je me suis relevée et Costanza m'a dit "merci", exactement comme si je venais de lui tendre une tasse de thé. Mais il était manifeste qu'elle voulait que je les laisse, toutes les deux, et c'est ce que j'ai fait. Je suis remontée dans mon appartement.

– Avez-vous jamais revu la fille ?

– Non, jamais. Puis au bout de quelques mois, il y en a eu une autre, mais je n'ai jamais parlé à aucune. En tout, j'ai dû en revoir encore deux ou trois.

– Est-ce que la signora Altavilla vous a jamais parlé d'elle et de l'incident ?

– Non. Pas un mot. À croire que ce n'était jamais arrivé, et au bout d'un moment c'était l'impression que ça me donnait. Je lui disais bonjour dans l'escalier, ou elle me faisait entrer pour prendre une tasse de thé, ou encore c'était elle qui montait chez moi si je lui proposais. Mais ni l'une ni l'autre n'avons fait une seule fois allusion à l'incident. » La signora Giusti les regarda tour à tour, comme si elle leur demandait de comprendre. « Vous savez comment c'est. Au bout d'un moment, si vous ne parlez jamais de quelque chose qui s'est passé, même si c'est quelque chose d'assez moche, ça finit plus ou moins par disparaître. Non pas qu'on l'oublie, pas du tout, mais on n'y pense plus. »

Brunetti dut reconnaître qu'elle disait vrai. Mais c'est Vianello qui en tira la morale. « Ce n'est que comme ça que la vie peut continuer, en réalité, dit-il, si on y pense un peu. »

Brunetti observait la signora Giusti à cet instant, et leurs regards se croisèrent. Elle acquiesça d'un signe de tête, et Brunetti ne put s'empêcher d'en faire autant. Oui, il n'y avait que de cette façon que la vie pouvait continuer.

12

« Avez-vous compris ce qu'elle faisait ? lui demanda finalement Brunetti

– Ce n'était pas bien sorcier à deviner, n'est-ce pas ?

– Que voulez-vous dire ?

– Je crois qu'elle utilisait son appartement comme une sorte de refuge pour… eh bien, pour les femmes en danger. Celles qui sont menacées par un petit ami ou un mari, ou dans le cas des femmes venues de l'Est, pour ce que j'en sais, par les hommes qui les possèdent.

– Qui les possèdent ? demanda Vianello.

– Vous êtes policier. Ne me dites pas que vous ne voyez pas ce que je veux dire », répliqua-t-elle, les surprenant tous les deux par son agressivité. Elle continua plus calmement : « Que peuvent-elles être d'autre, sinon des prostituées ? Cette femme, sur le palier… Alessandra ou Alexandra, qui n'était pas italienne et parlait à peine notre langue… Je doute fort qu'elle ait été la femme de quelqu'un. Je sais en revanche qu'elle était terrifiée, terrifiée que celui qui lui avait cassé le nez ne vienne et ne finisse le boulot. C'est probablement pour ça qu'elle a disparu.

– Vous rappelleriez-vous, demanda alors Brunetti, quelque chose que vous aurait dit votre voisine, pendant tout ce temps, depuis cette rencontre avec la femme sur le palier, qui aurait pu vous faire penser qu'elle était elle-même en danger ?

– Je vous l'ai dit, commissaire, répondit-elle d'une voix qui s'efforçait à la patience, Costanza était une personne très secrète. Elle ne m'aurait jamais rien confié de ce genre. Ce n'était ni sa façon de faire, ni son style.

– Et même en plaisantant ? proposa Vianello.

– Les gens ne plaisantent pas avec ce genre de choses », rétorqua-t-elle sèchement.

Brunetti n'était pas du tout de cet avis, ayant eu de multiples preuves de la capacité des êtres humains à plaisanter de n'importe quoi, même des choses les plus terribles. Cela lui semblait d'ailleurs un système de défense parfaitement légitime. Ce pour quoi il était un grand admirateur des Anglais, ou du moins des Anglais qui, avec leur humour pince-sans-rire devant la mort – ils ont même une expression pour le décrire : *gallows humour*[1] – poussent le défi jusqu'au délire.

« Signora, répondit Brunetti d'un ton destiné à rétablir un climat paisible, avez-vous vous-même tiré ces conclusions ? Je veux dire par là, ajouta-t-il vivement pour ne pas lui laisser le temps de se braquer, que j'aimerais avoir votre sentiment, ou votre impression, sur ce qui pouvait se passer. »

Ainsi formulée, la requête du policier la calma. Ses épaules se décontractèrent un peu. « Elle faisait ce qu'elle pensait être juste et essayait d'aider ces pauvres femmes. »

1. « Humour noir ». On attribue la paternité de cet humour aux Juifs d'Europe centrale, car c'est un humour très semblable à celui des peuples en butte aux persécutions (toutes les notes sont du traducteur).

Elle eut un geste (*ne bougez pas*), se leva, quitta la pièce mais revint presque tout de suite, tenant un papier à la main ; le reçu bien connu d'une facture réglée à la poste. Elle la tendit à Brunetti et se rassit à sa place.

« *Alba Libera* », lut-il, se demandant ce qu'était cette « Aube libre ».

La traductrice leva une main comme pour dire de ne pas tenir compte de la banalité du titre. « Oui. Ils ont sans doute choisi ce nom pour ne pas trop attirer l'attention.

– Et qui sont-ils ? voulut savoir Brunetti ; ce n'était pas l'organisation que la signorina Elettra avait trouvée.

– C'est une association à but non lucratif qui s'occupe de femmes », dit-elle en montrant ce qu'il y avait en dessous du titre.

Brunetti réfréna son envie de remarquer que ce n'était pas parce que c'était écrit que c'était vrai. « Et que fait cette association ?

– La même chose que faisait Costanza. Aider les femmes en fuite, ou qui essaient de s'enfuir. L'association a un numéro de téléphone, et les membres prennent des tours pour répondre. Et s'ils pensent qu'une femme est vraiment en danger, ils leur trouvent un endroit où se réfugier.

– Et ensuite ? » demanda Vianello avec son sens pratique habituel.

La signora Giusti ne réussit pas à contrôler la froideur du coup d'œil qu'elle lui jeta. « Les mettre à l'abri n'est qu'une mesure temporaire. On essaie ensuite de les installer dans une autre ville. Et de leur trouver un travail. » Elle eut l'air de vouloir ajouter autre chose, se reprit, puis dit finalement : « Et parfois, l'association les aide à changer de nom. Légalement. »

Brunetti acquiesça d'un hochement de tête. « Comment ça se passe, pour les donations ? Je veux dire, comment les gens apprennent-ils l'existence de l'association ? »

Elle baissa la tête et se concentra sur ses mains. « J'ai ouvert par erreur une lettre destinée à Costanza, réponditelle à voix basse. Nous avions pris l'habitude de nous prendre notre courrier dans la boîte, au rez-de-chaussée. Il n'y en a qu'une pour les quatre appartements. Nous ramassons mutuellement nos lettres pour qu'elles ne restent pas mélangées avec celles des autres personnes. Ou soient prises par les enfants. C'est arrivé à plusieurs reprises. Si bien que celle de nous deux qui arrive la première, poursuivit-elle au présent, monte le courrier. Je pose le sien sur son paillasson et elle pose le mien sur la table à côté de sa porte. Mais une fois – il y a un peu plus d'un an, peut-être deux – j'ai gardé par erreur une lettre qui lui était destinée et je l'ai ouverte sans faire attention. Elle contenait un imprimé que j'ai lu entièrement. Des trucs terribles. Il y avait à la fin un récépissé pour un don ». Elle se pencha et toucha celui posé sur la table. « Son nom figurait dessus. »

Elle se tut et regarda à nouveau ses mains, l'air d'une écolière coupable d'une bêtise. « C'est alors que je me suis rendu compte que son nom était aussi sur l'enveloppe.

– Qu'est-ce que vous avez fait ? demanda Vianello.

– J'ai attendu son retour, et quand je l'ai entendue, je suis descendue et je lui ai rendu l'enveloppe en lui expliquant ce qui s'était passé. J'ai eu droit à un regard bizarre de sa part ; je ne suis pas sûre qu'elle m'ait crue, pas vraiment. Sur quoi elle a retiré l'imprimé de l'enveloppe – je l'avais évidemment remis en place pour qu'elle puisse penser que je ne l'avais pas lu – et elle m'a dit que ça m'intéresserait peut-être d'y jeter un coup d'œil. »

Elle les regarda tour à tour. « C'est ce que j'ai fait, et moi aussi je leur envoie de l'argent, maintenant. Environ deux fois par an. Dieu sait qu'ils en ont besoin.

– Je comprends », dit Brunetti. Son estomac gargouilla. Comme toujours dans ce genre de situation, tout le monde fit semblant de ne rien avoir entendu. Il prit alors son portefeuille et en tira une de ses cartes de visite, au dos de laquelle il inscrivit le numéro de son téléphone portable. « C'est mon numéro personnel, signora. Si jamais il vous revenait d'autres détails, ou s'il se passe quelque chose qui à votre avis pourrait m'intéresser, n'hésitez pas à m'appeler. »

Elle posa la carte sur l'accoudoir du canapé sans la regarder et se leva. Elle les reconduisit jusqu'à la porte, leur serra la main en leur souhaitant une bonne journée et referma le battant dès qu'ils furent hors de l'appartement.

« Eh bien ? demanda Vianello tandis qu'ils entamaient la descente de l'escalier.

– Une preuve de plus que les gens ne nous font pas confiance.

– À toi et moi, ou à la police en général ? demanda Vianello lorsqu'ils arrivèrent aux dernières marches.

– À la police en général, répondit Brunetti en ouvrant la porte donnant sur la place, où ils retrouvèrent la lumière du jour. Il me semble qu'elle nous a fait confiance, à toi et à moi. Sans quoi elle ne nous aurait jamais parlé de cette association Alba Libera. » Il marqua une pause. « Un peu idiot comme nom, tu crois pas ? »

Vianello haussa les épaules. « Parce que tu trouves qu'il est prétentieux ? » Brunetti acquiesça d'un signe de tête. « Cela dit, il ne l'est pas davantage que l'*Opus Dei*. »

Vianello éclata de rire et se passa les deux mains

dans les cheveux, comme pour chasser les événements de la matinée. « Je vais prendre le 51, dit-il. Ce sera plus rapide. » Brunetti resta un instant interdit, puis il comprit : Vianello n'avait pas envie de le raccompagner en reprenant le chemin par lequel ils étaient arrivés, vers le Rialto, où l'inspecteur aurait pu prendre un Numéro 1 pour Castello. Il avait hâte de rentrer déjeuner chez lui, et la ligne qui contournait l'île jusqu'à l'arrêt Celestia était en effet le moyen le plus rapide.

« À plus tard, alors », dit Brunetti en prenant la direction de son propre domicile. Ses jambes prenant en charge la navigation, il put repenser tranquillement à ce qu'il venait d'apprendre. La Calle Bernardo l'amena jusqu'au Campo San Polo, mais il ne prêtait attention à rien ni à personne, essayant de se représenter la jeune femme au visage ensanglanté recroquevillée sur le palier qu'il avait emprunté quelques instants avant. Il essayait aussi d'imaginer comment elle avait pu s'y retrouver dans cet état, et où elle avait pu aller se réfugier après avoir été prise en charge par la signora Altavilla.

L'existence de l'homme qui avait battu la jeune femme – Brunetti n'avait aucun doute sur le sexe de son agresseur – était la première preuve que le désir d'aider ces malheureuses avait peut-être eu d'autres conséquences, pour la signora Altavilla, que la douceur et l'harmonie. À cette idée et à la manière cynique dont il se l'était formulée, il poussa un grognement involontaire, comme presque toujours lorsqu'il était surpris par sa capacité à imaginer de telles horreurs.

Si son fils avait été au courant des allées et venues de ces femmes, voilà qui aurait pu expliquer sa nervosité. Niccolini avait peut-être mis sa mère en garde contre le fait de les accueillir dans son propre domicile – Brunetti trouvait même difficile d'imaginer qu'un fils ne fasse pas de remontrances à sa mère, dans un cas pareil. Mais le vétérinaire habitait Lerino et la signora Altavilla Venise, et il n'avait aucun contrôle sur ce qu'elle faisait ou pas, ou sur ses invités.

Il se retrouva devant son propre domicile, toujours préoccupé par le récit de la signora Giusti sur les femmes qui venaient séjourner dans l'appartement de sa voisine, revoyant aussi le dottor Niccolini debout devant la porte de la morgue. Avec, en fond sonore permanent, le grondement bas du désir de Patta d'en faire le moins possible pour ne pas agiter l'opinion publique.

Quelqu'un arriva derrière lui et lui dit bonjour. Brunetti se tourna et vit le signor Vordoni, lequel glissa sa clef dans la serrure et poussa le battant, attendant que Brunetti le précède. Brunetti marmonna un remerciement, entra, tint la porte pour le vieux monsieur, la referma en douceur derrière lui et s'affaira devant sa boîte aux lettres pour ne pas avoir à monter avec son voisin.

Comme il l'avait prévu, il n'avait pas de courrier, mais le temps de refermer la boîte à clef et de ranger son trousseau, le signor Vordoni avait disparu. Sur quoi il attaqua l'escalier, indifférent aux bonnes odeurs de cuisine qui l'accueillaient à chacun des paliers. Il ouvrit sa porte et, chatouillé par les arômes de quelque chose qui rappelait la citrouille et de quelque chose d'autre qui évoquait le poulet, il redécouvrit son intérêt pour les odeurs de nourriture et les aliments qui en sont à l'origine.

Paola était à la cuisine, toute son attention portée sur une revue ; parmi les habitudes qu'elle avait prises avec le temps, il y avait celle de lire tout ce qui n'était pas relié dans la cuisine, réservant la lecture des ouvrages à couverture rigide à son bureau et à son lit. « L'université serait-elle en grève ? » demanda-t-il en se penchant sur elle pour l'embrasser. Elle se tourna en même temps, si bien que son baiser atterrit sur l'oreille de Paola et non dans ses cheveux, mais ni l'un ni l'autre n'y prêtèrent attention.

« Non, répondit-elle, mais un seul de mes étudiants est venu au cours, si bien que je l'ai annulé et que je suis rentrée à la maison. » Elle laissa retomber la revue sur la table, toujours ouverte sur l'article qu'elle lisait. Brunetti y jeta un coup d'œil et vit ce qui lui fit l'effet d'être un nuage blanc agité sur la moitié supérieure de la page de gauche. « C'est quoi, ce truc ? » demanda-t-il, prenant la revue, à bout de bras à cause de sa presbytie. Paola lui tendit ses lunettes de lecture. « Des poulets ? » Il examina l'image de plus près. Des poulets. Il laissa tomber la revue sur la table et rendit ses lunettes à Paola. « Et de quoi est-il question ?

– C'est l'un de leurs récits d'horreur habituels, le genre d'article que tu regrettes d'avoir commencé à lire sans que tu puisses pour autant t'arrêter avant la fin. Sur ce qu'on leur fait.

– Aux poulets ? On fait des horreurs aux poulets ? voulut-il savoir, tandis que lui parvenaient les craquements et grésillements du four, indiscutables annonciateurs de ce qui rôtissait à l'intérieur.

– Chiara l'a ramenée à la maison et m'a intimé de lire cet article, répondit Paola, posant la joue dans le creux de sa main. À ton avis, est-ce que cela indique que tu ne les contrôles plus ?

– Quoi donc ?

– Quand au lieu de te demander de lire un article, ils te donnent l'ordre de le faire ?

– Ça se pourrait bien », admit-il. Sur quoi il s'approcha du réfrigérateur, à la recherche de quelque chose qui atténuerait les histoires d'horreur chez les gallinacés.

Dans le tiroir du bas, il aperçut quelques bouteilles de Moët & Chandon. « D'où vient ce champagne ? demanda-t-il.

– D'un de mes étudiants.

– Un étudiant ?

– Oui. Il vient de passer son examen avec succès et il m'a fait parvenir ces bouteilles.

– Mais pourquoi ?

– J'ai dirigé sa thèse. Elle était brillante et portait sur l'utilisation de l'imagerie de la lumière dans les derniers romans d'Henry James. » Soudain en alerte rouge, Brunetti se rendit compte que c'était le moment ou jamais d'intervenir. S'il n'agissait pas sur-le-champ, s'il ne l'arrêtait pas, ne la déviait pas, il était bon pour une conférence d'une durée indéterminée sur ce que l'étudiant avait écrit à propos de la manière dont Henry James, dans ses derniers romans, avait utilisé les images liées à la lumière. Considérant qu'il avait dû récemment supporter tout un dîner avec le vice-questeur Giuseppe Patta et qu'il n'avait déjeuné hier que de trois tramezzini (dont un barboté), il décida de ne pas perdre un instant.

« Et combien de bouteilles t'a-t-il envoyées ?

– Quelques caisses. Trois ou quatre, je ne m'en souviens pas exactement. »

Voilà, comme le savait Brunetti, quelles étaient les conséquences d'être née dans une famille de la haute, non seulement issue d'une lignée prestigieuse, mais qui avait hérité en outre d'une grande fortune : on perdait le compte des caisses de champagne qu'un étudiant vous avait envoyées.

« C'est un pot-de-vin, au propre et au figuré, dit-il, prenant son ton de méchant policier.

– Quoi ?

– Un pot-de-vin. Je suis choqué que tu aies accepté.

J'espère que tu lui as donné la meilleure note pour sa thèse.

– C'est ce que j'ai fait. Son travail était remarquable. »

Brunetti s'enfouit le visage dans les mains et gémit. Il prit ensuite l'une des bouteilles de champagne et sortit deux flûtes du placard. Il posa les verres sur la table en les entrechoquant, puis commença à défaire l'emballage doré du col et le muselet. Sur quoi il braqua le bouchon sur l'angle le plus éloigné de la pièce et le poussa – provoquant une explosion bruyante qui le réjouit jusqu'au fond du cœur.

Il avait agité la bouteille, si bien que la mousse déborda et coula sur sa main. Il remplit rapidement la première flûte, laquelle déborda à son tour, puis la seconde, qui fit comme la première. Deux petites flaques se formèrent au pied des verres.

« Vite, vite ! » dit-il, tendant un verre à Paola. Il fit tinter le sien contre celui de sa femme, dit « Tchin-tchin ! » et prit une longue rasade. « Ah… », fit-il, en paix avec le monde. À la gorgée suivante, il vida le verre.

« Mais qu'est-ce qui t'arrive ? demanda Paola qui s'était contentée d'une petite gorgée. Qu'est-ce qui te prend ?

– Je détruis une pièce à conviction.

– Tu es fou, Guido », dit-elle, riant cependant jusqu'à ce que les bulles, lui remontant par le nez, la fassent tousser.

Le déjeuner, peut-être à cause des bulles de champagne et des rires, se passa dans la bonne humeur générale. Chiara arrivée avec Raffi pour se mettre les pieds sous la table, parut satisfaite lorsque sa mère lui eut certifié que le poulet était non seulement bio, mais avait été élevé en liberté et avait eu une vie saine et agréable. Brunetti, farouche partisan de la paix des ménages, se garda bien de demander comment on pouvait juger qu'un poulet avait eu une vie agréable.

Bien entendu, Chiara ne mangea pas de poulet, mais ses principes végétariens furent satisfaits lorsque sa mère lui eut donné ces assurances et elle ne provoqua pas le reste de la famille par des commentaires sur ce qu'il y avait de profondément dégoûtant à consommer de la chair morte. Quant à son frère, Raffi, peu concerné par le bonheur des animaux de basse-cour, il n'en avait que pour la valeur gustative de la volaille.

Plus tard, alors qu'ils étaient dans le séjour pour boire leur café, Brunetti – immensément heureux que Paola ne lui ait posé aucune question sur la signora Altavilla – voulut savoir ce qu'on faisait exactement à ces poulets.

« Pas à celui que nous venons de manger, j'espère que tu l'as compris, dit Paola.

– Ce n'était donc pas un mensonge ?

– Quoi donc ?

– Que le poulet était bio.

– Non, bien sûr que non, retorqua Paola prête à s'indigner, s'il la provoquait davantage.

– Et pourquoi acheter un poulet bio ?

– Parce que les autres sont bourrés d'hormones, de produits chimiques, d'antibiotiques et Dieu sait quoi encore, et que si j'attrape le cancer, je veux que ce soit pour avoir bu trop de vin rouge, ou englouti trop de beurre, pas pour avoir mangé de la viande industrielle.

– Tu y crois vraiment ? demanda-t-il, curieux mais pas sceptique.

– Plus je lis sur la question, dit-elle en se tournant vers lui sur le canapé, plus je crois que ce que nous consommons est contaminé, d'une manière ou d'une autre. Bon, d'accord, Chiara pousse le bouchon un peu loin, mais elle a raison sur le fond. »

Brunetti ferma les yeux et se laissa glisser dans le canapé. « C'est épuisant, d'avoir à toujours se soucier de trucs pareils.

– Oui, admit Paola. Mais au moins nous vivons dans le Nord, où le risque est plus faible.

– Le risque ?

– Tu as lu comme moi les articles qui racontent ce qui se passe, là-bas en bas. »

Il lui jeta un coup d'œil et la vit qui prenait ses lunettes de lecture ; apparemment peu désireuse de poursuivre sur ce sujet tout de suite après le repas, elle reporta son attention sur le livre qu'elle avait ramené de son bureau.

Il se redressa et ouvrit donc l'ouvrage qu'il avait lui-même commencé, *Les Annales de la Rome impériale* de Tacite, livre qu'il n'avait pas ouvert depuis au moins vingt ans. Et qu'il lisait à présent avec l'attention d'un homme d'une génération plus âgée que la première fois. La sauvagerie d'une bonne partie de ce que décrivait Tacite n'était pas sans rappeler les temps dans lesquels Brunetti vivait lui-même. Un gouvernement enfoncé dans la corruption, tous les pouvoirs concentrés entre les mains d'un seul homme, les goûts des gens et la morale publique avilis jusqu'à en être méconnaissables – comme tout cela lui paraissait familier !

Il s'arrêta sur une phrase : « Les fraudes, contrecarrées lois après lois, recommençaient ingénieusement après chacune. » Il remit le marque-page en place et referma le livre. Il décida de ne pas retourner au travail cet après-midi, et de frauder lui aussi en allant faire une longue balade, peut-être en compagnie de son épouse.

13

Le lendemain matin, Paola lui porta son café au lit avec l'édition du jour du *Gazzettino*, persuadée elle aussi que le journal était moins toxique sous sa forme papier. Brunetti prit une ou deux gorgées de café et reposa la tasse sur la table de nuit pour pouvoir tenir le journal à deux mains. Au cours des dernières années, même le *Gazzettino* avait cédé aux impératifs économiques du temps et réduit son format à celui déjà adopté par la plupart de ses concurrents. Même si cette édition moins volumineuse était plus facile à lire au lit, son ancienne taille, qui exigeait d'écarter complètement les bras, manquait à Brunetti, comme lui manquait aussi le type de caractères dans lequel il avait lu le *Gazzettino* pendant des dizaines d'années. Il se rappelait cependant comment ce vaste déploiement de papier lui avait parfois valu la mauvaise humeur, les coups de coude et les commentaires acerbes d'autres passagers, dans le vaporetto. Et malgré tout, l'encombrant format lui manquait : peut-être parce que c'était précisément cette taille qui faisait de sa lecture un acte quasi public : il n'y avait aucun moyen de faire autrement que d'empiéter sur le territoire de ses voisins pour l'ouvrir. La nouvelle version était devenue une affaire en quelque sorte privée.

On ne parlait pratiquement plus de la mort de la signora

Altavilla. Une vieille dame meurt d'une crise cardiaque, vous parlez d'une nouvelle… Si bien que le journal s'était rabattu sur ce qu'il pouvait en tirer de pathos : son veuvage, son fils, ses petits-enfants. Il parcourut la nécrologie et trouva deux insertions, l'une de son fils et de sa famille, l'autre de l'association Alba Libera. Il lut encore deux ou trois articles puis, ayant perdu tout intérêt pour le journal, se leva, se rasa, se doucha et alla rejoindre Paola dans la cuisine, où il la trouva assise devant *La Reppublica* étalée sur la table, menton dans la main. « Je n'ai jamais lu la *Pravda*, évidemment, dit-elle en l'entendant entrer, mais je me demande des fois si tous les autres journaux n'en sont pas de simples variantes.

– C'est bien possible, répondit-il en allant remplir la cafetière au robinet de l'évier.

– Quand j'étais étudiante en Angleterre, j'avais fini par m'habituer à des journaux ayant deux sections – d'une part les informations, d'autre part les éditos. » Elle vit qu'il l'écoutait, et elle prit le journal et le secoua comme si elle avait voulu en faire tomber des miettes. « Tandis que là-dedans, il n'y a aucune différence. Ou plutôt, il n'y a que des éditos.

– L'autre ne vaut pas mieux, observa Guido. Et n'oublie pas que *La Reppublica* a une bonne réputation. »

Elle haussa les épaules, l'air déçu. « J'en attendais mieux.

– Il ne faut pas rêver, dit Guido en posant la cafetière sur la gazinière.

– Je sais bien, mais ça ne m'empêche pas de continuer à espérer. La casserole est dans l'évier », ajouta-t-elle, lui laissant le soin de faire réchauffer le lait.

« Il y avait quelque chose sur la mort de cette femme ? » demanda-t-elle tandis que le café passait.

– D'après Rizzardi, elle est morte d'une crise cardiaque, répondit-il, sachant que Paola allait sauter sur cette manière hypocrite de botter en touche.

– Oui, et *La Reppublica* a une bonne réputation.

– Ce qui veut dire ? demanda-t-il, même s'il avait déjà sa petite idée.

– En logique médiévale, devant une erreur, on fait appel à l'autorité – *Magister dixit.* » Il eut un moment de perplexité, mais n'objecta rien. « Tu viens de me dire que c'était une crise cardiaque du même ton que tu m'as dit que *La Reppublica* avait une bonne réputation. Tu cites des autorités, mais tu ne les crois pas. » Guido resta silencieux. « Il y a quelque chose qui te tracasse, et je parierais que c'est la mort de cette femme, ce qui signifie que tu ne crois pas Rizzardi ou, plus vraisemblablement, qu'il a été encore plus jésuite que d'habitude, et que tu le sais. » Elle sourit et lui tendit sa tasse de café pour qu'il la remplisse. « Voilà ce que ça veut dire.

– Je vois », dit-il, remplissant la tasse de Paola, puis la sienne. Il ajouta du lait et du sucre, puis alla s'asseoir en face d'elle. Ce fut à son tour de voir qu'il avait l'attention de Paola. « Elle présentait des traces de bleus au cou et aux épaules. » Il imita le geste de serrer à deux mains. « Ce n'est pas en serrant les épaules de quelqu'un qu'on peut provoquer une crise cardiaque, que je sache, fit-elle remarquer d'un ton serein, comme si c'était un sujet de conversation parfaitement banal à avoir au petit déjeuner.

– Si, lorsqu'on a affaire à une personne ayant des problèmes de fibrillation cardiaque et qui prend du Propafénone.

– Et c'est quoi le propa-machin ?

– Un médicament contre la fibrillation cardiaque. » Il laissa passer quelques instants avant d'ajouter : « Autrement dit, si on attrape et secoue un peu brutalement une personne au cœur fragile, elle peut se mettre en fibrillation et, d'après Rizzardi, c'est ce qui a pu se passer. Mais il y avait aussi une blessure à une vertèbre. » Se rendant compte qu'il risquait de la lancer sur une fausse piste, il se reprit. « Elle est tombée, en fait, et s'est aussi cogné la tête. Contre un radiateur. Il se peut que la cause de la mort soit là.

– Il se peut ? »

Il eut un regard neutre pour elle et prit quelques gorgées de café. « C'est l'histoire de l'œuf et de la poule, ne put-il s'empêcher de répliquer, avant d'ajouter à contrecœur, la fibrillation. Le reste, c'est de la spéculation.

– La tienne ou la sienne ?

– Les deux. »

Ce fut au tour de Paola de prendre quelques gorgées de café. Finalement, après avoir remué le mélange au fond de la tasse, elle la vida. « Et Patta, qu'est-ce qu'il dit ? »

Brunetti sourit. « Rien de neuf de ce côté. Il ne veut qu'une chose, que ce soit réglé. Je suis sûr qu'il est ravi que l'explication se réduise à une crise cardiaque. Comme ça, on n'en parle plus.

– Mais ce n'est pas ton avis, si ? »

Guido joua quelques instants avec sa tasse. Il se leva, la remplit à nouveau, y ajouta lait et sucre et la vida rapidement. « Je ne sais pas ce qu'il faut en penser. Vraiment pas. Il y a quelque chose dans cette histoire qui me met mal à l'aise. Il semblerait que la signora Altavilla ait recueilli chez elle des femmes qui tentaient d'échapper à un homme dangereux, et la mère supérieure de la maison de retraite où elle travaillait s'est montrée particulièrement discrète sur elle.

– Tu sais pourtant bien, Guido, dit-elle d'un ton patient, qu'un représentant du clergé capable de dire tout bêtement la vérité, ça n'existe pas.

– Tu exagères ! On en trouve quelques-uns, répliqua-t-il plus calmement.

– Oui, quelques-uns.

– Tu ne leur as jamais fait confiance, hein ?

– Et je ne leur fais toujours pas confiance. Mais n'oublie pas que je ne les interroge pas dans les situations où les gens ont tendance à mentir – comme les morts, ou ce qui a pu causer la mort de quelqu'un. Je leur parle juste de la pluie et du beau temps quand j'en rencontre un chez mes parents. La pluie, en particulier, est un sujet fascinant ; il pleut toujours trop ou pas assez. Ils aiment tout ce qui est absolu. Mais ce n'est pas la même chose.

– Les crois-tu, au moins, quand ils parlent de la pluie et du beau temps ?

– Oui, si je suis juste à côté de la fenêtre. » Sur quoi elle se leva et dit qu'elle devait aller à l'université.

Après son départ, Brunetti jeta un coup d'œil au journal qu'elle avait laissé sur la table, mais il n'arrivait pas à se concentrer sur ce qu'il lisait. Il revint alors sur l'échange qu'il avait eu avec Paola, prenant conscience que les remarques qu'il avait faites spontanément reflétaient tout à fait l'impression que lui inspirait la mort de la signora Altavilla. La mère supérieure en savait davantage que ce qu'elle avait dit ; quant à l'association Alba Libera, il fallait qu'il en apprenne un peu plus sur elle.

Il passa dans le séjour pour appeler la signorina Elettra à son bureau. Puis il se souvint qu'on était mardi et qu'elle devait encore se trouver au marché du Rialto, pour choisir les fleurs devant orner le bureau du vice-questeur Patta et le sien. Il composa donc le numéro de portable de la jeune femme. Elle lui répondit par un languide « *Si*, commissaire ? » et Brunetti fut une fois de plus frappé par l'avantage psychologique injuste dont bénéficiait la personne qu'on appelait, quand elle pouvait voir qui cherchait à la joindre.

« Bonjour, signorina, dit-il d'un ton neutre. J'aimerais que vous fassiez quelque chose pour moi.

– Avec plaisir, signore, dès que je serai de retour au bureau.

– Ah, vous n'y êtes pas ? demanda-t-il, feignant la surprise.

– Non, monsieur. Je suis au marché. C'est mardi, vous savez. »

Il était son supérieur. Elle n'était pas à son travail et n'y serait probablement pas avant encore une heure, dans le meilleur des cas. Elle avait probablement réquisitionné une vedette de la police pour faire cette course, ou du moins pris ses dispositions pour qu'une vedette passe la prendre, elle et ses fleurs, et la ramener à la questure en violation flagrante des dispositions sanctionnant ce genre d'abus. Il était de sa responsabilité de la réprimander et de veiller à ce que la chose ne se reproduise pas.

« Si je suis là-bas dans cinq minutes, pourrais-je profiter de la vedette ? demanda-t-il.

– Bien entendu. Ou si vous préférez, je peux demander à Foa de s'arrêter au bout de votre ruelle pour vous y prendre.

– Non, ce serait trop compliqué, se contenta-t-il de répondre. Je vous retrouve devant le fleuriste. » Il reposa le téléphone, retourna dans la chambre prendre sa veste et quitta l'appartement.

Il ne lui fallut effectivement que quelques minutes pour rejoindre le marché, ce qui l'obligeait à passer tout d'abord par les étals de poisson et leur odeur forte qu'il avait toujours aimée. Après avoir admiré une seiche de belle taille, il vit la signorina Elettra, des gerbes de fleurs dans les bras, juste devant l'étal d'un fleuriste – étal qui n'en était pas un en fait, étant constitué d'un alignement de seaux en plastique d'où jaillissait une profusion de couleurs. Acheter ses fleurs au Rialto plutôt que chez Biancat était la concession faite par la secrétaire à la dernière directive de Patta, exigeant que soit mis un terme à toutes les « dépenses inutiles » de la questure.

Brunetti n'était pas expert en noms de fleurs. Il connaissait les iris pour en avoir souvent acheté à Paola et reconnaissait les œillets et les roses, mais qu'étaient donc ces petites fleurs aux pétales froissés éclatants ? Et celles-ci, toutes rondes, de la taille d'une orange, avec leurs innombrables pétales pointus ? Il identifiait aussi sans peine les glaïeuls, mais il ne les avait jamais aimés ; quant au parfum des lys, il le trouvait écœurant.

« Bonjour, commissaire », lui dit-elle avec un sourire éclatant quand elle le vit approcher. Elle portait une veste en soie bleu cobalt qui se détachait de manière encore plus brillante sur le jaune et le rouge des fleurs qu'elle tenait. Elle tendit trois bouquets à Brunetti, mais à peine débarrassée, la fleuriste lui en déposa d'autres entre les bras. La signorina Elettra dégagea sa main pour tendre quelques billets à la vendeuse. Elle n'eut pas de facture en échange. Deuxième délit de la matinée.

« Matériel de bureau, c'est bien ça ? » dit Brunetti avec un mouvement du menton vers les fleurs qu'elle tenait, essayant d'ignorer celles qu'il avait dans les bras.

« Voyons, commissaire, protesta-t-elle avec un ton de surprise parfaitement imité, vous savez très bien que je ne pourrais plus me regarder dans la glace si je pensais un instant que je manipulais les finances de la questure. » Quand elle comprit que Brunetti avait renoncé à se formaliser, elle ajouta : « Il se trouve que j'avais une facture pour des cartouches de couleur pour l'imprimante. Je vais la présenter – le montant est à peu de chose près le même. »

Il préférait ne pas le savoir. Il ne *voulait* pas le savoir. Parce que, du coup, la fleuriste ne payait pas de taxes sur la vente de ses fleurs ; quelqu'un d'autre avait donné un reçu à la signorina Elettra pour un achat personnel, et la questure réglait une facture des cartouches d'imprimante couleur magiquement transformées en fleurs. Avant de monter sur le bateau et de l'utiliser lui aussi abusivement, Brunetti préféra arrêter le compte des délits.

Foa arriva à ce moment-là et débarrassa les bras de la signorina Elettra. Bien entendu, à l'autre bout du marché, une vedette de la police était amarrée, moteur tournant au ralenti, un policier en uniforme se tenant à la barre. Foa tendit les fleurs à son collègue, sauta dans le bateau et aida la secrétaire à monter. Il prit les fleurs de Brunetti, le laissant embarquer tout seul.

Brunetti tint ouverte la porte de la cabine et suivit la signorina Elettra quand elle entra. Il reprit la parole quand ils furent assis tous les deux, alors que la vedette passait sous le pont du Rialto. « Avez-vous entendu parler d'une association du nom d'Alba Libera, signorina ? »

Ses yeux s'agrandirent, comme sous l'effet d'une révélation. « Mais bien sûr, bien sûr ! Je n'y avais pas pensé.

– Elle en était membre. Ou du moins, elle la soutenait d'une manière ou d'une autre. D'après sa voisine, elle accueillait des femmes à son domicile.

– Voilà qui explique les sous-vêtements », dit la jeune femme.

Brunetti laissa passer quelques secondes. « Avez-vous des informations sur cette association ? » Ses yeux se portèrent vers les bâtiments devant lesquels ils passaient. « Quelques-unes, répondit-elle en se tournant à nouveau vers lui.

– Et puis-je vous demander lesquelles ?

– Oh, rien de plus que ce que vous savez déjà,

signore. Elle trouve des endroits où ces femmes peuvent rester en sécurité.

– Des femmes qui courent un danger ?

– Toutes les femmes qui les contactent sont dans ce cas.

– On se contente de leur déclaration ?

– Je suis sûre qu'on demande des preuves.

– Quelles pourraient être ces preuves ?

– Des rapports de police. » Elle se tut quelques instants. « Ou ceux des hôpitaux.

– Je vois. Vous paraissez bien connaître cette association. »

Elle sourit. « Je leur fais une contribution tous les ans. Mais étant donné l'endroit où je travaille, je ne leur ai jamais proposé d'en prendre une chez moi et je ne participe en rien à leurs activités. »

Brunetti acquiesça d'un hochement de tête. « C'est sans doute plus sage. Connaîtriez-vous les personnes qui s'occupent de l'association, par hasard ?

– Oui, répondit-elle sans enthousiasme.

– Pourriez-vous… » Il s'interrompit, ne sachant trop comment formuler sa requête. « Pourriez-vous m'introduire auprès d'elles ?

– Et me porter garante de vous ? demanda-t-elle avec un sourire.

– Oui, quelque chose comme ça.

– Maintenant ?

– Quand nous arriverons à la questure. Savent-elles où vous travaillez ?

– Non, répondit la jeune femme avec un geste de la main pour repousser la question. Simplement que je suis fonctionnaire de la ville.

– C'est mieux comme ça.

– En effet. »

14

Une fois à la questure, alors que Foa et son collègue paraissaient heureux d'aider la signorina Elettra à transporter ses fleurs, Brunetti monta directement dans son bureau. Il y trouva quelques rapports et des documents divers, la plupart portant sur des questions bureaucratiques. Il consacra un certain temps à les examiner.

La seule chose qui éveilla un peu son intérêt concernait une demande d'information, à propos d'une Roumaine qui avait un nom que Brunetti reconnut. Ils l'avaient arrêtée une bonne douzaine de fois, la femme leur donnant à chacune un nom, un âge et un lieu de naissance différents. Elle venait apparemment de refaire surface à Ferrare, où on l'avait arrêtée à la gare alors qu'elle essayait de voler le sac d'une femme policier qui n'était pas en service. Elle avait refusé de donner d'autres informations que son nom, mais elle avait dans la poche la facturette d'un café pris dans un bar de Castello, raison pour laquelle la police de Ferrare contactait celle de Venise et lui envoyait, outre le nom qu'elle avait donné, ses empreintes digitales et sa photo.

Il appela Tomasini, au service des archives, donnant le nom qu'elle avait utilisé à Ferrare et celui qui devait sans doute se trouver dans son dossier. En entendant les deux faux noms, l'archiviste se mit à rire. « Et moi qui croyais que nous en étions débarrassés !

– Nous le sommes, le rassura Brunetti, mais j'ai bien l'impression que c'est Ferrare qui en a hérité. Pourrais-tu leur envoyer une copie du dossier ?

– Pour qu'ils puissent lui envoyer une lettre la sommant d'avoir à quitter le pays d'ici quarante-huit heures ? » demanda Tomasini. Après un instant de réflexion, il reprit, d'un ton tout à fait sérieux : « Je crois que nous devrions nous requalifier en coopérative artistique et demander d'exposer à la Biennale. Il suffit qu'on nous octroie le pavillon italien.

– Qui ça, nous ?

– Tout le monde ici, mais moi en particulier, car j'ai ici tous les documents et les doubles des lettres.

– Et tu en ferais quoi ?

– J'en recouvrirais les murs de tout le pavillon. On en mélangerait quelques milliers et on les collerait sur les murs, toutes ces lettres qui répètent inlassablement aux mêmes personnes qu'étant donné qu'elles sont en situation irrégulière, elles disposent de quarante-huit heures pour quitter le pays. Et nous pourrions l'appeler quelque chose comme *Italia Oggi*. »

Il n'y avait pas la moindre trace d'humour dans la voix de l'archiviste lorsqu'il reprit : « C'est le bon titre, non ? Telle est l'Italie, aujourd'hui. Vous ne croyez pas ? ajouta-t-il devant le silence de Brunetti.

– Fabio, répondit finalement le commissaire d'une voix unie, envoie ce dossier à Ferrare, d'accord ?

– Si, dottore », répondit Tomasini.

Les écologistes ne se lassent pas d'affirmer que Venise sera sous l'eau dans un certain nombre d'années ; et si ce nombre d'années reste vague et fluctuant, personne ne remet en question cette prédiction. Et quand, se demanda Brunetti, le pays sera-t-il entièrement enfoui sous les paperasses ? Tous les murs, dans le fond du sous-sol, disparaissaient derrière des classeurs métalliques bourrés de dossiers, partant du sol pour arriver à dix centimètres du plafond. L'*acqua alta* de trois ans auparavant avait détruit tout ce qui se trouvait en dessous d'un mètre, alors que les informations que contenaient les dossiers n'avaient pas encore été numérisées, si bien qu'une partie des archives criminelles avait été complètement détruite. Tomasini tenait peut-être une idée, au fond : les murs de la Biennale auraient du mal à s'orner de quelque chose de plus évanescent que les dossiers du sous-sol.

Son téléphone sonna. « J'ai pu leur parler, commissaire. Voulez-vous que je monte ? lui dit la signorina Elettra.

– Oui, s'il vous plaît. »

Elle arriva précédée par un gros bouquet. « Je crains d'avoir un peu exagéré ce matin, dottore, dit-elle en entrant. J'aimerais en laisser quelques-unes ici, si vous voulez bien. » Les fleurs lui firent penser à des pâquerettes géantes blanc et jaune, et elles égayaient incontestablement la pièce. Elle posa le vase sur son bureau, recula pour étudier l'effet, le reprit et alla finalement le placer sur l'appui de la fenêtre. Satisfaite, elle revint s'asseoir sur l'une des chaises faisant face au bureau du policier.

« J'ai le numéro de portable de la femme qui gère l'association, reprit-elle en déposant un bout de papier sur le bureau. Maddalena Orsoni. C'est une personne très intelligente.

– Intelligente au point de quoi, signorina ?

– Au point qu'elle se demandera pourquoi la police s'intéresse à la signora Altavilla. Et à sa mort.

– Si je lui dis que c'est une enquête de routine ?

– Elle ne vous croira pas, répondit aussitôt la signorina Elettra. Cela fait des années qu'elle traite avec les autorités, avec les services sociaux, avec les hommes que ces femmes ont fuis. Si bien qu'elle est capable de repérer un menteur à dix mètres et il y a toutes les chances pour qu'elle flaire quelque chose.

– Et si je lui dis exactement ce que nous savons de la mort de la signora Altavilla ?

– Commissaire, même moi je vous soupçonne parfois de mentir. »

Un instant, Brunetti envisagea de répliquer quelque chose de salé, puis il renonça et attendit qu'elle poursuive.

« N'oubliez pas, monsieur, que le seul menteur avec qui j'ai des contacts réguliers est le lieutenant Scarpa. Et dans ce domaine, je suis loin d'avoir le talent de Maddalena. » Une fois de plus, avec sa remarque indirecte sur le lieutenant, Brunetti ne sut comment apprécier la tendance de la secrétaire à critiquer ses supérieurs.

« Si vous jugez que je ne devrais pas lui parler, comment voulez-vous que je l'interroge sur la signora Altavilla ? » demanda-t-il, préférant oublier l'allusion à Scarpa.

Elle sourit de la question. « Je crois que nous ne nous sommes pas compris, commissaire. Je ne vous suggère pas de ne pas lui parler. Simplement de ne pas lui mentir. Si vous la traitez honnêtement, elle vous rendra la pareille.

– Vous la connaissez si bien que ça ?

– Non. Mais je connais plusieurs personnes qui, elles, la connaissent bien.

– Je vois », dit-il, préférant ne pas lui demander d'autres précisions. Il tira le bout de papier à lui, tendit vers elle une main pour l'empêcher de partir et composa le numéro.

Une voix de femme répondit après la troisième sonnerie. « *Si* ?

– Signora Orsoni ? Je suis le commissaire Guido Brunetti. » Il lui laissa le temps de demander, comme nombre de personnes l'auraient fait, pourquoi la police l'appelait, mais elle ne dit rien.

« Je voudrais vous parler d'une personne qui a travaillé avec votre association, Alba Libera. » Elle continua de garder le silence. « Costanza Altavilla. »

Cette fois, Brunetti resta déterminé à attendre sa réaction sans la relancer. « De quelle manière puis-je vous être utile, commissaire ? » Elle avait une voix grave qui ne trahissait aucun âge particulier, sans le moindre accent. Elle parlait un italien impeccable.

« J'aimerais m'entretenir avec vous de la signora Altavilla.

– Et dans quel but ? » demanda-t-elle, d'un ton teinté de curiosité.

Brûlant tous ses ponts, Brunetti répondit sans hésiter : « Pour vérifier si nous pourrions avoir des raisons d'examiner de plus près les circonstances de sa mort. »

Elle réagit quelques secondes après par une question : « Cela signifie-t-il que ce qu'a rapporté la presse était faux et qu'elle n'est pas morte d'une crise cardiaque ?

– Non, elle est bien morte d'une crise cardiaque, c'est incontestable. » Il laissa à sa réponse le temps d'être enregistrée avant d'ajouter : « Ce sont les circonstances dans lesquelles cette crise cardiaque s'est produite que je voudrais éclaircir. »

Il jeta un coup d'œil à la signorina Elettra, laquelle faisait de son mieux pour ne pas avoir l'air de s'intéresser outre mesure à la partie de la conversation qu'elle pouvait suivre.

« Et vous aimeriez me parler ?

– Oui.

– Je ne suis pas à Venise en ce moment.

– Quand serez-vous de retour ?

– Sans doute demain.

– Et si je vous disais qu'il est urgent que je vous parle ? demanda Brunetti.

– Je vous répondrais que, moi aussi, ce que je fais est urgent », répondit-elle sans donner davantage d'explications.

Un partout.

« Dans ce cas, je vous rappellerai. » Il avait pris un ton enjoué, presque comme s'il l'invitait à déjeuner.

« Bien. » Et elle raccrocha.

Il reposa le téléphone et regarda la signorina Elettra. « Trop occupée pour me voir.

– On m'a dit aussi qu'elle n'était pas du genre à se sous-estimer, Maddalena. »

15

« Vous avez lu les rapports ? » demanda Brunetti, qui respectait davantage l'habitude qu'elle avait de consulter tous les documents officiels avec attention et scepticisme qu'il n'éprouvait de scrupules devant cet abus de position d'une fonctionnaire civile.

La signorina Elettra acquiesça.

« Et ?

– L'équipe technique a bien travaillé. » Brunetti préféra ne pas faire de commentaires, ce qui encouragea la signorina Elettra à continuer. « Mon attention a surtout été retenue par les marques au cou et sur les épaules, et par le traumatisme de son dos.

– La mienne aussi », dit Brunetti qui préféra garder pour lui ce que Rizzardi lui avait confié à titre privé.

Elle eut un regard sévère, mais dit d'une voix posée : « Quel dommage que ces détails n'aient pas attiré celle du docteur.

– C'est souvent comme ça, reconnut Brunetti.

– En effet. » Il ne put savoir si elle ne faisait que lui répondre ou posait une question sur Rizzardi. « Vous avez parlé avec les religieuses de la maison de retraite de Bragora. » Il n'y avait aucun doute, cette fois, sur la question.

« C'est exact.

– Et ? demanda-t-elle, montrant qu'elle aussi pouvait jouer les laconiques.

– Et celle qui m'a reçu avait la signora Altavilla en très haute estime. La mère supérieure s'est montrée directe, mais… » Il s'interrompit, ne sachant trop comment présenter ce qu'il savait être un préjugé peu glorieux. Elle ne vint pas à son secours et il fut obligé de poursuivre. « Mais elle est du Sud, et j'ai senti comme certaines…

– Réticences ?

– Oui. Vianello était avec moi.

– En général, son aide est précieuse. Avec les femmes.

– Pas cette fois. Peut-être parce que nous étions deux. Et que nous sommes grands et costauds. »

Elle fronça les sourcils et le regarda comme si c'était la première fois qu'elle le voyait. « Je n'ai jamais pensé à l'un de vous comme étant particulièrement grand et costaud, dit-elle, lui jetant de nouveau un coup d'œil. Mais c'est peut-être vrai. Elle était petite ? »

Brunetti porta une main placée à l'horizontale à hauteur de sa poitrine.

La signorina Elettra acquiesça. Il vit le visage de la jeune femme perdre toute expression, son regard devenir vague, signe que son attention se portait sur quelque chose, comme il avait fini par le comprendre avec le temps. Il attendit donc patiemment qu'elle reprenne la conversation. « J'ai souvent pensé, dit-elle finalement, que les religieuses ont des réactions différentes devant les hommes.

– Différentes… en quoi ?

– Différentes des femmes qui… » ce fut à son tour d'hésiter sur la formule à employer « … des femmes qui les trouvent séduisants.

– Vous voulez dire, de manière romantique ? »

Elle sourit. « Comme cela est dit avec délicatesse, commissaire. Oui, de manière romantique.

– Et quelle est cette différence ?

– Nous avons moins peur d'eux, répondit-elle tout de suite avant d'ajouter : ou peut-être est-ce que nous leur faisons plus facilement confiance, car nous avons une plus grande habitude du fonctionnement de leur cerveau.

– Vous pensez que les femmes nous comprennent ?

– C'est une question de survie pour nous, commissaire. » Elle avait souri en disant cela, mais elle reprit rapidement son sérieux. « C'est peut-être cela la différence, parce que nous vivons au milieu des hommes et que nous avons affaire à eux tous les jours, que nous tombons amoureuses d'eux, que nous rompons avec eux. Je crois que cela doit réduire le sentiment d'étrangeté que nous éprouvons.

– D'étrangeté ? s'écria Brunetti, incapable de cacher son étonnement.

– De différence, en tout cas.

– Et les religieuses ? dit-il, la ramenant au point d'où elle était partie.

– C'est tout un monde d'interactions qui leur est fermé. Appelez cela le flirt, si vous voulez, dottore. Je parle de toutes ces occasions que nous avons de jouer avec l'idée que l'autre personne est séduisante.

– Et d'après vous, les religieuses n'éprouvent pas cela ? » s'étonna-t-il, se demandant exactement en quel sens elle avait employé le terme *jouer*.

Elle eut un petit haussement d'épaules. « Je n'en ai aucune idée, à vrai dire. J'espère pour elles que si, car quand on en arrive à réprimer complètement une tendance pareille, c'est que quelque chose ne tourne pas rond. »

Soudain elle se leva, ce qui le surprit et le laissa sur sa faim.

« Vous avez observé que la mère supérieure vous avait parlé avec réticence, dit-elle, restant debout à côté de sa chaise. Si cela ne tenait pas à son attitude générale vis-à-vis des hommes – et je crois qu'il est vraiment difficile de trouver Vianello menaçant –, c'est peut-être parce qu'elle est méridionale, ou parce qu'il y a quelque chose qu'elle ne veut pas que vous sachiez. Il ne faut surtout pas exclure cette possibilité. » Sur quoi elle lui sourit et partit, laissant Brunetti se demander pourquoi elle n'avait pas dit que lui non plus n'avait rien de menaçant.

Il leva alors les yeux et vit le lieutenant Scarpa à sa porte. Le commissaire fit de son mieux pour cacher son étonnement et le salua. « Bonjour, lieutenant. » Chaque fois qu'il le voyait, c'était plus fort que lui : le mot *reptile* lui venait à l'esprit. Cela n'avait rien à voir avec le physique du lieutenant, qui était plutôt bel homme. Grand et mince, il avait un nez proéminent, des yeux largement écartés, les pommettes hautes. Peut-être cela tenait-il à la sinuosité avec laquelle il semblait se déplacer, avec le fait qu'il ne levait pas assez les pieds en marchant, ce qui provoquait une sorte de flottement ondulant à hauteur de ses genoux. Il répugnait à reconnaître qu'il attribuait cette image à sa conviction qu'on ne trouvait, dans le cœur et la tête de cet homme, que la froideur glaçante des reptiles ou des espaces interstellaires.

« Asseyez-vous, lieutenant », dit Brunetti, croisant les mains sur son bureau et prenant une attitude polie d'attente. Scarpa s'exécuta. « Je suis venu vous demander votre avis, commissaire, commença-t-il, arrondissant les consonnes à la sicilienne.

– Oui ?

– C'est à propos de deux hommes de mon unité.

– Oui ?

– Alvise et Riverre. »

Le sentiment de danger que ressentit Brunetti n'aurait pas été plus grand si Scarpa avait sifflé. Il adopta un air légèrement intéressé, se demandant ce que ces deux clowns avaient encore pu faire, et répéta : « Oui ?

– Ils sont impossibles, commissaire. Riverre arrive à répondre au téléphone, mais Alvise n'en est même pas capable. » Scarpa se pencha en avant et posa la main sur le bureau de Brunetti, geste qu'il avait sans doute pris l'habitude de faire pour singer la sincérité et l'intérêt.

Brunetti n'aurait jamais pensé être un jour d'accord avec le lieutenant. Riverre, cependant, avait un certain talent pour faire parler les adolescents – sans doute parce qu'il fonctionnait encore comme eux. Mais il n'y avait rien à tirer d'Alvise. Il était, en deux mots, d'une incurable stupidité. Le commissaire se souvenait cependant que, quelques années auparavant, il avait travaillé avec Scarpa sur un projet spécial. Ce pauvre idiot serait-il tombé sur quelque chose de compromettant pour le lieutenant ? Dans ce cas, il avait été trop bête pour s'en rendre compte, sinon toute la questure aurait été au courant le jour même.

« Je ne suis pas sûr d'être entièrement d'accord avec vous, lieutenant, n'hésita cependant pas à dire Brunetti. Même si je ne vois pas très bien pour quelle raison vous avez tenu à me consulter sur cette question. » Si le lieutenant voulait quelque chose, il s'y opposerait – ce n'était pas plus compliqué que ça.

« J'avais espéré que le souci que vous avez de la sécurité de la ville et de la réputation de la police vous donnerait envie de faire quelque chose pour eux. Voilà pourquoi je suis venu vous demander conseil, monsieur, répondit-il.

– J'apprécie tout à fait votre démarche, lieutenant », répondit Brunetti. Puis, se levant brusquement, il ajouta en essayant de prendre un ton désolé : « Mais malheureusement, j'ai un rendez-vous à l'extérieur et je suis déjà en retard. Je ne manquerai cependant pas de penser à vos commentaires et à l'esprit qui les anime. »

Brunetti contourna son bureau et s'arrêta à côté du lieutenant, qui ne put que se lever à son tour. Brunetti le guida hors de son bureau, se tourna pour fermer la porte – chose qu'il faisait rarement – et précéda Scarpa dans l'escalier. Il prit congé du Sicilien d'un signe de tête et traversa le hall sans prendre le temps de dire quoi que ce soit à l'homme de faction, à l'entrée. Dehors, il décida de continuer jusqu'à Bragora, espérant pouvoir s'entretenir avec certaines des personnes âgées avec lesquelles la signora Altavilla s'était liée, convaincu qu'écouter des vieillards parler de leur passé, en dépit des embellissements qu'ils risquaient d'apporter à leurs souvenirs, serait infiniment préférable à un catalogue des âneries de Riverre et Alvise, surtout presenté par le lieutenant Scarpa.

Il décida de prendre le chemin le plus long et franchit donc le pont qui conduisait au Campo San Lorenzo. Il passa devant le panneau sur lequel figurait la date du début des travaux de restauration de l'église, et constata qu'elle n'était plus lisible tant le soleil l'avait délavée. Il ne se rappelait plus quand ils auraient dû commencer – mais c'était à coup sûr une dizaine d'années auparavant. Certains, à la questure, prétendaient que ces travaux avaient vraiment débuté, mais ça remontait à avant sa nomination à Venise et il n'était pas homme à se fier à une rumeur. Au cours des années où il s'était planté devant sa fenêtre pour étudier la place, il avait vu la restauration de la maison de retraite commencer, se poursuivre et même s'achever. Peut-être était-ce plus important que la remise en état d'une église.

Il tourna à droite et à gauche à plusieurs reprises et passa à nouveau devant l'église San Antonin. Puis il suivit la Salizada et se retrouva sur le Campo, où les arbres invitaient les passants à s'asseoir dans leur ombre. Il traversa et alla sonner à la maison de retraite. Il s'annonça et dit qu'il était venu parler à la mère supérieure. Cette fois-ci, une religieuse encore plus âgée que madre Rosa l'attendait en haut de l'escalier. Brunetti donna son nom, entra, et se tourna pour refermer lui-même le battant. La religieuse le remercia d'un sourire et le conduisit dans la pièce où il avait eu son premier entretien avec la mère supérieure.

Aujourd'hui, madre Rosa était assise dans l'un des fauteuils, un livre ouvert sur les genoux. Elle l'accueillit d'un signe de tête et referma son livre. « Que puis-je faire pour vous aujourd'hui, commissaire ? » demanda-t-elle, sans l'inviter à s'asseoir, si bien que Brunetti s'approcha d'elle mais resta debout.

« J'aimerais parler à ceux de vos pensionnaires qui connaissaient le mieux la signora Altavilla.

– Vous devriez comprendre que cette demande n'a guère de sens pour moi. » Comme Brunetti ne réagissait pas, elle enchaîna : « Pas plus qu'en a votre curiosité pour elle.

– Mais cela a du sens pour moi, madre.

– Pourquoi ? »

Avant même de réfléchir il lança : « Je suis curieux des causes qui ont provoqué sa crise cardiaque. Il ne fait aucun doute qu'elle est morte d'une crise cardiaque, ajouta-t-il sans lui laisser le temps de se récrier, et le médecin m'a assuré que cela avait été très rapide. »

Il la vit fermer les yeux et hocher la tête, comme si elle le remerciait de lui avoir donné quelque chose qu'elle désirait. « Mais j'aimerais être certain que cette crise cardiaque a été… n'a pas été provoquée par quelque chose, quelque chose de déplaisant, je veux dire.

– Asseyez-vous, commissaire, dit-elle, attendant qu'il

prenne place pour continuer. Vous avez conscience de ce que vous venez de dire, bien entendu ?

– Oui, tout à fait.

– Si ce qui a provoqué sa crise cardiaque – puisse-t-elle reposer en paix – est comme vous dites… *quelque chose de déplaisant*, alors il doit y avoir une raison. Et si vous êtes venu ici parce que vous recherchez cette raison, c'est parce que vous pensez possible de le trouver dans quelque chose qu'elle aura dit à l'une des personnes auprès desquelles elle officiait.

– C'est exact, répondit-il, impressionné par la vitesse à laquelle elle avait compris.

– Et si c'est exact, cette personne peut être elle-même en danger.

– C'est certainement possible aussi, mais je pense que cela dépend beaucoup de ce qu'elle a pu leur dire. Madre, ajouta-t-il, se rendant compte qu'il ne pouvait faire autrement que lui faire confiance, je n'ai aucune idée de ce qui est arrivé et je me sens ridicule de devoir avouer ceci : j'ai l'étrange sentiment que quelque chose ne colle pas dans la manière dont elle est morte. » Conscient d'avoir omis de parler des marques sur le corps de la signora Altavilla, Brunetti se demanda s'il était pire de mentir à une religieuse qu'à une autre personne et conclut que non.

« Cela signifie-t-il que vous n'êtes pas ici, comment dire cela… Que vous n'êtes pas ici officiellement ? » Elle avait l'air contente d'avoir trouvé le bon mot.

« C'est en effet le cas, dut-il admettre. Je voudrais simplement apporter la paix de l'esprit à son fils. » C'était la vérité, mais pas toute la vérité.

« Je vois. » La religieuse le surprit alors en ouvrant son livre et en se plongeant dedans. Brunetti resta assis en silence, tandis que s'égrenaient les secondes, puis les minutes. Plusieurs minutes.

Finalement, elle approcha l'ouvrage de ses yeux et dit, lui donnant l'impression de lire : « Le regard du Seigneur est partout et contemple le mal comme le bien. » Elle le regarda alors au-dessus du livre. « Croyez-vous cela, commissaire ?

– Non, j'ai bien peur que non, madre », répondit-il sans hésiter.

Elle reposa le livre toujours ouvert sur ses genoux et elle le surprit à nouveau, cette fois en disant : « Bien.

– Bien que je l'aie dit, ou bien que je ne le croie pas ? demanda Brunetti.

– Bien que vous l'ayez dit, évidemment. Il est tragique que vous refusiez de le croire, mais si vous m'aviez répondu oui, vous auriez menti, et c'est pire. »

Tel Pascal, elle voyait davantage la vérité par le cœur que par l'esprit. Mais il ne fit aucune allusion au philosophe, se contentant de demander : « Comment avez-vous su que je ne le croyais pas ?

Elle eut le sourire le plus chaleureux qu'il lui avait vu jusqu'à présent. « Je ne suis peut-être qu'une vieille toupie desséchée, commissaire, et je viens peut-être du Sud, mais je ne suis pas idiote.

– Et le fait que je ne sois pas un menteur, quelle conséquence cela a-t-il sur cette conversation ?

– Vous voulez vraiment découvrir si quelque chose de déplaisant – comme vous l'avez dit – n'est pas intervenu dans la mort de Costanza, et étant donné qu'elle était une amie, je m'y intéresse aussi.

– Ce qui veut dire que vous allez m'aider ?

– Ce qui veut dire que je vais vous donner le nom des personnes avec lesquelles elle a passé le plus de temps. Et que ce sera à vous de jouer, commissaire. »

16

Outre leur nom, elle lui donna leur numéro de chambre. Deux femmes et un homme, tous ayant plus de quatre-vingts ans et dont l'un était dans un état mental indifférencié – tel était le terme qu'elle avait employé, « indifférencié ». Brunetti eut l'impression qu'elle préférerait ne pas élucider ce qualificatif, et il se contenta donc de la remercier et de demander s'il pouvait aller leur parler maintenant.

« Vous pouvez essayer. C'est l'heure du déjeuner, le moment le plus important de la journée pour beaucoup de nos pensionnaires. Si bien qu'ils risquent d'avoir des difficultés à se concentrer sur les questions que vous voulez leur poser, du moins tant qu'ils n'auront pas terminé. » Cela lui rappela comment sa mère, au début de son déclin, était devenue obsédée par la nourriture et le fait de manger, ce qui ne l'avait pas empêchée de maigrir en dépit de tout ce qu'elle avalait. Puis elle avait rapidement oublié ce qu'étaient les aliments et il avait fallu lui rappeler de manger, puis presque la forcer.

Elle l'entendit qui soupirait. « Nous le faisons pour l'amour du Seigneur et pour l'amour de nos frères humains. » Il répondit d'un hochement de tête, incapable de parler. « Je ne sais pas dans quelle mesure ils vous aideront s'ils apprennent que vous êtes de la police.

Il vaudrait peut-être mieux dire simplement que vous étiez un ami de Costanza.

– Et rien d'autre ?

– Cela devrait suffire. » Elle ne lui rendit pas son sourire, se contentant d'observer : « En un certain sens, c'est vrai, non ? »

Brunetti se leva sans répondre à la question, se pencha et lui tendit la main. La religieuse la serra brièvement. « En sortant d'ici, tournez à gauche, puis à droite au bout du corridor. Vous allez tomber sur la salle à manger.

– Merci, madre. »

Elle hocha la tête et retourna à son livre. Il fut tenté, une fois à la porte, de se retourner pour voir si elle le regardait partir, mais il ne le fit pas.

Brunetti n'eut pas besoin de faire appel à ses talents de policier pour deviner qu'il y avait rôti de porc et pommes de terre sautées au menu : leur odeur l'avait agressé dès qu'il avait mis le pied dans l'immeuble. En passant devant ce qui devait être l'entrée de la cuisine, il se dit que du rôti de porc aux pommes de terre sautées était un excellent repas.

Six ou sept tables, dont la moitié n'accueillait qu'une ou deux personnes, s'alignaient devant les fenêtres donnant sur le Campo. Il compta une douzaine de convives. Il y avait une table de quatre, deux de couples, les autres étant seuls. Aucune table n'était vide. Il y avait des bouteilles de vin et d'eau minérale sur toutes les tables, et la vaisselle paraissait être en porcelaine. Les têtes se tournèrent quand il fit irruption dans la salle à manger, mais bientôt deux jeunes femmes à la peau sombre arrivèrent derrière lui, portant une version simplifiée de la tenue de madre Rosa. Sous le voile de la première, il vit les yeux en amande et le long nez busqué d'une statue toltèque. Les lèvres sculptées dans ce visage d'acajou s'ouvraient dans une zone de peau plus claire qui en faisait ressortir la rougeur naturelle. Brunetti l'étudia jusqu'à ce qu'elle se tourne vers lui, puis fit ce qu'il faisait toujours quand un suspect cherchait à croiser son regard : il laissa ses yeux errer tout autour de la salle, comme si les deux sœurs n'étaient pas là ou ne méritaient pas son attention.

Elles firent rapidement le tour des tables, empilant les assiettes dans lesquelles les pâtes avaient été servies. Quand elles repartirent vers la cuisine, Brunetti vit des traînées vert sombre de pesto, préparation qu'il n'avait jamais aimée. Les sœurs furent tout de suite de retour, portant chacune trois assiettes contenant une tranche de porc, des carottes en rondelles et de pommes de terre sautées. Elles servirent les tables les plus proches, disparurent et revinrent avec d'autres assiettes.

Le bourdonnement des conversations qui s'était arrêté à son arrivée reprit, et les têtes – blanches pour la plupart à deux ou trois exceptions près – se penchèrent sur les assiettes. Bruits de couverts contre la porcelaine, de verres contre des bouteilles – la rumeur habituelle d'une salle à manger commune.

La religieuse qui lui avait ouvert la porte apparut soudain à son côté. « Voulez-vous que je vous les montre, signore ? » Brunetti supposa qu'elle était envoyée par la mère supérieure. « Ce serait très aimable à vous, suora.

– Le dottor Grandesso mange aujourd'hui dans sa chambre, mais la signora Sartori est ici, à la deuxième table, en robe noire, et la signora Cannata est à la table voisine. C'est celle avec les cheveux rouges. »

Brunetti n'eut pas de mal à repérer les deux vieilles dames. La signora Sardi était penchée sur son assiette qu'elle entourait de son bras gauche, à croire qu'elle craignait qu'on ne la lui vole. Il la voyait de profil :

une pommette haute, émaciée, mais un double menton imposant qui tremblotait sous sa mâchoire. Son rouge à lèvres, d'un cramoisi violent, débordait de sa bouche. Sa peau, comme celle des personnes âgées qui ne se mettent jamais au soleil, avait une nuance verdâtre qui contrastait avec la noirceur d'encre de cheveux qui descendaient jusque sur ses épaules.

Elle tenait fermement sa fourchette dans sa main déformée et engloutissait les pommes de terre avec détermination. Brunetti remarqua que la viande était arrivée déjà découpée en petits morceaux. Les pommes de terre terminées, elle passa aux carottes qu'elle expédia aussi vivement. Puis elle prit un morceau de pain qu'elle rompit en deux et entreprit de nettoyer son assiette – un morceau de pain pour chaque côté. Après quoi, elle mangea encore deux tranches de pain, se contentant de rester immobile quand il n'y eut plus rien. L'une des sœurs enleva l'assiette vide et eut droit pour cela à un regard mauvais et coléreux.

Brunetti se dirigea vers la table de la femme aux cheveux rouges. Une novice passa devant lui et déposa une portion de tarte aux pommes devant chaque convive de la table. « Signora Cannata ? » demanda Brunetti en s'arrêtant à un mètre.

Elle leva les yeux vers lui et arbora le sourire de celle qui minaude automatiquement en voyant un homme. Elle cligna rapidement des cils et leva une main comme pour tenir Brunetti à l'écart – à croire qu'elle était une adolescente effarouchée par le premier garçon qui lui adressait un compliment. Elle avait un nez fin et délicatement ciselé, et sa peau était tendue et un peu plus claire sous les yeux. Elle avait eu la main lourde avec son mascara comme avec son rouge à lèvres, lequel avait laissé des traces dans sa serviette et s'était infiltré dans les fines ridules qui partaient des deux coins de sa bouche. Elle avait peut-être soixante ans, peut-être plus.

Les autres convives se tournèrent vers le policier. Un homme aux cheveux blancs clairsemés et à la moustache d'un noir suspect, et une femme blonde dont le visage et le haut du buste paraissaient taillés dans un cuir bruni. Un tremblement saccadé caractéristique agitait sa tête et ses mains.

Il leur adressa un signe de tête et leur sourit. « Et vous, vous êtes qui ? demanda l'homme à la moustache.

– Guido Brunetti, répondit-il, prenant soin d'adopter un ton plus retenu pour ajouter, un ami de Costanza Altavilla. »

La femme blonde réussit à contenir un moment ses tremblements et, abaissant le coin de ses lèvres, pencha la tête de côté. « Ah, la pauvre femme », dit-elle, tandis que de son côté l'homme secouait la tête et émettait un claquement de langue. Était-ce donc ce qui nous attendait ? se demanda Brunetti. Est-ce qu'il arrivait un moment, dans notre vie, où la mort des autres ne nous importait pas, où ce que l'on pouvait tout au plus attendre de nous était une sorte de tristesse préfabriquée, manufacturée à la chaîne ? Ce qu'il voyait lui semblait être quelque chose de plus proche de la désapprobation que de la tristesse. Honte à la Mort qui avait montré sa tête à la fenêtre de nos vies ; honte à la Mort de nous avoir rappelé qu'elle rôdait dans les parages et nous attendait.

« Oh, un ami de Costanza, soupira la signora Cannata.

– Surtout de son fils, en réalité. En fait, il m'a demandé de venir prévenir les religieuses, commença-t-il, ne disant un instant la vérité, avant de se remettre à mentir, que parce qu'elle tombait bien. Il m'a aussi demandé, pendant que je serais ici, de voir si je ne pourrais pas rencontrer les personnes dont elle lui avait parlé pour leur dire qu'elle les tenait en grande estime. »

À ces mots, la signora Cannata posa une main ouverte sur sa poitrine, comme pour demander si c'était bien d'elle qu'il s'agissait.

Brunetti arbora un sourire bienveillant. « J'espère pouvoir répéter ce que vous me direz d'elle à son fils, qu'il sache combien elle était appréciée ici. »

L'homme à la moustache trop noire se leva soudain, comme s'il en avait assez de cette conversation dégoulinante de bons sentiments. La blonde l'imita et lui prit le bras. « Nous allons sortir prendre un café », dit-il, s'adressant à Brunetti, ou à la signora Cannata, ou au secrétariat angélique, pour ce que le commissaire en savait. Il eut un signe de tête en direction de Brunetti, ne lui tendit pas la main et se tourna, entraînant la blonde avec lui.

Brunetti se contenta de les ignorer. « Puis-je me joindre à vous, signora ? » Il s'assit dès qu'elle lui eut souri et invité à le faire d'un geste, s'installant à côté d'elle, sur le siège qui était resté vide. Il lui rendit alors son sourire et dit : « Comme vous le comprendrez certainement, signora, son fils est bouleversé par ce qui est arrivé. Vous savez à quel point ils étaient proches. »

Elle prit sa serviette en tissu – la replia sur un coin propre et se tapota délicatement le coin de l'œil gauche, puis du droit. « C'est terrible, dit-elle. Mais je suppose que son fils – il est bien docteur, n'est-ce pas ? – savait qu'elle n'était pas en bonne santé. » Les commissures de ses lèvres s'abaissèrent. « Une crise cardiaque, c'est bien ça ?

– Oui, une crise cardiaque. Au moins la pauvre femme n'a pas souffert, répondit-il, faisant de son mieux pour adopter le ton de piété qui était de mise quand il était enfant.

– Ah, grâce à Dieu. Au moins pour ça. » Elle posa à nouveau la main sur sa poitrine, d'un geste inconscient qui n'avait rien d'artificiel cette fois.

« Son fils m'a dit que vous comptiez parmi les personnes dont elle parlait le plus souvent. Et qu'elle avait toujours eu beaucoup de plaisir à s'entretenir avec vous.

– Oh, c'est très flatteur, dit la signora Cannata. Pourtant, je n'avais pas grand-chose à raconter. Mis à part quand j'étais plus jeune et que mon mari vivait encore. Il était comptable, voyez-vous, et il a travaillé pour beaucoup de personnes importantes à Venise. »

Brunetti posa un coude sur la table et, menton dans la paume, parut être prêt à passer l'après-midi à écouter le récit des nombreux triomphes arithmétiques de l'époux défunt. La signora Cannata ne le déçut pas : son mari avait découvert un important trop-payé aux impôts dans les comptes d'un armateur, aidé une fois un chirurgien célèbre à mettre au point un système de comptabilité privé pour ses patients étrangers et aussi – alors que l'informatique n'était arrivée que tard dans sa vie – avait réussi à créer un programme pour assurer la facturation et la tenue informatisée des comptes de son cabinet.

Brunetti passa en mode réaction automatique, hochant la tête et souriant à chacun des triomphes rapportés, ne voyant pas comment cette veuve aurait pu faire courir un risque à quelqu'un – mis à part celui qu'elle courait elle-même à ennuyer les gens à mort.

« Et depuis combien de temps êtes-vous ici, signora ? » demanda Brunetti.

Son sourire se fit plus pincé. « Oh, je me suis rendu compte il y a quelques années que je serais beaucoup plus libre ici. En compagnie de gens de mon âge. Et non avec ceux de la génération de mon fils, ou plus jeunes encore. Vous savez comment c'est, combien ils peuvent se montrer insensibles, poursuivit-elle, ouvrant de grands yeux, débordants de chaleur humaine, pour donner la preuve de son honnêteté et de sa sincérité. Sans compter que les gens préfèrent la compagnie de leurs pairs, des personnes qui ont les mêmes souvenirs et la même histoire qu'eux. » Elle sourit, et Brunetti hocha la tête avec tellement de conviction dans l'approbation qu'il se réveilla complètement.

« Eh bien, dit-il, se levant en donnant tous les signes de ne le faire qu'à regret, je ne veux pas vous monopoliser plus longtemps, signora. Vous avez été très généreuse avec votre temps et je ne sais trop comment vous remercier.

– Oh, répondit-elle en affichant ce qu'elle imaginait sans doute être un sourire aguichant, une manière de le faire serait de revenir me parler.

– Effectivement, signora », dit Brunetti en lui tendant la main. Elle la lui prit et la retint longtemps dans la sienne ; le commissaire se sentit pris de compassion. « J'essaierai de le faire. »

Elle eut un regard tellement clair qu'il se rendit compte qu'elle ne croyait pas à ce qu'il venait de dire, mais tous les deux décidèrent de continuer à jouer le jeu jusqu'à la fin de la scène. « Je serai ravie de vous revoir », dit-elle, retirant sa main pour la croiser avec l'autre sur ses genoux.

Brunetti sourit. La signora Sartori n'avait pas bougé depuis qu'elle avait fini sa part de tarte, il décida donc de ne pas s'installer à sa table pour le moment. Il quitta la salle et emprunta le corridor en direction de la cuisine. L'une des novices en sortait en portant un grand plateau.

« Excusez-moi, dit-il, sans trop savoir par quel titre l'appeler, pourriez-vous me dire où est la chambre du dottor Grandesso ?

– Oh, tout au fond du hall, signore, côté droit. Dernière porte. » Elle se déplaça et, les mains prises par le plateau, donna un coup de menton pour lui indiquer la direction, comme si elle craignait qu'il n'ait pas bien compris ses instructions.

« Merci. »

Il s'engagea dans le corridor et trouva la dernière porte fermée. Il frappa. Frappa une deuxième fois, puis, comme aucune réponse ne venait, il entrebâilla légèrement le battant et lança dans la pièce : « Dottor Grandesso ? »

Il y eut un bruit. Un mot, ou peut-être un simple grognement, mais incontestablement un bruit humain que Brunetti décida de considérer comme une invitation à entrer. Il crut voir, posée sur les oreillers du lit, une tête de mort. Mais quelques touffes de cheveux étaient disséminées sur le crâne, recouvert d'une peau fine et parcheminée. Une mince et longue forme se dessinait sous les couvertures, et les pieds, à l'autre extrémité, faisaient comme une mitre miniature. Les yeux étaient toujours là, et ils se tournèrent dans sa direction. Ils ne clignèrent pas, ne bougèrent pas, restant simplement ouverts comme un conduit le reliant au cerveau. Brunetti reconnut l'odeur qu'il avait sentie jadis dans la chambre de sa mère.

« Dottor Grandesso ? demanda Brunetti.

– *Si*, répondit-il sans un mouvement de lèvres, avec une voix profonde et sonore qui surprit Brunetti.

– Je suis un ami du fils de la signora Altavilla. Il m'a demandé de venir prévenir les religieuses et de parler à ceux d'entre vous qui connaissiez le mieux sa mère. Si cela ne vous bouleverse pas trop, bien entendu. »

Les yeux clignèrent. Ou, plus précisément, se fermèrent pendant quelques instants. Quand le malade les rouvrit, ils étaient pleins d'émotion et – Brunetti en eut la certitude – de souffrance. « Qu'est-ce qui est arrivé ? » demanda-t-il de la même voix grave.

Tandis qu'il s'approchait du lit, Brunetti sentit les yeux de cet homme le scruter ; la vitalité de son regard contrastait avec ce que le policier voyait du reste du corps. « Elle est morte d'une crise cardiaque, dit-il. D'après les résultats de l'autopsie, la mort a été quasiment instantanée et si elle a souffert, ce ne fut que pendant un bref instant.

– Rizzardi ? La question du mourant prit Brunetti par surprise.

– Oui, en effet. Vous le connaissez ? » Le commissaire n'avait pas envisagé que le titre de dottore s'appliquait ici à un docteur en médecine.

« J'en ai entendu parler. Du moins, pendant que j'étais en activité. Un homme solide. » Cette fois ses lèvres bougèrent pendant qu'il parla, tandis que ses yeux étudiaient attentivement Brunetti ; mais les plis de son visage gardèrent leur immobilité.

Ce qu'il venait de dire de Rizzardi était à la fois une description et des louanges, prononcées d'une voix qui n'aurait jamais dû pouvoir sortir d'un corps aussi affaibli. Le médecin referma les yeux, et cela suffit à le transformer, à faire disparaître son esprit pour ne laisser à la place qu'une tête ravagée et le fagot de ses membres, sous les couvertures.

Se sentant voyeur, Brunetti détourna les yeux, mais la fenêtre, non loin du lit, donnait sur une ruelle étroite d'où l'on ne voyait qu'un mur et des volets fermés. Il continua néanmoins de regarder ce paysage jusqu'à ce que le malade lui demande : « Vous la connaissiez ? »

Brunetti se tourna et vit que la vie et l'intérêt étaient revenus dans les yeux de Grandesso. « Non. Seulement son fils. J'étais avec lui lorsque Rizzardi... » la voix du policier mourut – il ne savait trop comment finir sa phrase.

« Il m'a demandé de venir à la maison de retraite pour avertir les sœurs, mais elles étaient déjà au courant, reprit Brunetti. Il m'a dit que sa mère était heureuse de venir ici. Après l'entretien que j'ai eu avec la mère supérieure, j'ai décidé d'aller parler avec les personnes dont elle s'était sentie la plus proche.

– Son fils connaissait nos noms ? »

Brunetti crut déceler un espoir dans cette question. Il aurait bien voulu mentir au médecin et lui dire que oui, elle avait parlé à son fils des personnes qui la touchaient le plus, mais il ne put se résoudre à le faire. « Je ne sais pas. C'est la mère supérieure qui m'a donné vos noms quand je lui ai dit que j'aimerais vous parler. »

Le malade tourna la tête en entendant cela, surprenant Brunetti. Mais ses yeux ne se fermèrent pas et il ne perdit pas toute vitalité comme auparavant.

Il redressa la tête et son regard croisa celui de Brunetti. « Qu'est-ce que vous tenez donc à savoir ? » demanda-t-il d'un ton calme.

Qu'avait-il voulu dire ? Un instant, le commissaire envisagea de lui poser la question. Mais le dottor Grandesso soutint son regard et Brunetti comprit que cet homme n'avait pas une minute à perdre. Le médecin avait un rendez-vous, pas avec lui, ni un rendez-vous auquel ni lui ni personne n'auraient envie de se rendre, mais il n'avait pas le choix.

« Je voudrais savoir si quelqu'un aurait eu une raison quelconque de vouloir s'en prendre à elle », dit finalement Brunetti. En s'entendant prononcer cette phrase, un brusque frisson le parcourut, comme si on lui avait demandé de placer une pièce dans la bouche de cet homme pour qu'il acquitte le prix de son voyage vers l'autre monde, ou pire, de le charger d'un fardeau pesant avant son départ.

« Si j'avais la possibilité d'appeler Rizzardi, me dirait-il qu'elle est morte d'une crise cardiaque ?

– Sans aucun doute. » Le regard de Grandesso se fit lointain, comme si lui aussi examinait les volets, de l'autre côté de la ruelle, cherchant ce qu'il allait dire. « Vous n'êtes pas croyant, si ?

– Non.

– Mais vous avez été élevé dans la religion ?

– Oui, dut admettre Brunetti malgré lui.

– Dans ce cas, vous vous souvenez de l'impression que vous ressentiez en sortant du confessionnal, comment vous vous sentiez plus léger, si c'est bien le mot, d'être débarrassé de votre culpabilité et de votre honte. Le prêtre prononçait les paroles, vous disiez vos prières et votre âme était de nouveau pure. »

Brunetti répondit par un hochement de tête affirmatif. Oui, il s'en souvenait, et il était assez fin pour se réjouir d'avoir connu cette expérience.

L'homme devait l'avoir compris car il continua : « Je sais que ça peut paraître bizarre, mais elle avait un don qui me rappelait cela. Elle m'écoutait. Elle restait simplement assise là, me souriait et me tenait parfois la main, et je lui racontais des choses que je n'avais jamais dites à personne depuis la mort de ma femme. » Il disparut derrière ses yeux fermés et reprit tout de suite la parole lorsqu'il revint. « Et même des choses que je n'avais pas dites à ma femme, j'en ai peur. Après quoi, elle me serrait la main et je me sentais soulagé d'avoir finalement pu en parler à quelqu'un. » Le médecin essaya de soulever son bras pour faire un geste, mais il ne l'éleva que de quelques centimètres avant de le laisser retomber. « Elle ne posait jamais de questions, elle ne manifestait jamais de curiosité malsaine, et peut-être était-ce son calme qui me poussait à parler ainsi. Elle ne jugeait pas, non plus, ne manifestait jamais de surprise ou de désapprobation. Elle se contentait de rester assise et d'écouter. »

Brunetti aurait bien aimé lui demander ce qu'il lui avait raconté mais ne put s'y résoudre. Il se dit que c'était par respect pour la situation du médecin, mais il savait que c'était un préjugé d'ordre religieux qui l'empêchait de rompre le sceau du secret de la confession, au moins en présence de l'un des deux protagonistes. « À votre avis, écoutait-elle tout le monde de la même façon ? » demanda-t-il à la place.

Une expression fugitive qui aurait pu être un sourire passa sur le visage de Grandesso : « Tenez-vous à savoir si, à mon avis, tout le monde lui parlait de la même manière ?

– Oui.

– Je l'ignore. Cela devait dépendre de la personne. Mais vous savez bien que les personnes âgées aiment parler et aiment avant tout parler d'elles-mêmes. Moi comme les autres. » Il fit une courte pause. « Je l'ai vue faire avec les autres, et mon impression est que la plupart d'entre elles lui parlaient librement. Et si elles pensaient que Costanza pouvait leur pardonner, eh bien… » Il n'acheva pas sa phrase.

Cette fois, Brunetti ne put résister à la curiosité. « Et vous, le pensiez-vous ? »

Il fit un effort pour bouger la tête, mais ayant échoué, se contenta de répondre que non.

« Pourquoi ?

– Parce que, comme vous, signore, dit le médecin dont le sourire réussit cette fois à atteindre les lèvres, je ne crois pas à l'absolution. »

17

Brunetti se demanda soudain comment il se faisait que ce grabataire confiné dans sa chambre ait pu voir la signora Altavilla en compagnie d'autres personnes. « Est-ce là quelque chose que vous avez vous-même observé, dottore ? »

Grandesso mit quelque temps à lui répondre. « Je n'ai pas toujours été dans cet état, vous savez », dit-il simplement, comme si le temps des explications était passé et que pour lui seuls comptaient les faits, à présent.

Brunetti garda si longtemps le silence que c'est le médecin qui le rompit le premier. « Vous seriez sans doute mieux assis. » Brunetti tira une chaise à côté du lit et s'y installa.

Ce fut comme si c'était Grandesso et non Brunetti qui se détendait. Ses paupières se refermèrent une fois, deux fois, puis se rouvrirent en grand. « Je me trouvais à proximité, quand certaines personnes lui ont confié des choses qu'elles auraient mieux fait de garder pour elles… Les médecins ont l'habitude de garder les secrets, ne vous inquiétez pas », ajouta-t-il, prévenant une éventuelle question du policier. Celui-ci sourit. « Je crois qu'on devait pouvoir vous faire confiance de ce côté, dottore. »

Le médecin esquissa un sourire qui se transforma rapidement en grimace, comme s'il ressentait une vive douleur. Ses mâchoires tressaillirent à plusieurs reprises et Brunetti crut entendre ses dents grincer. Des larmes montèrent aux yeux du mourant et roulèrent sur ses joues. Brunetti se leva à moitié, ne sachant trop s'il devait prendre la main du médecin ou aller chercher de l'aide, mais le visage de l'homme se détendit à ce moment-là. Ses mâchoires se décontractèrent et sa bouche s'ouvrit. Il haleta quelques instants puis se calma, même s'il luttait encore pour inhaler de l'air.

« Est-ce qu'il y a quelque chose que je pourrais... commença Brunetti.

– Non, dit Grandesso entre deux halètements. Ne leur en parlez pas... S'il vous plaît. »

Brunetti fit non de la tête, incapable de répondre.

« Pas l'hôpital... mieux ici... » Les paroles sortaient de sa bouche en courtes rafales entrecoupées de longues respirations. Il ferma de nouveau les yeux. Au bout de quelques secondes, son visage se détendit et le bruit torturant de sa respiration cessa.

Brunetti se demanda si Grandesso n'était pas mort sous ses yeux sans qu'il ne puisse rien faire ; puis il y eut une nouvelle longue inspiration, mais plus calme. Le commissaire resta assis, immobile, et observa le malade jusqu'à ce qu'il soit sûr que celui-ci s'était endormi. Aussi silencieusement qu'il le put, Brunetti se leva alors et battit en retraite vers la porte. Il se glissa dans le corridor mais laissa la porte ouverte de manière à ce qu'on puisse voir l'homme endormi.

Le corridor était désert mais on entendait le claquement des assiettes et le grondement de l'eau venant de derrière la porte fermée de la cuisine. Brunetti s'adossa au mur et resta ainsi quelques minutes.

L'une des novices à la peau sombre sortit alors de la cuisine et s'engagea dans le corridor. Lorsqu'il entendit ses pas, Brunetti se tourna vers elle. « Excusez-moi », dit-il en se décollant du mur.

Elle sourit quand elle le vit. « *Si*, signore ? Comment est-il ? ajouta-t-elle.

– Il se repose. »

Elle s'éloigna et Brunetti dut parler un peu plus fort pour lui demander où il pourrait trouver la signora Sartori, toujours incertain sur la manière de s'adresser à une religieuse en habit de novice. Il ne pouvait lui donner du « ma sœur », et elle avait elle-même renoncé au titre de « mademoiselle ».

« Ah, en principe elle ne reçoit pas de visiteurs, répondit-elle, paraissant mal à l'aise. Il n'y a que son mari qui vient la voir, maintenant. Il dit que cela la bouleverse trop quand d'autres personnes viennent dans sa chambre et il ne veut pas qu'on l'inquiète. »

Brunetti se demanda depuis combien de temps durait ce *maintenant*. « Le fils de la signora Altavilla m'a demandé d'essayer de parler aux personnes dont sa mère était la plus proche pour qu'elles sachent à quel point elles avaient compté pour elle », expliqua-t-il avec le sourire avenant d'un vieil ami de la famille. Il guetta, sur le visage de la novice, l'apparition de signes de sympathie manifestant qu'il était cru et, lorsqu'il les vit poindre, ajouta : « Il avait la conviction qu'elle aurait aimé que toutes ces personnes le sachent.

– Dans ce cas, je suppose qu'il n'y a pas de problème. » Elle s'autorisa un sourire, révélant des dents parfaites, d'une blancheur éblouissante, dont l'éclat contrastait avec sa peau sombre. Brunetti, lui, se demandait comment une pensionnaire de la maison de retraite aurait pu être « inquiétée » par la visite d'une personne comme la signora Altavilla – ou de n'importe qui, d'ailleurs. Il ne laissa cependant pas paraître son incertitude et la jeune femme lui dit qu'elle allait le conduire jusqu'à la chambre de la signora Sartori.

La porte était ouverte et la novice y entra directement sans s'annoncer ni avertir qu'elle n'était pas seule. La femme que Brunetti avait vue manger seule et avec une si grande détermination était à présent assise sur une simple chaise en bois, devant la seule fenêtre de la pièce. Elle contemplait les volets fermés de la fenêtre d'en face, ou peut-être le mur qui l'entourait : son visage était inerte, pour autant qu'il pouvait en juger, car il la voyait de profil. Son rouge à lèvres était toujours aussi vif, elle venait sûrement d'en remettre.

« Signora Sartori, dit la novice, je vous amène un visiteur. » La femme resta figée dans sa contemplation. « Signora Sartori ? Ce monsieur est venu pour vous parler. » Toujours pas de réaction.

Il y eut un bruit derrière eux et, quand ils se retournèrent, ils virent l'autre novice à la peau sombre – celle qui ressemblait à une statue toltèque –, les deux mains soigneusement à l'abri sous son scapulaire. « Sœur Giudetta a besoin de toi à la cuisine », dit-elle. Elle adressa un sourire nerveux à Brunetti, ne sachant trop si elle devait aussi lui dire quelque chose.

Devant cet ordre, les mains de la première novice se crispèrent, elle jeta un coup d'œil à Brunetti, puis un autre à sa compagne pour revenir finalement à la signora Sartori. Le policier prit son air d'homme naturellement habitué à commander. « Très bien. Allez voir sœur Giudetta, je vous attendrai ici », dit-il. Comme pour montrer qu'il avait une patience à toute épreuve et qu'il n'avait pas l'intention de quitter la chambre, il regarda autour de lui, avisa une chaise à la gauche de la porte, non loin de la femme à la fenêtre, et s'y assit.

Devant cette autorité masculine, les deux jeunes

femmes – elles n'avaient peut-être même pas vingt ans – acquiescèrent d'un hochement de tête et quittèrent la chambre ensemble, le laissant en compagnie de la signora Sartori. Au bout de dix minutes, Brunetti commença à croire que soit les novices l'avaient oublié, soit elles supposaient qu'il était parti.

Il repensa aux tables, dans la salle à manger. Il s'était assis à la gauche de la signora Cannata, le siège le plus proche de la signora Sartori. Celle-ci aurait pu très facilement suivre leur conversation, surtout dans le silence qui avait suivi le départ des deux autres convives. Mais elle lui avait paru tellement concentrée sur son assiette qu'il ne lui était pas venu à l'esprit, sur le moment, qu'elle pouvait faire attention à autre chose.

Le silence et le temps qui s'écoulaient commencèrent à lui peser, mais il s'efforça de continuer à ne pas bouger et à ne rien dire.

Lorsqu'elle prit la parole, ce fut d'une voix rauque, la voix de quelqu'un qui a perdu l'habitude de parler. « C'était une femme bien. » Cela faisait combien de fois qu'on le lui disait ? songea Brunetti. Il n'avait jamais douté de cela, et rien de ce qu'on lui avait dit aurait pu lui faire penser le contraire. Les événements, cependant, avaient placé la signora Altavilla au-delà de toute critique, si bien qu'importait peu, aujourd'hui, qu'elle ait été ou non quelqu'un de bien ou de savoir qui affirmait qu'elle l'avait été.

« Elle comprenait les choses. Pourquoi les gens font les choses. » Elle s'exprimait dans un dialecte si dru qu'un non-Vénitien aurait eu beaucoup de mal à la comprendre. Elle acquiesçait à ses propres paroles, mécaniquement, mais sans regarder dans la direction de Brunetti. D'une voix entièrement différente elle ajouta, laissant plus ou moins la phrase en suspens : « Il le fallait…

– C'est dur, des fois, de savoir, risqua Brunetti.

– Nous, nous savions, répliqua-t-elle rapidement, sur la défensive.

– Bien entendu. »

Elle se tourna vers Brunetti. « Êtes-vous ami avec lui ? » demanda-t-elle.

Brunetti se contenta d'émettre un bruit qui ne signifiait pas grand-chose. « C'est lui qui vous a envoyé ? » Elle plissa les yeux en lui posant la question, comme pour dire qu'elle était à la fois sur ses gardes et intelligente et verrait tout de suite s'il mentait – mais c'était une mauvaise actrice. La voyant pour la première fois de face, il fut surpris par sa bouche aux lèvres pleines, rebondies. Deux plis verticaux les longeaient ; une troisième ride, horizontale celle-là, au milieu de son menton, lui donnait une tête de marionnette, ressemblance qui ne faisait qu'augmenter l'impassibilité de son regard et ses yeux bleus, étrangement ronds.

« Non, signora, répondit Brunetti, sans avoir la moindre idée de ce dont ils parlaient. Je suis venu vous voir, pour la même raison que je suis venu voir la signora Cannata : pour vous dire combien la signora Altavilla considérait importante son amitié pour vous, combien elle vous aimait. » Sans doute préférait-elle ce qu'elle voyait de l'autre côté de la ruelle, car elle se tourna de nouveau vers sa fenêtre.

Il laissa passer encore un peu de temps. « Vous m'avez dit ce que vous avez fait », reprit-il au bout d'un moment, calmement, d'un ton qui pouvait signifier une question ou un rappel. Ses paroles parurent lui faire l'effet d'un coup, car elle rentra la tête dans les épaules et serra les deux poings contre sa poitrine, mais sans se tourner pour le regarder.

D'un ton parfaitement banal, comme s'il se référait à

quelque vieux dicton sur le comportement des enfants, il dit alors : « Je crois que cela nous aide, de pouvoir parler de ce qu'on a fait, et des raisons qu'on a eues de le faire. Oui, cela nous aide à les oublier. » Parler à cette femme donnait à Brunetti l'impression de commander un menu dans une langue qu'il ignorait : il apercevait ici et là un mot familier, mais il n'avait pour autant aucune idée du plat qu'on allait lui servir quand il les aurait prononcés. « Les ennuis arrivent », déclara-t-elle à l'adresse des volets clos, de l'autre côté de la ruelle.

Comme convoqué par cette formule, un homme se présenta à la porte. Plus âgé qu'elle – il avait largement dépassé les quatre-vingts ans –, il était un représentant typique de ces personnages qu'on rencontre dans les bars : petit, trapu, le nez fleuri par des années d'alcoolisme et un peu de travers suite à une vie agitée. Ses cheveux clairsemés, teintés acajou foncé, étaient plus longs sur un des côtés de sa tête et avaient été soigneusement rabattus sur son crâne chauve ; ils étaient maintenus en place par un gel brillant.

Il était entré juste au moment où la signora Sartori avait parlé, comme illustrant son propos. Il s'immobilisa, à la vue de Brunetti toujours assis sur sa chaise à côté de la porte. « Qui êtes vous ? » demanda-t-il d'un ton coléreux, comme si Brunetti venait de le provoquer et qu'il n'était pas homme à se laisser faire. Le policier ne répondit pas immédiatement, le nouveau-venu fit alors quelques pas vers lui et, les pieds bien calés sur le sol pour se donner une base d'où éventuellement lancer une attaque, lança : « Je vous ai demandé qui vous étiez », répéta-t-il.

Les veinules qui décoraient son nez et ses joues devinrent rouges, comme si sa colère venait de leur rendre la vie. « Qu'est-ce que vous fichez ici ? » exigea-t-il de savoir tout en regardant la femme, laquelle était toujours tournée vers la fenêtre. Le visage du nouveau venu se détendit lorsqu'il la regarda mais elle l'ignora et lui-même ne fit aucun mouvement pour se rapprocher d'elle. « Est-ce que vous l'importunez ? »

Brunetti se mit lentement debout et adopta une expression de léger soulagement. Il se pencha pour tirer sur les plis de son pantalon, prenant tout son temps pour montrer qu'il jugeait important qu'ils ne soient pas froissés. « Ah, dit-il, rendant son soulagement plus manifeste, vous êtes sans doute le mari de la signora ; vous pourriez peut-être me donner l'information. »

Le vieil homme resta plus ou moins interloqué. « Pour qui vous prenez-vous pour me parler comme ça ? Et qu'est-ce que vous faites ici ? » Devant le silence de Brunetti, sa voix monta d'un cran. « Vous l'avez importunée ? » Il se rapprocha de la femme, lui faisant un rempart de son corps massif.

Brunetti sortit son carnet de notes de sa poche. « Je n'ai fait que poser une question toute simple, répondit-il, injectant une pointe d'ennui dans son ton. Mais je me suis rendu compte que j'allais devoir m'adresser à quelqu'un d'autre, signore. » Il pinça les lèvres et, sans chercher à cacher son irritation, il ajouta : « Je n'ai rien pu tirer de cohérent de cette dame. » Une expression de colère et de douleur mêlées traversa fugitivement le visage de l'homme. Brunetti mouilla son doigt et tourna quelques pages, s'arrêtant sur une où il avait relevé une liste des professeurs et des matières qu'ils enseignaient en vue d'une réunion parents-professeurs concernant Chiara, qui devait se tenir la semaine prochaine dans son lycée.

« Vous comprenez, j'ai besoin de cette information.

Elle concerne les années 1988 et 1989. Nous ne pourrons rien faire tant que nous ne l'aurons pas.

– Allez au diable avec votre 1988 et en enfer avec votre 1989 ! » répliqua le vieil homme, ravi de disposer maintenant d'un sujet de colère précis et d'avoir fait preuve d'une telle subtilité pour l'exprimer.

Brunetti passa de la surprise à l'indignation. Sur quoi il étudia longuement le signor Sartori puis fit un pas dans sa direction. Il n'y avait aucune menace dans son attitude, et si le vieil homme eut un mouvement de recul, il resta néanmoins en position devant sa femme.

Brunetti agita le carnet de notes en l'air entre eux. « Vous voyez ça, signore ? Vous voyez ce carnet ? J'ai toutes ses annuités de travail, mais pas 1988 et 1989, si bien qu'elle ne lui ont pas été créditées. » Exaspéré, Brunetti jeta un coup d'œil à la signora Sartori. « C'est autant de manque à gagner pour elle. » Il avait cherché à donner l'impression que, étant donné la façon dont cet homme l'avait traité, il en était presque content.

« Je lui ai posé la question de ces années », reprit-il en regardant vers la femme avec un air de reproche qu'il tenta de dissimuler, mais sans y parvenir. Il avait fait tout ce chemin pour régler ce problème et il tombait sur une muette, après quoi le mari l'envoyait au diable. « Autant parler à une statue. » Il se pencha en avant et le vieil homme, ce coup-ci, recula d'un pas. « Et vous, vous me faites cette sortie », ajouta Brunetti en colère et la mine dégoûtée.

Le policier respira à fond à plusieurs reprises, comme s'il s'efforçait de se calmer ; mais, comme tous les bureaucrates, il y avait un point au-delà duquel il perdait patience et il venait manifestement de l'atteindre. « Essayez d'aider les gens ! Tout ce qu'on y gagne, ce sont des insultes. »

Tout en faisant grimper sa colère à chaque phrase, Brunetti n'avait cessé de regarder le vieil homme dans les yeux. Certaines parties de son visage s'empourprèrent tandis que son nez et ses joues devenaient livides.

Le signor Sartori jeta un coup d'œil à sa femme pour voir si elle avait suivi cet échange, et Brunetti sentit presque l'odeur de sa peur – sa peur qu'elle ait pu écouter et comprendre ce que son intervention avait provoqué.

Le vieil homme leva les deux mains d'un geste conciliant. « Signore, signore », dit-il sans aucune agressivité, sans la moindre trace de colère. Il afficha un pauvre sourire. « Non, dit Brunetti, refermant sèchement le carnet et le fourrant dans sa poche. Non. Je ne fais vraiment que perdre mon temps avec des personnes comme vous. Ça ne sert à rien de vouloir aider les gens. » Puis élevant la voix, criant presque, il ajouta : « Vous attendrez la notification officielle, comme tout le monde. »

Il fit demi-tour et partit d'un pas rapide vers la porte. Le vieil homme fit un pas hésitant vers lui, mains toujours levées, le suppliant presque. « Mais, signore, je n'avais pas compris. Je ne voulais pas dire… Elle a besoin… » Il bêlait presque, comme si brusquement la perspective d'un remboursement imminent s'éloignait et qu'il dût attendre le bon vouloir d'un bureaucrate.

Brunetti, jouant les indignés avec jubilation, quitta la chambre et s'éloigna rapidement dans le corridor. Il retrouva son chemin jusqu'à la rue et quitta la maison de retraite sans avoir vu une seule des novices ou des sœurs.

18

De retour dans la rue et n'ayant plus à jouer les bureaucrates irrités, Brunetti revint sur l'imprudence de son comportement et se mit à le regretter. Ce numéro au trait trop appuyé ne correspondait à aucune nécessité, mais il avait compris qu'il ne fallait pas que cet homme puisse soupçonner que les autorités s'intéressaient à la maison de retraite et à ses pensionnaires, si bien qu'il avait agi sans réfléchir, cédant à son goût du secret. Sauf que s'il devait un jour avoir officiellement affaire au vieux monsieur la situation pourrait devenir compliquée du fait de la fausse identité qu'il avait assumée devant lui aujourd'hui. Il avait vu des non-lieux prononcés pour moins que ça.

Mais qu'est-ce qui lui prenait, de raisonner en de tels termes ? Il n'avait eu devant lui qu'un vieil homme colérique, et une vieille femme à la lucidité incertaine qui l'avait averti d'ennuis à venir. Mais des ennuis, il en vient toujours.

Le vieil homme, par exemple, en avait pressenti en trouvant un visiteur inconnu dans la chambre de la signora Sartori ; il avait craint que Brunetti ne lui ait posé des questions. Mais qu'avait-il donc pu redouter ? Il avait expliqué qu'il n'avait pu tirer la moindre information de la femme, et la colère de l'homme ne s'était évanouie que devant la possibilité que celle-ci touche des arriérés.

Le commissaire ne s'autorisait que rarement le luxe de détester les personnes qu'il rencontrait dans le cadre de sa vie professionnelle. Il s'en faisait certainement une idée, en retirait des impressions qui pouvaient être parfois très fortes. Il voyait souvent juste, mais pas toujours. Avec les années, il avait fini par reconnaître que les avis négatifs étaient plus déformants que les avis positifs : il était trop facile de céder aux diktats de la détestation.

S'il y avait cependant une chose que Brunetti détestait plus que tout, c'étaient les brutes. Il les haïssait pour les injustices qu'ils commettaient et pour leur besoin de soumettre les autres à leur volonté. Il n'avait perdu son sang-froid qu'une seule fois, au cours de sa carrière, presque vingt ans auparavant, pendant l'interrogatoire d'un homme qui avait tué une prostituée à coups de pied. L'individu s'était fait prendre à cause d'initiales brodées sur le mouchoir qu'il avait utilisé pour essuyer le sang de ses chaussures et avait laissé tomber non loin du corps de la malheureuse.

Par chance, ils étaient trois policiers pour cet interrogatoire. L'homme, un comptable, était l'acolyte d'un souteneur qui contrôlait un certain nombre de filles. Lorsqu'on lui demanda d'identifier le mouchoir, il n'avait échappé à personne qu'il en avait un identique qui dépassait de sa pochette. Dès qu'il eut compris les implications et les conséquences de cette histoire de mouchoirs, il avait déclaré – d'homme à homme, on est entre nous, les gars – ravi de faire étalage de sa virilité : « C'était rien qu'une pute. J'aurais pas dû gaspiller un mouchoir brodé pour elle. » Ce fut là que Brunetti, plus jeune et plus impétueux, avait bondi sur ses pieds et s'était jeté sur lui. Ses collègues plus pondérés et plus aguerris étaient intervenus et l'avaient repoussé sans ménagement sur sa chaise pour qu'il assiste sans rien dire au reste de l'interrogatoire.

Les temps étaient bien différents, alors, et son comportement n'avait eu aucune conséquence officielle. Dans le climat actuel, en revanche, si jamais le vieil homme était accusé de quelque délit ou crime, la révélation de la véritable profession de Brunetti serait du pain bénit pour l'avocat de la défense.

Ruminant tout cela, Brunetti revint à la questure, où il se rendit directement dans le bureau de la signorina Elettra. Elle était occupée à lire non pas un magazine, comme la plupart du temps quand elle n'avait rien à faire, mais un livre. Elle glissa un bout de papier entre les pages et referma le volume. « Pas trop de boulot en ce moment ?

– On peut voir les choses comme ça, commissaire, répondit-elle en posant le livre à l'envers à côté de son ordinateur.

– J'ai rencontré une vieille dame aujourd'hui, dit-il en s'approchant du bureau. L'une de celles à qui la signora Altavilla rendait visite à la maison de retraite.

– … Et j'aimerais que vous voyiez ce que vous pouvez trouver sur elle, c'est bien ça ? enchaîna-t-elle, terminant la phrase, mais sans chercher à imiter le ton de Brunetti.

– C'est à ce point évident ? demanda-t-il avec un sourire.

– Vous aviez votre expression de prédateur.

– Autre chose ?

– En général, vous ne vous limitez pas à une personne, commissaire, et je vais donc me préparer à chercher ce que je peux trouver non seulement sur cette dame, mais sur son mari et les enfants qu'elle a pu avoir.

– Sartori. J'ignore son prénom, et depuis combien de temps elle est pensionnaire à la maison de retraite. Je dirais au moins quelques années. Elle a un mari qui se met en colère très facilement. J'ignore également son prénom et je ne sais pas s'ils ont des enfants.

– Est-elle à la maison de retraite en tant que patiente privée ? » demanda la signorina Elettra.

La question laissa Brunetti perplexe. « Aucune idée. » Il repensa à la chambre, mais c'était une chambre parfaitement ordinaire de maison de retraite. Aucun signe de luxe ou d'aisance, et il n'avait remarqué la présence d'aucun objet personnel. « Pourquoi ? Qu'est-ce que cela changerait ?

– Si elle est là-bas aux frais de l'État, je commencerai par les archives de l'État, mais si elle y est à titre privé, je vais devoir accéder aux archives de la maison de retraite. » Le seul fait d'entendre le terme *accéder* tomber des lèvres de la signorina Elettra induisait chez Brunetti un état proche de celui du lapin hypnotisé par un serpent.

« Et qu'est-ce qui est le plus facile ? demanda-t-il, refusant d'utiliser des termes comme accéder ou pénétrer.

– Ah, le système de la maison de retraite, aucun doute, répondit-elle avec la condescendance d'un champion poids lourd confronté à un amateur poids coq.

– Et l'autre ? » Il n'avait pu s'empêcher de poser la question, toujours curieux de savoir l'importance que donnait l'État à la protection et à la précision des informations qu'il détenait sur ses citoyens.

Question qui provoqua un soupir et un mouvement de tête fatigué chez la secrétaire, le tout suivi d'un *ts-ts* désabusé. « Pour ce qui est des systèmes du gouvernement, le problème n'est pas d'y entrer. Dans la plupart des cas, un écolier y parviendrait. C'est d'arriver à trouver l'information.

– Je ne suis pas certain de voir la différence », avoua Brunetti.

Elle ne répondit pas tout de suite, à la recherche d'un exemple simple, à la portée d'une personne peu douée. « Je suppose que c'est comme un cambriolage, commissaire. Il est facile d'entrer dans une maison, en particulier si elle n'est pas fermée à clef. Mais une fois dedans, voilà que vous découvrez que les gens qui y habitent vivent dans le désordre le plus total ; il y a de la vaisselle sale jusque dans la chambre, des vieilles chaussures et des journaux périmés dans la cuisine. » Elle vit qu'il commençait à comprendre. « Et les gens vivent de cette façon depuis que la maison a été construite, si bien qu'avec le temps et avec l'accumulation d'objets nouveaux, ce désordre est devenu un véritable chaos – et que trouver la moindre chose – une cuillère à café, par exemple – exige de fouiller la maison de fond en comble, une pièce après l'autre. »

Non pas qu'il ait eu le besoin de le savoir, mais parce que ses explications ne faisaient que le rendre plus curieux, il demanda : « Et c'est le cas dans tous les services du gouvernement ?

– Non, heureusement, commissaire.

– Quels sont les meilleurs ? voulut-il savoir, sans se rendre compte de l'ambiguïté de sa question.

– Oh, il n'y en a aucun de bon. Disons qu'il y en a qui sont moins mauvais que d'autres. » Elle se rendit compte que la réponse ne le satisfaisait pas. « Il est en général facile de trouver si une personne a fait faire ou non un passeport. Ou si elle a obtenu un permis de port d'arme. Les dossiers de ce genre sont en général bien tenus. Mais il y a d'autres domaines où c'est la confusion la plus totale, et par exemple, il n'y a aucun espoir d'apprendre qui possède un permis de séjour et qui détient un permis de travail, ou de comprendre quels sont les critères pour obtenir l'un ou l'autre. »

Étant donné qu'on était là dans le domaine du ministère pour lequel Brunetti travaillait, ces informations ne furent pas vraiment une surprise pour lui. Il ne put résister à la tentation de demander lequel était le pire.

« Je ne suis pas compétente pour en juger, dit-elle avec une fausse modestie, mais les services où règne le plus de confusion sont ceux qui autorisent les gens à faire ceci ou cela – ou peut-être, vaudrait-il mieux dire, les services chargés de nous protéger. » Brunetti haussa un sourcil intrigué. « Je veux parler de ceux qui sont supposés vérifier, par exemple, qu'une infirmière est bien titulaire de son diplôme, qu'elle a vraiment fait des études d'infirmière. C'est aussi valable pour les médecins, les psychiatres ou les dentistes. » Elle s'exprimait calmement, tel un archéologue dont les fouilles n'auraient ramené qu'un maigre butin. « La négligence y est terrible. Rien n'est plus facile que d'entrer dans leurs systèmes, mais après, c'est un vrai casse-tête. » Sur quoi elle ajouta, avec sa grâce et sa générosité habituelles : « Pour eux aussi, j'imagine, les pauvres diables. »

Il arrivait que, lors de soirées en famille, les Brunetti regardent un programme de télévision où étaient dénoncés certains des pires cas de négligence de la part des services de l'État. Pour des raisons qui lui échappaient, ses enfants trouvaient l'émission merveilleusement drôle, alors que lui-même et Paola étaient révulsés par la nonchalance avec laquelle ces révélations étaient accueillies par les autorités qui auraient dû empêcher ou détecter ces manquements. Combien de faux médecins ce programme avait-il découverts, combien de guérisseurs qui n'étaient que des charlatans ? Et surtout, combien d'entre eux avaient dû arrêter leur pratique ?

Brunetti s'arracha à ces réflexions. « Je vous serais très reconnaissant pour tout ce que vous pourriez trouver sur elle ou son mari.

– Bien sûr, monsieur », répondit-elle, non sans être soulagée que soit mis un terme à cette discussion sur ses cyber-incursions et les découvertes qu'elle faisait. « Je vais voir ce que je peux faire. Jusqu'à quand je dois remonter ? ajouta-t-elle, toujours pratique.

– Jusqu'à ce que vous tombiez sur quelque chose d'intéressant », répondit-il, essayant d'avoir l'air de plaisanter, sans y parvenir vraiment.

Brunetti retourna dans son bureau. Il se sentit assailli par la faim. Il consulta sa montre et eut la surprise de constater qu'il était largement plus de trois heures. Il appela chez lui, mais personne ne répondit et il raccrocha avant le déclenchement du répondeur. Paola refusait le principe du téléphone portable et les enfants, qui de toute façon devaient déjà être en cours, ne lui auraient été d'aucune utilité. Il y avait bien la possibilité d'appeler Paola à son bureau, mais elle décrochait rarement : ses étudiants savaient où la trouver et quant aux collègues qui avaient quelque chose à lui dire, ils n'avaient qu'à venir frapper à sa porte. Il envisagea d'appeler de nouveau chez lui et de laisser un message, cette fois, mais rien ne pourrait changer le fait qu'il n'était pas rentré déjeuner et qu'il n'avait pas pensé à prévenir Paola. Les enfants en auraient entendu parler pendant trois jours s'ils avaient fait la même chose.

Son téléphone sonna et il répondit par son nom.

« Maddalena Orsoni à l'appareil. Je suis rentrée à Venise plus tôt que prévu. »

Dans la plupart des cas, Brunetti aurait sorti quelque platitude, du genre « J'espère que ce n'est pas pour un problème grave », mais elle ne paraissait pas femme à se complaire dans les clichés et les bons sentiments. « Pourrions-nous nous voir maintenant ? » se contenta-t-il donc de demander.

Ni lui ni elle, remarqua-t-il, n'avaient fait allusion au sujet qui les concernait. Fonctionnaire de l'État à la recherche d'informations, il évitait néanmoins, instinctivement, d'être trop explicite au téléphone. Et Venise était la ville idéale pour avoir une conversation tranquille, pour se rencontrer dans la rue comme par hasard et aller prendre un café. Rien ne serait plus facile que de traverser un quartier pour aller boire quelque chose et bavarder.

« *Si*, répondit-elle finalement.

– Un bar ?

– Parfait.

– Je ne sais pas d'où vous appelez, mais moi, je suis à San Lorenzo. Choisissez un endroit qui vous convienne, et je vous y retrouve. »

Elle réfléchit pendant quelques instants. « Il y a un bar, juste au bout de Barbaria delle Tole, Campo Santa Giustina, sur le coin de gauche quand on arrive de SS Giovanni e Paolo. Je peux m'y trouver dans dix minutes.

– Alors on se voit là », répondit-il en raccrochant.

19

Endroit étrange pour un rendez-vous. Y avait-il une place de Venise plus à l'écart de tout que ce Campo Santa Giustina ? Seule une personne voulant aller vers San Francisco della Vigna ou se rendre à l'embarcadère de la Celestia pouvait à la rigueur emprunter cet itinéraire – ou encore quelqu'un comme Brunetti, pour le simple plaisir d'explorer sa ville. Il se souvenait d'y être venu, des années auparavant, à la recherche d'une boutique où, lui avait-on dit, on réparait les poupées. Les grands-parents maternels de Chiara lui avaient offert, pour Noël, une poupée à tête en porcelaine et à robe à paniers, mais la poupée avait perdu un œil. Brunetti ne se rappelait plus s'il avait ou non réussi à la faire réparer, mais il n'avait pas oublié, en revanche, la femme taciturne aux cheveux gris qui tenait la boutique, l'air elle-même aussi mal en point que les poupées qu'on voyait dans la vitrine. Il était repassé par le Campo depuis, mais n'avait jamais fait le détour pour aller voir si de nouvelles estropiées ne se trouvaient pas dans la devanture.

Il lui fallut peu de temps pour arriver sur place. Depuis l'autre côté du Campo, il reconnut la vitrine lugubre du magasin de vêtements d'occasion. Comme la plupart des Italiens de son âge, Brunetti n'aurait jamais acheté des vêtements usagés ; et même n'importe quoi d'usagé, en fait, sauf bien sûr si c'était une antiquité ou une peinture. Mais qui, à moins de se trouver dans une misère extrême, pourrait être tenté par ce qu'on voyait dans cette vitrine ? Brunetti n'avait jamais voyagé dans les pays de l'Est, à l'époque où ils étaient sous le joug communiste, mais il s'imaginait que les vitrines, là-bas et à l'époque, devaient avoir ressemblé à celle-ci : des machins poussiéreux, ternes, couleur de terre, devant lesquels les gens passaient sans regarder.

Il entra dans le bar. Il n'y avait qu'une seule cliente, une femme aux cheveux sombres assise près de la fenêtre. Il s'approcha d'elle. « Signora Orsoni ? » Elle leva les yeux sur lui sans sourire ni tendre la main. « Bonjour, commissaire », répondit-elle avec un mouvement de tête vers la chaise qui lui faisait face.

Il écarta le siège de la table et s'installa. Avant qu'il ait eu le temps d'entamer la conversation, le barman s'approcha et tous deux demandèrent un café. Puis Brunetti se ravisa et commanda un verre de vin blanc avec un panini.

L'homme parti, ils s'étudièrent mutuellement, chacun attendant que l'autre parle le premier. Brunetti avait devant lui une femme dans la cinquantaine ; ses yeux clairs contrastaient de manière frappante avec son teint olivâtre et ses cheveux. Elle n'avait rien fait pour cacher qu'ils grisonnaient, et cela s'ajoutant aux pattes-d'oie qu'elle avait au coin des yeux trahissait son peu d'intérêt pour essayer de paraître plus jeune.

« Je suis en effet Maddalena Orsoni, commissaire. J'ai créé Alba Libera, que je dirige depuis le début.

– Cela remonte à quand ? » demanda-t-il, sans manifester la moindre surprise par une entrée en matière qui faisait l'économie des rituels sociaux habituels dans ce genre de situation.

« Quatre ans.

– Puis-je vous demander ce qui vous a poussée à créer cette organisation ?

– Mon beau-frère a tué ma sœur », répondit-elle. Réponse qu'elle avait certainement dû souvent donner, mais Brunetti la soupçonnait d'être curieuse de l'effet que faisait sa brutale honnêteté. Il accueillit cependant l'information avec un simple hochement de tête, et elle continua. « C'était un homme violent, mais elle l'aimait. Sa violence avait toujours une bonne raison, bien entendu : il avait eu une journée difficile, le repas n'était pas bon, il l'avait vue regarder un autre homme. »

En l'écoutant énumérer tout cela, il se demandait non seulement combien de fois elle avait fait ce récit, mais il se rappelait aussi qu'il avait lui-même souvent entendu des hommes donner les mêmes explications pour justifier leur violence, un viol, un meurtre.

Le barman revint et fit le service. Brunetti ne put se résoudre à toucher son sandwich avec encore dans la tête l'écho des paroles qu'elle venait de prononcer. « Allez-y, mangez », dit-elle en versant du sucre dans sa tasse. Elle remua doucement, regardant le sucre se dissoudre.

L'estomac de Brunetti, peut-être parce qu'il avait sous le nez le substitut au repas qu'il aurait aimé prendre, se mit à gargouiller. Elle sourit, vida sa tasse et la reposa. « Je vous en prie, mangez donc. » Il essaya de s'exécuter, mais le pain blanc industriel, même grillé, n'était pas bon, le fromage (également industriel) n'était pas fondu et le jambon (tout aussi industriel) n'avait aucun goût. C'était tout de même mieux que du carton, songea-t-il. Il reposa le panini sur l'assiette et prit une gorgée de vin blanc. Le vin, au moins, était buvable.

« Dans un premier temps, elle n'a pas voulu appeler la police », reprit la signora Orsoni – et Brunetti prit conscience qu'elle n'avait pas fini de lui raconter l'histoire de sa sœur. « Puis elle a eu peur de le faire. Il lui a cassé le nez, puis un bras, et c'est là qu'elle les a appelés. » Elle le regarda, le jaugea. « Elle n'avait nulle part où aller. » Elle se reprit en voyant l'expression de Brunetti. « Je vivais à Rome, à l'époque, et elle ne m'a jamais rien dit.

– Et le reste de votre famille ?

– Il se réduisait à deux grand-tantes, et elles n'étaient au courant de rien.

– Pas d'amies ?

– Elle était de six ans plus jeune que moi, et nous ne nous sommes jamais trouvées dans la même école. Si bien que nous n'avions pas d'amies en commun. » Elle haussa les épaules. « C'était comme ça. Les femmes ne parlent pas de ce genre de choses.

– Non, en effet, admit Brunetti en prenant une autre gorgée de vin.

– Elle était avocate, continua la signora Orsoni avec un sourire un peu torve, comme si elle lui demandait de bien vouloir croire à ce qu'elle lui racontait, car qui aurait pu imaginer que sa sœur se montrerait aussi stupide ? Lorsqu'elle a finalement appelé la police – après le bras cassé –, ils l'ont arrêté, mais comme il n'y avait plus de place en prison, ils l'ont assigné à domicile. » Elle se tut pour voir comment allait réagir ce représentant des forces de l'ordre, mais Brunetti garda le silence.

« Si bien que c'est elle qui a quitté l'appartement. Elle a obtenu la séparation, mais comme cela ne suffisait pas à l'empêcher de la harceler, elle a obtenu une injonction contre lui. Il ne devait jamais l'approcher à moins de cent cinquante mètres. » La signora Orsoni fit signe au barman et commanda un verre d'eau minérale.

« Elle voulait partir loin – ils vivaient encore tous les deux à Mestre, à ce moment-là. C'était elle qui lui avait laissé l'appartement, mais elle travaillait à Mestre, et... » Brunetti se demanda comment elle allait formuler ce qu'elle avait à dire. Ce genre d'hésitation n'était pas nouveau pour lui. « Et je suppose qu'elle ne se rendait pas compte de ce qu'il était vraiment. » Le barman apporta le verre d'eau. Elle le remercia, en but la moitié et le reposa.

« Un soir, il a sonné à l'appartement où elle s'était réfugiée. Il avait un pistolet et il lui a tiré dessus dès qu'elle a ouvert la porte. Il a fait feu encore trois fois, après quoi il s'est logé une balle dans la tête. » Brunetti se souvenait de l'affaire, qui remontait à quatre ou cinq ans.

« Vous êtes revenue ?

– Vous voulez dire à ce moment-là, quand elle a été tuée ?

– Oui.

– En effet, je suis revenue. Et j'ai décidé de rester et de faire quelque chose de nouveau. Si je pouvais.

– Alba Libera ? »

Entendant peut-être une pointe de scepticisme dans la voix du policier, elle se hâta d'ajouter : « C'est vraiment *l'aube* de la liberté pour la plupart de ces femmes, croyez-moi. » Brunetti ayant acquiescé, elle continua. « Il m'a fallu deux ans pour la mettre sur pied. Je dirigeai déjà une ONG à Rome, et je connaissais donc bien le système, comment obtenir les permis et l'argent de l'État. »

Il fut sensible au fait qu'elle ait employé le terme *argent*, et non pas les euphémismes habituels. Et à présent qu'elle évoquait les procédures de fonctionnement, la colère sous-jacente de son ton avait disparu.

« Ma sœur aurait dû aller habiter dans une autre ville. Elle y aurait trouvé du travail. La loi ne pouvait pas la protéger, mais elle ne voulait pas l'admettre. Elle n'avait nulle part où aller où elle aurait été en sécurité, où elle aurait logé chez des personnes qui auraient pu la protéger. »

Brunetti savait parfaitement que les personnes en danger ont peu de chances d'obtenir la protection de l'État. Le gouvernement actuel faisait tout ce qui était en son pouvoir pour vider de sa substance le programme actuel de protection des témoins ; il y avait trop de gens qui venaient devant les tribunaux déballer des histoires peu reluisantes sur la Mafia. Ces témoins procuraient des informations, au moins, en échange de leur sécurité ; imaginez les chances d'être protégée que pouvait avoir une femme n'ayant rien à offrir à l'État en échange.

« Je crois que ces explications sont suffisantes. Au moins, vous savez pourquoi j'ai créé Alba Libera. Nous avons un certain nombre de maisons, la plupart sur la terre ferme. Ici, à Venise, nous avons quelques personnes prêtes à offrir une chambre aux femmes que nous leur envoyons, sans poser de questions.

– Et elles y sont en sécurité ?

– Plus que de là où elles viennent. Bien plus.

– Toujours ? On ne les retrouve jamais ?

– Cela arrive, dit-elle en repoussant son verre de côté sans le prendre. Le cas s'est produit l'an dernier, près de Trévise. »

Brunetti fouilla dans sa mémoire, mais rien ne lui revint. « Qu'est-ce qui s'est passé ?

– L'ex-petit ami d'une jeune femme a découvert où elle se cachait. Nous n'avons jamais su comment ni grâce à qui. Il est venu à l'adresse et a demandé à lui parler.

– Et alors ? »

Ses traits s'adoucirent, comme pour annoncer que, pour une fois, l'histoire serait moins dramatique. « La vieille dame – elle avait presque quatre-vingt-dix ans – chez qui elle logeait a répondu au personnage qu'elle ne savait pas de quoi il parlait, qu'elle vivait seule, mais elle lui dit aussi qu'il avait l'air d'un garçon charmant, et elle l'a invité à prendre un café. Elle m'a raconté qu'elle l'avait laissé seul dans le séjour pendant qu'elle allait dans la cuisine. »

Elle vit que Brunetti s'inquiétait pour la vieille dame et la jeune femme. « C'est une sacrée coriace, vous savez. Ses parents ont caché un ami juif chez eux pendant toute la durée de la guerre. C'est à l'époque qu'elle a appris les règles élémentaires de sécurité dans ce genre de situation. » Devant l'expression de curiosité de Brunetti, elle s'expliqua : « N'avoir rien avec soi, aucun objet, de son ancienne vie. Pas même des sous-vêtements. Tout ce qu'elles portent doit être mélangé, dans les placards et les tiroirs, aux affaires de la personne qui les héberge. Et chaque fois qu'elles quittent l'appartement, même pour la plus brève des courses, elles doivent laisser à leur chambre l'aspect qu'elle aurait si personne ne l'occupait.

– Juste au cas où ?

– Juste au cas où.

– Et comment ça s'est soldé ?

– Elle a traîné autant qu'elle a pu pour préparer le café et, pendant tout ce temps, elle l'a entendu qui faisait le tour du reste de l'appartement. Chambre d'amis y compris. Quand il est arrivé dans la cuisine, elle lui a offert un café et des biscuits et elle s'est mise à lui parler de ses petits-enfants, lui répétant qu'il avait l'air d'un gendre idéal, et est-ce qu'il était marié – le type en a eu rapidement assez et finalement il a fichu le camp.

– Qu'avez-vous fait, alors ?

– Nous avons envoyé la jeune femme dans une autre ville le soir même.

– Je vois, dit Brunetti. Vous êtes très efficace.

– Il le faut bien. Certains de ces hommes sont très intelligents. Et tous sont violents. »

Elle ne fit aucune nouvelle allusion à sa sœur, et Brunetti lui en fut reconnaissant.

« Et la signora Altavilla ?

– C'est une cousine à elle qui lui a parlé de nous. Nous avons eu un entretien, et elle s'est portée volontaire pour nous aider. Elle était veuve et vivait seule, disposait d'une chambre, et il y avait trois autres appartements dans l'immeuble. » Brunetti eut une expression intriguée. « Ça signifie qu'il y a des allées et venues, des gens qui entrent et sortent.

– Cela remonte à combien de temps ? »

Elle inclina la tête de côté pendant qu'elle fouillait dans sa mémoire. « Entre deux et trois ans, je dirais. Il faudrait que je consulte mes livres.

– Où sont vos bureaux – si je peux vous poser la question ? demanda Brunetti, sachant toutefois qu'il n'aurait aucun mal à le découvrir.

– Pas loin d'ici », dit-elle, l'agaçant par sa réponse inutilement évasive.

Mais Brunetti préféra continuer. « Est-ce qu'un incident similaire à celui que vous venez de me raconter – c'est-à-dire un homme venant chez elle en soupçonnant que sa femme s'y trouverait – est-il jamais arrivé à la signora Altavilla ? »

Elle posa les mains sur la table, doigts entrecroisés.

« Elle ne m'a jamais parlé de rien. Nos instructions sont formelles sur ce point, expliqua-t-elle. Le propriétaire des lieux doit nous avertir immédiatement, même s'il s'agit d'un simple soupçon. Sauf, ajouta-t-elle avec un sourire fatigué, que tout le monde n'est pas aussi malin que cette vieille dame.

– Savez-vous si elle aurait pu avoir des inquiétudes à la suite de quelque chose que lui aurait dit l'une de ses invitées ? »

Le sourire de la signora Orsoni devint plus chaleureux. « C'est très délicat de votre part, dit-elle.

– Quoi donc ? demanda Brunetti, un instant interdit.

– De les appeler des invitées.

– C'est ainsi que je les vois, répondit-il simplement, ignorant la tentative de diversion. Donc, est-ce que cela s'est produit ? »

La signora Orsoni redressa le menton et inspira bruyamment. « Non, pas vraiment. Je veux dire, elle n'a jamais fait elle-même état de quelque chose de ce genre. En règle générale, ces femmes sont peu bavardes. » Elle ne lui offrit pas d'autres explications, mais Brunetti soupçonna qu'elle n'avait pas tout dit.

« Mais ?

– Mais une jeune femme qui logeait chez elle m'a dit qu'elle pensait que quelque chose avait bouleversé Costanza.

– Que vous a-t-elle dit, exactement ? » demanda Brunetti, plein de perplexité et de curiosité.

La signora Orsoni se frotta le front, comme pour montrer à Brunetti les efforts qu'elle faisait pour s'en souvenir. « Qu'au début où elle habitait chez Costanza, elle lui avait paru être quelqu'un de très calme ; mais alors qu'elle était là depuis quelques semaines, Costanza était revenue un jour à l'appartement avec l'air inquiet.

La jeune femme a pensé que cela passerait, mais son inquiétude semblait persister.

– Où la signora Altavilla était-elle allée ? Sa pensionnaire le savait-elle ?

– Les seuls endroits où se rendait Costanza, pour autant que je le sache, étaient chez son fils et à la maison de retraite, pour parler avec les vieilles personnes.

– Quand la jeune femme vous a-t-elle raconté cela ?

– Au moment de son départ, quand je l'ai accompagnée à l'aéroport. Il y a environ un mois. Elle avait peut-être retrouvé sa sérénité, depuis.

– Et cette jeune femme avait-elle interrogé la signora Altavilla là-dessus ? »

La signora Orsoni posa les mains à plat sur la table. « Vous ne comprenez pas bien la situation, commissaire. Vous appelez ces femmes des invitées, mais ce n'est pas comme ça. Elles sont en fuite. Certaines continuent à travailler, mais la plupart ne bougent pas de leur cachette et passent leur temps à se morfondre sur le sort qui les attend. »

Elle le regarda pour s'assurer qu'elle avait toute son attention. « Ces femmes ont vécu des choses terribles, commissaire. Elles ont été battues et violées, des hommes ont essayé de les tuer. Il leur est difficile de se sentir concernées par les problèmes des autres. » Elle se tut, peut-être pour évaluer dans quelle mesure Brunetti pouvait comprendre cela. « Elles ont du mal à imaginer que les personnes chez qui elles logent – c'est-à-dire des gens qui ont un domicile, un travail, qui n'ont pas de problèmes financiers, qui ne courent aucun danger particulier –, que ces personnes puissent avoir des soucis sérieux. Autrement dit, ce qui est le plus étonnant, ce n'est pas qu'elle n'ait pas cherché à en apprendre davantage sur ce qui inquiétait

Costanza, mais qu'elle ait déjà remarqué que quelque chose l'inquiétait. La peur fait se replier les gens sur eux-mêmes. »

Brunetti pensa à la sœur de la signora Orsoni. « Vous avez dit que vous l'avez accompagnée à l'aéroport ? »

Elle ne parut pas surprise que le policier ne se soit pas laissé entraîner ailleurs. « Elle est partie. Je vous l'ai dit.

– Pourquoi ?

– Son mari venait d'être arrêté.

– Pour quel motif ?

– Assassinat.

– De qui ?

– De son amant.

– Ah, laissa échapper Brunetti. Et donc ?

– Et donc elle pouvait retourner chez elle. » Au ton de la signora Orsoni, on aurait pu croire que cela semblait un choix simple, sinon évident. C'était peut-être le cas.

« Qui est venu après ?

– Une autre jeune femme, mais elle est repartie avant la mort de Costanza.

– Parlez-moi de cette autre jeune femme, demanda Brunetti.

– Je n'ai pas grand-chose à vous raconter, en réalité. Je ne peux que vous répéter ce qu'elle m'a dit. » Brunetti l'encouragea d'un hochement de tête. « Elle est de Padoue. Inscrite à l'université, en économie. » Elle marqua une pause, mais le policier observa le silence. « Elle appartient à une famille très… traditionnelle. Si bien que lorsqu'elle leur a appris qu'elle avait un petit ami et que celui-ci était de Catane… » Brunetti écoutait, imperturbable. « …ils lui ont carrément dit qu'elle devrait choisir entre eux et lui. » Elle secoua la tête à l'idée de ce comportement d'un autre temps. « Si bien qu'elle a choisi le petit ami et qu'elle est allée habiter avec lui.

– Et comment est-elle entrée en contact avec la signora Altavilla ? » demanda-t-il, ne fût-ce que pour lui montrer que les aventures sentimentales de cette jeune femme et de sa famille traditionnelle ne l'avaient pas détourné de son but.

« Elle a appelé notre bureau de Trévise il y a environ trois semaines. La police venait de lui apprendre qu'elle ne pouvait rien faire pour elle. » Le silence interrogateur de Brunetti la fit continuer. « D'après elle, ses ennuis avaient commencé dès le début. Il était jaloux. Et violent. Il l'avait brutalisée à plusieurs reprises, mais elle avait eu peur d'appeler la police. » Elle soupira et eut un mouvement des épaules et des mains qui trahissait son exaspération.

« Mais cette fois-ci, elle a bien cru qu'il allait la tuer – c'est ce qu'elle leur a dit. Ils étaient dans la cuisine quand c'est arrivé, et pour se défendre, elle lui a jeté dessus l'eau bouillante des pâtes. »

Brunetti trouva que la signora Orsoni racontait cela avec un calme curieux. « Et alors ?

– Elle s'est enfuie du domicile et a appelé la police.

– Et comment ça s'est passé ?

– Ils sont venus à l'appartement pour parler au petit ami mais ils n'ont rien fait.

– Et pourquoi ?

– Parce que c'était parole contre parole. Il leur a expliqué que c'était elle qui avait déclenché la dispute et qu'il n'avait fait qu'essayer de se défendre. » En disant cela, la signora Orsoni avait échoué dans son effort pour cacher son mépris de la police et sa colère contre les préjugés masculins. Quand elle reprit la parole, elle ne put s'empêcher d'exprimer finalement son opinion. « Sans compter qu'elle est une femme et lui un homme. » Brunetti fut surpris qu'elle n'ajoute pas *et un Sicilien*. Mais il continua de rester silencieux. « Comme elle était de Trévise, c'est notre antenne locale qu'elle a appelée. Elles ont estimé qu'elle serait en sécurité à Venise, même si ce n'est pas très loin. »

Après avoir réfléchi un instant à ce qu'elle venait de lui révéler, Brunetti demanda : « C'est la police qui vous a raconté tout ça ? »

Les traits de la signora Orsoni se contractèrent. « J'ai parlé aux personnes de notre antenne de Trévise et c'est elles qui m'ont mise au courant.

– Cela faisait plusieurs années que la signora Altavilla collaborait avec vous, m'avez-vous dit. C'est bien ça ? »

La question déplut à la signora Orsoni, qui finit par répondre que oui.

« Ce faisant, elle prenait elle-même des risques. Des risques théoriques, ajouta-t-il quand il la vit sur le point de protester, mais elle était néanmoins volontaire pour le faire. »

La femme acquiesça, regarda au loin, puis revint sur le policier.

« Vous me dites que cette femme n'est plus ici. D'ailleurs, il n'y avait aucune trace de sa présence dans l'appartement. »

La signora Orsoni acquiesça de nouveau.

« Aurait-elle pu y revenir ? »

D'une voix égale, dépourvue d'émotion, elle répondit : « Elle n'a rien à voir avec la mort de Costanza.

– Comment puis-je en être certain ?

– Parce que je vous le dis.

– Et si je décidais de ne pas vous croire ? »

Tandis qu'il attendait sa réaction, Brunetti vit dans ses yeux qu'elle venait de prendre la décision de partir, puis il entendit le raclement de ses pieds, sous la chaise. Il leva une main pour retenir son attention.

« Votre organisation est relativement bien connue, n'est-ce pas ? » demanda-t-il d'un ton calme.

Elle eut un sourire involontaire devant ce qu'elle prit comme un compliment. « J'aime à le croire.

– Et j'imagine que vous bénéficiez d'un certain soutien de la ville, même s'il est modeste. Sans parler des contributions privées.

– Ils se rendent compte, sans doute, du bien-fondé de notre action.

– Pensez-vous qu'une mauvaise publicité pourrait changer cette image ? » demanda Brunetti du même ton calme.

Il fallut un certain temps à la signora Orsoni pour prendre la mesure de la question. « Que voulez-vous dire ? Quelle mauvaise publicité ?

– Voyons, signora. Inutile de faire semblant avec moi. Le genre de mauvaise publicité qui passerait par le canal des journaux, lorsqu'on y lirait que votre association a placé une femme chez une veuve – une veuve *vénitienne*, ça fera mieux – et que la veuve vénitienne en question est morte dans des circonstances étranges alors que la femme qui résidait chez elle reste introuvable. » Il avait souri en disant cela et gardé une voix chaleureuse, un ton paisible. « Le terme de *risque* a toutes les chances de venir à l'esprit, non ? »

Sur quoi, devenant plus sérieux, il entreprit de relire les événements selon une autre façon de les percevoir, en ajoutant quelques détails pour donner plus de poids à sa démonstration. « Les circonstances de sa mort ne sont pas claires, la police est incapable de retrouver la femme que lui avait confiée Alba Libera. » Il continua, coude sur la table, poing sous le menton. « Voilà le genre de mauvaise publicité à laquelle je fais allusion, signora. »

Elle se leva, et Brunetti crut bien qu'elle allait partir, cette fois. Mais elle resta plantée sur place et le regarda fixement pendant quelques instants. Puis elle prit son téléphone portable et, de son autre main, lui fit signe d'attendre. Elle alla alors se placer près de la porte, jeta un coup d'œil à Brunetti par-dessus son épaule, puis sortit de l'établissement. Elle composa un numéro.

Brunetti commanda un verre d'eau minérale et prit tout son temps pour le boire, repoussant l'assiette contenant le sandwich entamé loin de lui. Quand il reposa son verre vide, elle parlait toujours au téléphone et composait un autre numéro.

Il y avait un exemplaire du *Gazzettino* sur la table voisine, mais Brunetti ne voulait pas l'offenser par une manifestation aussi patente d'impatience. Il tira donc son carnet de notes et écrivit quelques phrases des moments clefs de leur conversation. Plongé dans leur évocation, il ne l'entendit qui revenait près de leur table que lorsqu'elle lui dit : « Elle ne répond pas à son téléphone. »

20

Brunetti se leva pour lui tirer sa chaise. Elle s'assit et posa son portable devant elle. « Je ne comprends pas pourquoi elle ne répond pas. Elle peut voir qui l'appelle. » Brunetti lui trouva un ton forcé, manquant de naturel.

Il se rassit, et s'aperçut que son verre était vide lorsqu'il tendit la main pour le prendre. Il le repoussa de côté. « Oui, bien sûr », dit-il. Il regarda l'affreux morceau de sandwich, puis revint sur la signora Orsoni. Il resta silencieux, le visage fermé.

« Elle m'a appelée, dit finalement la signora Orsoni.

– Qui, elle ? » demanda Brunetti. La femme ne répondit pas, et il reposa sa question. « Qui vous a appelée, signora ?

– La signora… Costanza. Elle m'a appelée.

– Que vous a-t-elle dit ?

– Elle… elle m'a dit qu'elle lui avait parlé. » Elle jeta un coup d'œil à Brunetti, vit qu'il ne comprenait pas et précisa : « À son petit ami.

– Le Sicilien ? Comment l'avait-il retrouvée ? »

Elle posa les coudes sur la table, se prit la tête à deux mains et la secoua par deux ou trois fois, gardant les yeux baissés. « Il l'a retrouvée, parce qu'elle l'avait appelé de chez Costanza et que lorsque lui-même a rappelé, plus tard, c'est Costanza qui a répondu. En donnant son nom. Il lui a demandé s'il pouvait lui parler. » Brunetti dut faire le tri parmi les pronoms, mais il paraissait clair que la pensionnaire de la signora Altavilla avait été assez stupide pour appeler son petit ami sur le téléphone de l'appartement ; petit ami qui avait certainement vu le numéro s'afficher sur son portable. Rien n'était plus facile pour lui, alors, que de rappeler pour vérifier que c'était bien là qu'elle logeait.

« Il l'a menacée ? »

Elle porta ses mains croisées à son front, comme pour le protéger puis se cacha les yeux. Elle répondit non d'un mouvement de tête sec.

« Qu'est-ce qu'il voulait ? »

Au bout de quelques secondes elle répondit : « Il voulait simplement lui parler. Elle n'avait qu'à choisir l'endroit, il irait la rejoindre. Il était d'accord pour la retrouver même dans un poste de police ou à la terrasse du Florian, dans n'importe quel endroit public où elle se sentirait en sécurité. » Elle se tut, mais garda toujours les mains croisées sur le front.

« Et elle l'a fait ?

– Oui », répondit-elle, les yeux toujours cachés.

Se rendant compte que le lieu de la rencontre était sans importance, il demanda une fois de plus : « Qu'est-ce qu'il voulait ? »

Elle posa les mains sur la table et serra les poings. « Il lui a dit qu'il voulait la mettre en garde. »

La formule étonna Brunetti. Il essaya d'anticiper l'explication. Est-ce que ce jeune homme se faisait une idée délirante, à la sicilienne, de l'honneur personnel et ne voulait pas que cette vieille femme se retrouve au milieu d'un tir croisé ? Ou cherchait-il à lui faire croire quelque chose concernant la jeune femme qu'elle avait accueillie chez elle ?

« Et la suite ?

– D'après elle, c'est ce qu'il a fait : il l'a mise en garde.

– En garde contre lui-même ? » l'interrompit Brunetti, pensant toujours à son scénario.

La signora Orsoni eut une évidente réaction de surprise. « Non, contre elle.

– Contre la jeune femme ? Contre celle que la signora Altavilla logeait chez elle ?

– Oui. »

Tel un joueur de rugby qui fait une feinte, Brunetti hésita un bref instant et partit soudain dans l'autre direction. « Mais qu'est-ce qu'il lui a dit ? »

Au bruit de la porte qui s'ouvrait, elle détourna les yeux. Deux hommes entrèrent dans le bar. Ils restèrent un moment sur le seuil, puis un troisième individu les rejoignit, et jeta une cigarette allumée dans la rue avant d'entrer. Les trois hommes allèrent s'accouder au bar et commandèrent des cafés. Leurs grosses voix, amicalement bourrues, remplissaient la salle. Des ouvriers faisant une pause.

« Signora ?

– Que la fille était une voleuse et qu'elle devait la chasser de chez elle. » La signora Orsoni était visiblement très affectée d'avoir à le répéter. Brunetti pouvait le comprendre : la signora Orsoni avait consacré sa vie et son énergie à sauver des femmes qui étaient parfois en danger de mort. Et maintenant, voilà qu'on lui disait qu'elle avait fait confiance à une femme malhonnête.

« Qu'est-il arrivé ? »

Elle parut prise au piège, et elle ne répondit pas tout de suite. « C'était vrai.

– Et comment le savez-vous ?

– Il lui a montré des copies d'articles de journaux et même des rapports de police. » Devant sa surprise, elle ajouta inutilement : « Elle lui avait donné rendez-vous en bas, dans le Campo.

– Et qu'y avait-il dans ces rapports ?

– Que c'était son mode opératoire. Elle s'installait dans une ville et s'arrangeait pour avoir une liaison avec un homme. Elle allait habiter chez lui ou il venait habiter chez elle. Puis elle provoquait une dispute entre eux et s'arrangeait pour qu'il devienne violent. Et quand la police arrivait… » Elle porta les poings à ses yeux, soit de honte, soit pour ne pas voir l'expression qu'affichait Brunetti. « … il a dit que le plus efficace, c'était quand les voisins appelaient eux-mêmes la police. » D'une voix tendue et sans prendre de précautions oratoires elle continua : « Elle se faisait passer pour la victime, la police entrait alors en contact avec une association d'aide aux victimes de violences conjugales, on la plaçait chez des gens où elle restait jusqu'à ce qu'elle ait sa propre clef et sache ce qu'il y avait de valeur dans la maison. Après quoi elle disparaissait en emportant tout ce qu'elle pouvait porter. »

Tandis que la voix de la signora Orsoni s'étouffait d'indignation, Brunetti entendit le cliquetis des tasses, des rires cordiaux, puis le bruit des pièces qui tombent ; après quoi la porte s'ouvrit et les ouvriers s'en allèrent.

Elle reprit la parole dans le silence retrouvé du bar. « Il a raconté tout cela à Costanza, il lui a montré les rapports de police et il l'a suppliée de le croire.

– Et les brûlures ? » demanda Brunetti. Mais elle ne comprit pas l'allusion. « L'eau bouillante qu'elle lui avait jetée ? »

Elle fit aller et venir un ongle dans l'une des profondes rainures qui striaient la table. « Costanza m'a dit qu'il boitait encore, mais lui-même n'en a pas parlé. »

Elle se leva, alla au bar et en revint avec deux verres d'eau minérale. Elle en posa un devant lui et se rassit à sa place.

« Et cela remonte à quand, signora ? »

Elle vida la moitié de son verre et le reposa sur la table. Elle regarda longuement Brunetti avant de répondre. « La veille du jour où Costanza est morte.

– Comment êtes-vous si bien au courant ? demanda-t-il, ignorant pour le moment le verre posé devant lui.

– Comme je vous l'ai dit, Costanza m'a appelée en rentrant chez elle. Elle venait de s'entretenir avec cet homme et elle m'a demandé de venir chez elle – elle l'a presque exigé. » Sa respiration s'accéléra à nouveau. « J'y suis allée et elle m'a fait lire les articles et les procès-verbaux de la police.

– Et l'homme, où est-il allé ?

– Il lui avait dit qu'il était simplement venu pour la mettre en garde et lui montrer le danger, après quoi il l'avait remerciée de l'avoir écouté et il était reparti. C'était tout. Il lui suffisait de constater qu'elle l'avait cru. Il lui a dit que beaucoup de gens avaient du mal à lui faire confiance parce qu'il était sicilien. » Elle s'autorisa alors, comme Brunetti lui-même, un long moment de silence. « Il lui avait fait l'effet de quelqu'un de bon », ajouta-t-elle finalement.

Devant son air chagrin, Brunetti eut le bon sens de ne pas insister, se contentant de demander : « Et ensuite ?

– Costanza m'a demandé d'appeler la femme et de lui dire que j'avais à lui parler.

– Vous l'avez fait ?

– Bien sûr que je l'ai fait ! dit-elle, prise d'une brusque colère. Je n'avais pas le choix, il me semble. »

Elle se reprit avant de continuer. « Je lui avais trouvé un petit boulot. Elle tenait compagnie à une vieille dame. Elle n'avait rien à faire, en réalité, seulement lui préparer son déjeuner et être là au cas où il se passerait quelque chose.

– Je vois, dit Brunetti.

– Je lui ai donc demandé de revenir tout de suite vers quatre heures et elle a dit d'accord.

– Et ?

– Elle est revenue. Je lui ai dit que j'étais obligée de la faire aller dans une autre ville.

– Elle vous a crue ? »

La signora Orsoni haussa les épaules. « Je ne sais pas.

– Qu'est-ce qu'elle a fait ?

– Elle est allée dans sa chambre et elle a préparé ses affaires.

– Vous l'avez accompagnée ?

– Non. Nous sommes restées dans le séjour, Costanza et moi ; le temps qu'elle aille faire sa valise. » Elle parut vouloir ajouter quelque chose, mais l'expression qu'elle lut sur le visage de Brunetti parut l'en dissuader.

« Elle n'a rien soupçonné ? demanda le policier.

– Aucune idée. Peu m'importe.

– Bon. Elle fait sa valise. Et ensuite ?

– Elle a dit au revoir à Costanza, elle lui a rendu sa clef et nous avons quitté l'appartement.

– Et ?

– Nous avons pris le vaporetto jusqu'à la gare et nous sommes allées ensemble au guichet pour prendre son billet. Je lui ai demandé alors où elle voulait aller.

– Elle a donc dû comprendre que vous étiez au courant, à ce moment-là.

– Je suppose que oui. » Cette manière évasive de

répondre provoqua une bouffée d'irritation chez Brunetti. « Et ?

– Elle a pris un billet pour le dernier train pour Rome. Il part un peu avant sept heures et demie.

– L'avez-vous vue monter dans le train ?

– Oui.

– Avez-vous attendu le départ du train ? »

Elle ne fit aucun effort pour cacher son irritation grandissante. « Bien sûr, je l'ai fait ! Mais elle a très bien pu descendre à Mestre, pour ce que j'en sais.

– Mais elle avait rendu la clef.

– Costanza n'a même pas eu besoin de la lui demander, rétorqua-t-elle, ajoutant avec presque de la satisfaction, mais elle avait très bien pu faire faire un double. »

Brunetti ne commenta pas la remarque. « Comment s'appelle-t-elle ? »

Il la vit qui hésitait. Il l'amènerait à la questure, se dit-il, si elle refusait de répondre. En attendant, il ajouta : « Et le nom du Sicilien ?

– Gabriela Pavon et Nico Martucci.

– Merci, dit Brunetti en se levant. Si j'ai besoin d'autres informations, je vous appellerai pour vous demander de venir à la questure.

– Et si je refuse ? »

Brunetti ne prit pas la peine de lui répondre.

21

Brunetti fut soulagé d'en avoir terminé avec elle et put enfin s'avouer que, depuis le début, elle ne lui avait guère inspiré de sympathie. Ses demi-vérités, ses manœuvres dilatoires et ses tentatives de le manipuler l'avaient agacé ; pis encore, elle ne paraissait concernée par la mort de la signora Altavilla que dans la mesure où c'était une source de culpabilité pour elle, et/ou un danger potentiel pour son association au nom ridicule, Alba Libera. Comme elles se souciaient peu des gens, en fin de compte, ces personnes qui prétendaient aider l'humanité…

Il rumina tout cela sur le chemin de retour jusqu'au moment où, tout d'un coup, il prit conscience que la lumière du jour avait baissé. Il consulta sa montre et constata avec surprise qu'il était presque cinq heures. Ça n'avait pas de sens de retourner à la questure, mais il ne changea cependant pas de direction. Une fois arrivé sur place, il se rendit dans le bureau de la signorina Elettra et la trouva une fois de plus plongée dans un livre – et apparemment toujours le même. Elle leva les yeux quand elle l'entendit entrer, referma le bouquin et le repoussa de côté. « Vous avez l'air de quelqu'un qui ramène du travail à la maison, lui dit-elle avec un sourire.

« Je viens juste de parler avec la responsable d'Alba Libera.

– Ah, Maddalena. Qu'est-ce que vous en pensez ? demanda-t-elle. Son ton parfaitement neutre ne trahissait absolument pas quel était son propre avis.

– J'en pense qu'elle aime aider les gens, répondit Brunetti avec la même neutralité dans la voix.

– Ce qui est un désir parfaitement louable, n'est-ce pas ? » s'autorisa à suggérer la secrétaire.

Brunetti se demanda lequel, le premier, allait renoncer à ce petit jeu et donner son opinion. « Elle me rappelle un peu ces héroïnes de romans anglais du XIXe siècle, qui sont tellement attachées à l'amélioration morale des classes sociales inférieures », lâcha la signorina Elettra. Brunetti pensa que son cynisme avait fini, au bout de dix ans, par déteindre sur elle – puis il se rendit compte que la signorina Elettra avait ses propres réserves en la matière.

Soudain agacé de ce petit jeu, Brunetti revint à son sujet. « L'une des femmes qu'elle a aidées était logée chez la signora Altavilla jusqu'à la veille de sa mort. Mais il s'avère que la femme en question avait déjà séjourné chez des particuliers dans des circonstances similaires…

– Et avait fichu le camp en emportant les couverts en argent ? dit la signorina Elettra en plaisantant.

– Justement, quelque chose comme ça. »

Il vit la stupéfaction se peindre sur le visage de la jeune femme et en fut ravi.

« Son nom ? demanda-t-elle.

– Gabriela Pavon, mais je doute beaucoup que ce soit son vrai nom. Et l'homme qu'elle était supposée fuir s'appelle Nico Martucci – un Sicilien. C'est très certainement son vrai nom. Il habite à Trévise. » Elle avait tout de suite commencé à écrire les noms. « Ne prenez pas cette peine. J'ai un ami à Trévise qui pourra me mettre au courant. Autant de temps de gagné. »

Il commença à se tourner pour partir, elle lui montra une pile de papiers, sur le coin de son bureau. « J'ai trouvé un certain nombre de choses à propos de la signora Sartori et de l'homme avec qui elle vit.

– Ils ne sont donc pas mariés ?

– Non, si j'en crois les dossiers de la maison de retraite. L'intégralité de la pension de retraite qu'elle touche va directement à l'institution et son compagnon, Morandi, paie le reste. » Voyant la surprise de Brunetti, elle ajouta : « Il n'est pas obligé de le faire, puisqu'ils ne sont pas mariés, mais il le fait tout de même. » Brunetti évoqua l'homme au visage rougeaud qu'il avait rencontré dans la chambre de la signora Sartori.

« Qu'est-ce que ça coûte ? voulut-il savoir. Il pensait à ce que lui et son frère avaient dû payer pour leur mère, pendant toutes ces années.

– Deux mille quatre cents euros par mois, dit-elle. C'est l'une des meilleures maisons de retraite de la ville, ajouta-t-elle quand elle le vit soulever les sourcils. De toute façon, ce sont les tarifs actuels, conclut-elle avec un geste de la main.

– Et à combien s'élève sa pension ?

– Six cents euros. Elle a pris une retraite anticipée et elle n'a donc pas droit au taux maximum.

– Et celle de Morandi ? demanda-t-il avant de faire le calcul.

– Cinq cent vingt euros. » À elles deux, leurs pensions ne couvraient pas la moitié de ce que coûtait la maison de retraite.

L'homme ne lui avait pas fait l'effet d'être bien riche ; elle non plus d'ailleurs, dut reconnaître Brunetti.

Si Morandi était bien l'homme qu'il lui avait paru être, un retraité bien obligé de payer pour tout ce qui est indispensable, à commencer par le loyer et la nourriture, où trouvait-il les fonds pour la maison de retraite ?

Elle rassembla les documents et les lui tendit. Il y en avait nettement plus que trois ou quatre, et il s'en étonna, se demandant ce que ces deux vieilles personnes avaient bien pu faire, au cours de leur vie.

« Qu'est-ce qu'on trouve là-dedans ? » demanda-t-il en brandissant la liasse, exagérant son geste.

La signorina Elettra adopta sa mine la plus sibylline pour répondre. « On ne peut pas dire qu'ils aient mené une existence particulièrement calme. »

Pour la première fois de la journée, peut-être, Brunetti se laissa aller à sourire. Il agita de nouveau les papiers. « Je vais y jeter un coup d'œil. » Elle acquiesça d'un hochement de tête et retourna à son ordinateur. Une fois dans son bureau, il composa le numéro de son domicile.

Paola répondit par un *Si* tellement peu avenant que même le plus téméraire des télévendeurs aurait battu en retraite.

« Et la voix de la tourterelle se fait entendre dans nos campagnes, ne put-il s'empêcher de répliquer.

– Dottor Brunetti, dit-elle d'un ton toujours aussi sec, tu ne vas pas te mettre à me citer la Bible, maintenant.

– Je lis le Cantique des Cantiques en tant que littérature, pas comme un texte sacré.

– Et tu le transformes en provocation.

– Ne faisant par là que me conformer à une tradition apologétique chrétienne vieille de deux mille ans.

– Tu es un personnage pervers et barbant. » Elle avait parlé d'un ton plus léger et il sut que le danger était passé.

« Le personnage pervers et barbant souhaiterait t'inviter à dîner quelque part.

– Et tu renoncerais à un *turbanti di soglie*[1], à déguster dans la paix de ton foyer, au milieu de la joie et de l'harmonie familiale ? répliqua-t-elle, sans qu'il puisse savoir si c'était l'idée de sa présence au repas ou le menu qui l'avait fait changer d'humeur.

– J'essaierai d'être à l'heure.

– Très bien. » Il crut qu'elle allait raccrocher mais elle ajouta : « Je suis contente à l'idée que tu seras là. » Sur quoi elle coupa la communication et Brunetti eut l'impression que non seulement la température de la pièce venait de s'élever, mais qu'il faisait mystérieusement plus clair. Plus de vingt ans, et elle pouvait encore lui faire cet effet-là, songea-t-il. Il secoua la tête, chercha le numéro de téléphone de son ami de Trévise et l'appela.

Comme il s'en était douté, le nom de la femme n'était pas Gabriela Pavon ; la police de Trévise put lui donner les six autres pseudonymes utilisés par la femme dont les empreintes digitales se trouvaient partout dans l'appartement qu'elle avait partagé avec son petit ami sicilien, mais pas son véritable nom de famille. Le Sicilien – Brunetti se dit qu'il devait arrêter de l'appeler ainsi – enseignait la chimie dans un lycée technique, son casier judiciaire était vierge et la police le considérait comme la victime d'un délit, sinon d'un crime. La femme avait bel et bien disparu et l'ami de Brunetti s'était résigné à admettre qu'on n'en entendrait plus parler jusqu'au jour où elle commettrait le même délit ailleurs dans le pays.

1. Ces « filets de sole roulés » ont beaucoup intrigué les lecteurs anglophones de Donna Leon. « Soglia » est le terme ancien pour « sogliola », « sole » en italien.

Brunetti lui expliqua la tentative qu'elle avait prévu de faire à Venise et son ami lui demanda, sans conviction, de lui transmettre son rapport, « même si ça n'y changera rien. Elle n'a rien fait de répréhensible, chez toi ».

Quand il raccrocha, Brunetti revint à la pile de documents que lui avait donnée la signorina Elettra. La signora Maria Sartori était née à Venise quatre-vingts ans auparavant. Benito Morandi, lui, avait quatre-vingt-trois ans. Le prénom de l'homme frappa Brunetti ; il comprenait trop bien pour quelle raison une famille avait pu baptiser ainsi son fils, à l'époque. Mais la vue de ces deux noms éveilla quelque chose chez Brunetti, comme si Ginger venait de retrouver inopinément son Fred. Ou Bonnie son Clyde. Il détourna les yeux des papiers, concentré sur sa mémoire, et suivit le cours sinueux de ses souvenirs. Il y avait une personne âgée, dans l'histoire, mais pas l'un d'eux ; une troisième personne, à une époque où eux-mêmes étaient plus jeunes. Un souvenir qui datait d'avant son entrée dans la police, d'avant sa rencontre avec Paola et tout ce qui s'en était suivi. Sa mère s'en serait souvenue, se surprit-il à penser, sa mère telle qu'elle avait été, jadis.

Il composa le numéro du portable de Vianello. « Tu es en bas ? demanda-t-il quand l'inspecteur eut décroché.

– Oui.

– Monte une minute, tu veux bien ?

– J'arrive. »

La méditation peut être utile. Brunetti alla jusqu'à la fenêtre et regarda de l'autre côté du canal, laissant les noms rouler dans son esprit, espérant qu'à force de les réunir et de les séparer ils réveilleraient le souvenir.

C'est dans cette attitude que le trouva Vianello,

mains serrées dans le dos, perdu dans la contemplation de la façade de l'église ou de l'échafaudage de trois étages devant sans doute à l'intention des chats errants.

Vianello alla s'asseoir sur l'une des chaises placées devant le bureau de son supérieur. Et attendit sans dire un mot. Brunetti parla sans se retourner. « Maria Sartori et Benito Morandi. » Il n'entendit de Vianello que le bruit de ses semelles sur le plancher, quand il étira ses grandes jambes pour croiser les chevilles. Encore un peu de temps passa puis le lieutenant soupira – la mémoire lui était revenue. « Mme Reynard », dit-il, se permettant un sourire pour avoir été le premier.

N'importe quel Vénitien, ou du moins un Vénitien de leur âge, aurait fini par se le rappeler. Avec le nom que venait de donner Vianello, le souvenir de l'affaire était revenu à Brunetti. Mme Marie Reynard, une Française à la beauté légendaire, était venue s'installer à Venise avec son époux il y avait… presque un siècle. *Presque un siècle !* songea Brunetti. Le couple y avait vécu cinq ans, puis le mari était mort de manière spectaculaire. Un accident – de voiture, de bateau ou d'avion, Brunetti ne se le rappelait plus. Accident qui avait aussi entraîné la perte de l'enfant qu'elle portait, ajoutant à son chagrin. À l'issue de sa convalescence, Mme Reynard, en veuve inconsolable, s'était mise à vivre cloîtrée dans son palazzo du Grand Canal.

Il avait oublié quand il avait entendu parler de cette histoire pour la première fois, mais Brunetti n'était pas encore entré au lycée que Mme Reynard était déjà une légende – car tel est le destin des épouses inconsolables, du moins quand elles sont belles et riches. On disait que la mystérieuse Française ne quittait jamais son palazzo, ou alors seulement la nuit, pour parcourir les rues, silencieuse et en larmes ; ou bien qu'elle recevait chez elle un prêtre avec lequel, drapée dans ses voiles de veuve, elle récitait sans fin des chapelets pour le salut de l'âme de son défunt mari ; ou bien encore qu'elle vivait dans la réclusion la plus complète, crucifiée par son chagrin. Deux choses restaient constantes : elle était belle, elle était riche.

Puis, il y avait moins de vingt ans, âgée de cent ans, elle mourut au terme d'un veuvage de trois quarts de siècle. Et on apprit alors que son avocat – personnage resté étonnamment absent des diverses légendes – héritait du palazzo et de tout ce qu'il contenait, ainsi que des terres, des investissements et des rentes d'un brevet pour une technique qui rendait les fibres de coton plus solides et résistant mieux aux fortes températures. Des fibres de coton, ou de laine, ou de soie, selon la version, mais toujours est-il que ce brevet se révéla infiniment plus rentable que le palazzo et le reste.

« Bien sûr, bien sûr », marmonna Brunetti, tandis que les minuscules marionnettes qui s'agitaient dans sa mémoire se mettaient en ordre et que Maria trouvait son Benito : car les témoins qui avaient contresigné le testament de Mme Reynard, Maria Sartori et Benito Morandi, avaient fait l'objet de spéculations et de commérages pendant des mois, à Venise. Tous les deux employés de l'hôpital, ils n'avaient jamais eu auparavant de rapports avec la vieille dame mourante ; et comme ils ne figuraient pas parmi les bénéficiaires du testament, on jugeait qu'ils étaient étrangers à l'affaire. Brunetti retourna à son bureau.

« N'avait-elle pas des parents en France ? » demanda Vianello.

Brunetti fouilla parmi les souvenirs et récupéra celui qu'il cherchait : « Non, aucun, mais des gens au courant de sa fortune ont essayé de se faire passer pour ses héritiers. » Il chercha encore un peu. « Ils étaient français, c'est exact. »

Ils gardèrent tous les deux le silence pendant quelques instants, rassemblant leurs souvenirs. « Il me semble qu'il y a eu une vente aux enchères, dit l'inspecteur.

– Oui, l'une des dernières grandes ventes dans ce genre. Après sa mort. Ils ont tout vendu. » Puis, comme c'était à Vianello qu'il parlait et qu'il pouvait lui confier ce genre de choses, il ajouta : « Mon beau-père m'a raconté que tous les collectionneurs de la ville étaient là. Ou plutôt, tous les collectionneurs de Vénétie. Lui-même a acheté deux pages d'un carnet de dessins de Giovannino de Grassi. » Vianello secoua la tête ; le nom ne lui disait rien.

« XIVe siècle. Le musée de Bergame possède un carnet de dessins complet de lui – des peintures d'oiseaux, d'animaux, un alphabet fantaisiste. » Le comte Falier conservait les dessins dans un carton, loin de la lumière. Brunetti écarta les mains d'une vingtaine de centimètres. « Ce ne sont que des pages détachées, à peu près de cette taille. Superbes.

– Ils ont beaucoup de valeur ? demanda Vianello, toujours très pragmatique.

– Je ne sais pas exactement. Mais je dirais que oui. D'après mon beau-père, la plupart des collectionneurs sont venus à la vente à cause de la collection de dessins qu'avait laissée son mari ; ce n'était pas comme aujourd'hui, on ne pouvait pas regarder par Internet tout ce qui allait être mis en vente. Il disait qu'il y avait toujours des surprises, sauf que ce jour-là, la surprise fut qu'il n'y avait que peu de dessins. Il a tout de même réussi à récupérer ces deux-là.

– Quel dommage pour Cuccetti, hein ? » observa

Vianello. À la surprise de Brunetti, l'inspecteur se souvenait du nom de l'avocat qui avait raflé la mise.

« Quoi ? Qu'il soit mort si peu de temps après ? Deux ans, je crois ?

– Oui, il me semble. Avec son fils. C'était le fils qui conduisait, pas vrai ?

– En état d'ivresse. Mais l'affaire a été étouffée. » Tous les deux ne savaient que trop comment ce genre de choses se passait. « Cuccetti avait pas mal d'amis influents.

– Le testament n'a jamais été contesté, n'est-ce pas ? demanda Vianello

– Seulement par les Français, mais ça n'a pas tenu vingt-quatre heures. » Se penchant sur son bureau, Brunetti prit la liasse de papiers que la signorina Elettra lui avait donnée. « Voilà ce qu'elle a trouvé. » Il lut la première page, puis la tendit à Vianello. Ni l'un ni l'autre ne jugea utile de faire des commentaires, ils étudièrent les documents, dans un silence amical.

Maria Sartori avait été infirmière, tout d'abord à l'hôpital du Lido puis à l'hôpital civil de Venise, où elle avait terminé sa carrière. Elle était à la retraite depuis près de vingt-cinq ans. Jamais mariée, elle avait vécu à la même adresse que Benito Morandi pendant l'essentiel de sa vie adulte. Elle avait eu, à la même banque que lui, un compte sur lequel n'entraient et sortaient que des sommes modestes. Elle n'avait jamais eu besoin d'être hospitalisée, et elle n'avait jamais eu maille à partir avec la police. Et c'était tout. Il n'était question ni de joies, ni de chagrins, ni de rêves, ni de déceptions, dans ces pages. Plusieurs dizaines d'années de vie professionnelle, retraitée et occupant maintenant une chambre dans une maison de retraite privée, payée par sa pension et une contribution de son compagnon.

La photo de sa carte d'identité était jointe au dossier. Brunetti eut du mal à reconnaître la signora Sartori dans cette femme aux traits doux qui regardait le monde depuis le cliché en noir et blanc : il ne pouvait pas s'agir, vraiment pas, de la vieille dame au visage creusé de rides profondes qu'il avait vue à la maison de retraite. Il résista à la tentation de murmurer à cette figure plus jeune à quel point elle avait vu juste : les ennuis arrivaient.

Après avoir tendu les feuillets concernant la signora Sartori à Vianello, Brunetti s'intéressa à son compagnon. Morandi avait porté les armes pendant la Seconde Guerre mondiale. Brunetti fut tout d'abord pris de doute, mais il fit le calcul et se rendit compte que c'était tout juste possible.

Le père de Brunetti avait souvent fait allusion au chaos qui avait régné pendant ces épouvantables années, et il ne lui paraissait donc pas incroyable qu'un garçon de quinze ans ait pu s'engager vers la fin du conflit. Mais Brunetti lut alors les états de service de Morandi, selon lesquels il aurait servi en Abyssinie, en Albanie et en Grèce, où il aurait été blessé et rapatrié en Italie, puis rendu à la vie civile.

« Ce n'est pas possible ! » s'exclama Brunetti, faisant sursauter Vianello qui se tourna pour le regarder. Si la date de naissance du dossier était correcte, Morandi aurait eu douze ans lorsqu'on l'avait envoyé en Grèce, et seulement seize quand l'Italie s'était rendue aux Alliés. Il avait du mal à croire que des parents puissent accepter de gaieté de cœur que leur fils à peine adolescent suive l'autre Benito dans ses guerres.

Quelques années après son retour – ou du moins après la date donnée par le document établissant ses états de service –, Morandi avait trouvé un emploi sur le port de Venise et l'avait occupé pendant plus de dix ans, sans que soit précisé le poste qu'il occupait, simplement décrit comme celui d'un « travailleur manuel ». Il avait été licencié sans explication.

Quelques années plus tard, il avait été engagé dans les équipes d'entretien de l'hôpital civil. Brunetti se pencha pour récupérer la feuille que Vianello venait de poser sur le bureau. À cette date, la signora Sartori travaillait déjà à cet hôpital. Morandi avait occupé le poste de concierge et de personnel d'entretien pendant plus de vingt ans et pris, il y avait environ vingt ans, une retraite qui ne lui donnait droit qu'à une maigre pension.

Brunetti reconnut le sceau du ministère de la Justice sur les trois pages suivantes ; on y énumérait les relations de Morandi avec les forces de l'ordre, avec lesquelles il avait eu des différends à plusieurs reprises. On l'avait arrêté une première fois, alors qu'il avait la trentaine, pour contrebande de cigarettes. Cinq ans plus tard, pour avoir vendu des objets volés dans les cargaisons qui transitaient par le port ; il avait eu droit à un an de prison avec sursis. Sept ans plus tard, il avait agressé et sérieusement blessé un collègue de travail, mais sa victime ayant finalement retiré sa plainte, les poursuites avaient été abandonnées. On l'avait enfin mis sous les verrous pour avoir résisté à la police, alors qu'il était pris en flagrant délit avec des objets volés chez un receleur de Mestre. Mais il y avait eu un vice de forme dans la procédure, si bien que son affaire s'était terminée par un non-lieu au bout de cinq ans. C'est alors que le signor Morandi semblait être passé dans le camp des anges, car la police n'avait plus jamais entendu parler de lui depuis qu'il était entré à l'hôpital. Les dernières feuilles de son dossier concernaient ses relations avec le fisc. Au moment où il avait pris sa retraite, le signor Morandi avait acheté un appartement dans le quartier de Saint-Marc, sans avoir à faire d'emprunt. Une note manuscrite de la signorina Elettra précisait que Morandi et la signora Sartori, qui jusqu'ici avaient eu des adresses séparées, avaient emménagé quelques mois après dans l'appartement en question.

Son compte en banque, que cet achat n'avait apparemment affecté en rien, présentait le même profil que celui de la signora Sartori : des dépôts et des retraits modestes et, depuis l'achat de l'appartement de Saint-Marc, un règlement mensuel de frais de copropriété. Frais qui avaient augmenté avec les années pour atteindre aujourd'hui quatre cents euros, somme manifestement disproportionnée avec sa modeste retraite.

Les habitudes financières du signor Morandi avaient changé depuis le jour où la signora Sartori était entrée à la maison de retraite. Un mois avant le paiement de la première facture, son compte avait été crédité d'un dépôt de près de quatre mille euros. Depuis lors, tous les trois ou quatre mois, un dépôt variant entre quatre mille et cinq mille euros était effectué sur son compte ; chaque mois, mille deux cents euros passaient de ce compte à celui de la maison de retraite.

C'était tout, apparemment. Brunetti parcourut à nouveau le dossier pour vérifier les dates et constata que, bien que l'appartement ait été acheté après le moment où Morandi avait pris sa retraite, la signora Sartori avait continué à travailler à l'hôpital. Le policier ne voyait pas comment deux personnes avec un aussi petit salaire avaient pu réussir, même en unissant leurs forces, à mettre assez d'argent de côté pour l'achat d'un tel appartement : étant donné l'absence de tout emprunt et le salaire médiocre de celle qui continuait à travailler, la chose paraissait même à peu près impossible. Ni la brève rencontre que Brunetti avait eue avec Morandi, ni ce que lui avaient appris ces documents ne suggéraient que le comportement du personnage était caractérisé par une grande prudence financière.

Brunetti se leva et s'approcha de la fenêtre, reprenant son étude des deux façades sur lesquelles elle donnait. Il connaissait assez bien la signorina Elettra pour savoir que toutes les informations qu'elle s'était procurées étaient dans le dossier qu'elle lui avait donné : ne pas le faire – il fut frappé par le mot qui lui vint à l'esprit – aurait été tricher. Il poursuivit sa contemplation, attendant que Vianello finisse sa lecture et propose ses propres commentaires.

Le commissaire en profita pour faire quelques réflexions sur la question de la retraite. Dans d'autres pays, lui avait-on dit, les gens voyaient dans la retraite l'occasion de migrer vers des climats plus chauds et d'entamer un chapitre entièrement nouveau dans leur vie, où ils apprendraient une langue étrangère, feraient de la plongée sous-marine ou s'initieraient à la taxidermie. Vision des choses totalement étrangères à la culture de son pays. Les gens qu'il connaissait, ceux qu'il avait pu observer tout au long de sa vie, ne souhaitaient rien de plus, lorsqu'ils prenaient leur retraite, que de s'installer encore plus confortablement dans leur foyer et leurs habitudes, élaborées au cours de dizaines d'années, le seul changement étant qu'ils n'allaient plus travailler tous les matins ; tout au plus envisageaient-ils de faire quelques voyages, mais pas souvent, ni très loin. Il ne connaissait personne ayant déménagé au moment de la retraite ou ayant envisagé de changer d'adresse.

Qu'est-ce donc qui expliquait la soudaine acquisition, à la fin d'une existence de travail, d'un nouvel appartement par le signor Morandi ? Était-ce une erreur de la signorina Elettra ? Il s'en voulut aussitôt de penser une chose pareille.

« Pourquoi diable a-t-il acheté cet appartement ? lança Vianello depuis l'autre côté de la pièce.

– Et avec quels fonds ? répondit Brunetti. Il n'est même pas fait mention d'un emprunt. »

Vianello se pencha pour poser une main sur les papiers. « Il n'y a rien là-dedans qui pourrait laisser penser que Morandi a passé sa vie à économiser pour s'offrir l'appartement de ses rêves. » Brunetti alla se rasseoir et composa le numéro de la signorina Elettra.

« Oui, commissaire ?

– L'inspecteur et moi sommes très curieux de savoir comment le signor Morandi s'est arrangé pour acheter son appartement », dit-il.

Elle laissa passer quelques instants avant de répondre par une question : « Avez-vous remarqué la date de l'achat ? »

Brunetti se tordit le cou pour coincer le téléphone contre son épaule afin de se servir de ses deux mains pour feuilleter la liasse de documents. Quand il eut trouvé le bon, il dit : « Trois mois après qu'il a pris sa retraite. Je ne vois pas en quoi c'est significatif.

– Vous devriez peut-être regarder à quelle date est morte Mme Reynard. »

Il trouva la copie du certificat de décès et constata que Morandi avait acheté l'appartement exactement un mois après la mort de la Française. Comme ne lui parvenait ni commentaire ni question, la signorina Elettra demanda : « Avez-vous vu à qui il a acheté l'appartement ? »

Il regarda. « À une certaine Matilda Querini », dit-il. Devant l'expression perplexe de Vianello, il brancha le haut-parleur du téléphone et reposa le combiné. Mais il ne fit toujours pas de commentaire.

« Vous-même et l'inspecteur vous ne vous souvenez pas de l'affaire, n'est-ce pas ?

– Tout ce que je sais, c'est que le signor Morandi et la signora Sartori ont signé le testament en tant que témoins et que Cuccetti a hérité de tout.

– Ah… dit-elle en laissant mourir le mot.

– Racontez-moi.

– Matilda Querini était la femme de Cuccetti.

– Ah, sa femme… Est-elle encore en vie ?

– Non. Elle est morte il y a six ans.

– Riche ?

– Sans limites.

– Et où est allée sa fortune ? Le fils tué dans l'accident était enfant unique, non ?

– D'après la rumeur, elle l'aurait laissée à l'Église. La rumeur dit vrai. J'ai un ami qui travaille au bureau du Patriarche de Venise. Je l'ai appelé pour lui poser la question et il m'a dit que c'était de loin le plus gros legs qu'on leur ait jamais fait.

– Vous a-t-il dit à combien il se montait ?

– J'ai pensé qu'il ne serait pas très poli de le demander. » Vianello ne put retenir un petit gémissement.

« Si bien que… ? demanda Vianello, sachant pertinemment qu'elle n'aurait pas laissé un tel détail de côté.

– Si bien que j'ai demandé à mon père. La fortune de Mme Reynard ne se trouvait pas dans sa banque, mais il connaît le directeur de celle où les fonds étaient placés et il lui a posé la question.

– Je me demande si j'ai envie de le savoir.

– Sept millions d'euros, à quelques centaines de milliers près. Sans parler du brevet d'invention et des huit appartements – au moins huit.

– À l'Église ? »

Vianello, en entendant cela, se prit la tête dans les mains d'un geste mélodramatique et la secoua violemment de droite à gauche.

« Et oui », répondit-elle.

Une idée lui vint alors à l'esprit. « Avez-vous jeté un coup d'œil sur les comptes de Cuccetti et de son épouse ? » Pour elle, ce geste était un délit. Pour lui, savoir qu'elle l'avait commis sans le dénoncer était un délit.

« Évidemment.

– Laissez-moi deviner... dit Brunetti, incapable de résister à l'envie de faire un peu le malin, il n'y a eu aucune rentrée d'argent, ni sur un compte ni sur l'autre après la vente – c'est ça ?

– Rien. Bien sûr, elle a pu donner l'appartement à Morandi par pure bonté d'âme, observa-t-elle d'un ton qui excluait *a priori* une telle possibilité.

– La réputation de Cuccetti rend cette hypothèse improbable, vous ne croyez pas ?

– En effet. Mais cela rend aussi sa décision de tout léguer à l'Église... » Elle s'interrompit, cherchant comment formuler au mieux ce qu'elle voulait dire.

« Grotesque ? lui suggéra Brunetti.

– Ah », dit-elle, appréciant la justesse de son choix.

22

Brunetti rapporta à Vianello le début de la conversation qu'il venait d'avoir avec la signorina Elettra. « Ça ne devrait pas me faire rire, dit-il – gardant cependant son sérieux – mais l'idée que tout ce que ce salopard de grippe-sou a volé durant sa misérable existence s'est finalement retrouvé dans les poches de l'Église est… » Lui non plus ne termina pas sa phrase, se contentant d'un hochement de tête résigné, mi-admiratif, mi-étonné. « Qu'on les aime ou pas, il faut reconnaître qu'ils sont les meilleurs.

– Les prêtres ?

– Les prêtres. Les religieuses. Les évêques et les archevêques, tous. La soupière n'est pas sur la table qu'ils ont déjà le museau dedans. Ils ont fini par l'avoir, à la fin, et ils ont tout pompé. Mes compliments à notre sainte mère. » Il secoua la tête d'une manière que Brunetti interpréta comme de l'admiration, même si c'était à contrecœur.

Jugeant qu'il n'avait rien à opposer à ce sentiment, Brunetti suggéra qu'ils seraient beaucoup mieux chez eux, au milieu de leur famille, opinion à laquelle Vianello se rallia sans hésiter. Ils quittèrent la questure ensemble, prenant chacun une direction différente dès la porte franchie.

Brunetti décida de marcher, ayant besoin de sentir cette liberté que l'on éprouve à suivre, dans une ville, un itinéraire bien connu. Sa mémoire et son imagination apaisées par le rythme de la marche, les noms de Cuccetti et Reynard vinrent flotter dans son esprit. Le premier ne lui procurait qu'un vague sentiment de dégoût, le second était synonyme de pathétique et de perte irréparable.

Il s'arrêta au pied du Rialto et évoqua les itinéraires possibles. La perspective de rentrer chez lui en longeant une rive avec moins de foule le tentait, mais il décida néanmoins de passer chez Biancat et d'acheter des fleurs pour Paola – cela faisait une éternité qu'il ne l'avait pas fait. Il tomba sur une boutique fermée. Ayant eu l'idée de ces fleurs, il se sentit irrité presque jusqu'à l'exaspération de ne pas pouvoir en ramener à Paola. Dans la vitrine il regarda, à peine visibles derrière le vitrage embué, les iris qu'il aurait aimé acheter dans leur cylindre en plastique blanc ; il les trouvait d'autant plus beaux qu'ils étaient inaccessibles. « Voilà qui est parfaitement humain », marmonna-t-il en se détournant pour s'engager dans sa ruelle. Il était à l'heure. Sa ponctualité remplacerait les fleurs.

Brunetti n'était pas un homme de foi, du moins pas au sens où il imaginait l'existence d'un être suprême qui se serait soucié des faits et gestes des hommes. En tant que policier, il en savait lui-même pas mal sur ces faits et gestes – au point d'espérer qu'ils consterneraient assez la divinité pour qu'elle envisage de chercher ailleurs des espèces plus engageantes. Il lui arrivait cependant parfois, de manière inattendue, de se sentir submergé par un sentiment sans limites de gratitude, accompagné d'une immense stupéfaction. Ce soir-là, cela le prit au moment où il montait les dernières marches conduisant à son appartement. Il était en bonne santé, il n'était, pour autant qu'il pouvait en juger, ni fou ni violent, il avait une femme qu'il aimait, deux enfants sur lesquels il avait misé tous ses espoirs de bonheur terrestre. Et jusqu'à aujourd'hui, le malheur, la souffrance, les privations, la maladie – tout cela était resté au-delà du cercle de feu qui, aimait-il à penser, les protégeait. Ce qu'il voyait comme une manifestation de superstition primitive le retenait d'exprimer ouvertement sa gratitude, car le faire aurait été inviter un désastre à se produire. Si ce n'était que penser ainsi était également fou et primitif.

Il entra, accrocha son veston à la gauche de la porte et se dirigea vers la cuisine. Un *turbanti di soglie*, effectivement, ou alors son nez comme Paola étaient des menteurs. Elle se tenait devant la table, mains posées de part et d'autre du journal sur lequel elle était penchée.

Il arriva derrière elle et l'embrassa dans le cou. Elle l'ignora. Il ouvrit le placard à sa droite et en retira deux verres. Puis il alla prendre une autre bouteille de Moët mise au frais dans le tiroir à légumes du réfrigérateur ; quelle chance, se dit-il, d'être l'époux d'une femme à laquelle on offrait d'aussi délicieux pots-de-vin. Il défit l'enveloppe du col, enleva le muselet et, posant ses pouces de part et d'autre du bouchon, fit sauter celui-ci à travers la pièce. Même cette petite explosion ne suscita ni réaction, ni commentaires.

Il remplit lentement les deux verres, attendant que la mousse diminue pour les compléter, une fois, deux fois, puis il mit un bouchon sur la bouteille et rangea celle-ci dans la porte du frigo. Il poussa l'un des verres vers elle, jusqu'à ce qu'il touche le bord du journal, prit le sien et le fit cliqueter contre le premier. « Tchin-tchin », dit-il de sa grosse voix chaleureuse.

Elle continua à l'ignorer et tourna une page. Il dut retenir le verre de Paola, que le mouvement du papier avait failli déséquilibrer. « Cela réjouit le cœur d'un homme, d'être accueilli au sein de sa famille avec les marques d'affection auxquelles il est habitué, dit-il en prenant une gorgée de champagne. Ah, ces effusions chaleureuses, ce sentiment d'intimité familiale et de bien-être que l'on ne trouve que dans son foyer, entouré et révéré par les personnes que l'on chérit le plus... »

Elle tendit la main, prit le verre et but une première gorgée. Elle tourna la tête vers lui. « Encore du Moët ?

– Tu as gagné, dit-il en portant un toast.

– Je croyais qu'on devait le garder pour une occasion spéciale ? dit-elle, étonnée mais pas fâchée.

– Et quoi de plus spécial que de retourner auprès de ma chère épouse et d'être accueilli avec la tendresse et l'amour – sous lesquels font rage les feux de la passion – qui ont caractérisé notre union pendant vingt ans et des poussières ? » Il s'efforça d'arborer le sourire le plus idiot possible.

Elle posa son verre sur le journal – sur la photo, exactement, de l'homme qui venait de déclarer aujourd'hui sa candidature à la mairie de Venise. « Si tu t'es arrêté en chemin pour descendre quelques *ombre*, Guido, j'ai bien peur que ce champagne soit gaspillé.

– Non, ma douce. J'ai volé jusqu'à la maison sur les ailes de l'amour, tellement impatient de te retrouver et d'être submergé par ta tendresse que je n'ai pas un instant pensé à m'arrêter. »

Elle prit une autre gorgée de champagne et montra la photo. « Peux-tu imaginer ça ? Il va rester ministre et être maire en même temps.

– Quels jours nous réservera-t-il ? demanda Brunetti. Les lundis, mercredis et vendredis ? Et le gouvernement de Rome aura les mardis, les jeudis et les samedis ? » Il prit une gorgée de Moët. « C'est une insulte à la fois à la nation et à la ville, voilà ce que doit en penser une personne normale. »

Elle haussa les épaules. « Le dernier avait bien gardé son poste à Bruxelles et continuait à enseigner à l'université, non ?

– Nous sommes dirigés par une race de héros », déclara Brunetti, ouvrant à nouveau le réfrigérateur.

« Crois-tu que si l'on vide assez la bouteille, ça les fera disparaître ? » demanda-t-elle. Sur quoi elle finit son verre et le lui tendit.

Il versa, attendit, versa encore. « Seulement un petit moment, et ils vont tous rappliquer, comme des cafards… mais au moins, nous pourrons les regarder à travers les bulles de champagne. »

Elle demanda alors : « D'après toi, est-ce qu'il y a sur terre un pays où on méprise les hommes politiques autant que chez nous ? » Il remplit son propre verre avant de répondre. « Ce dont je suis sûr, c'est que mis à part les pays scandinaves et la Suisse, c'est presque partout pareil. » Sensible à la légère provocation de la fin de sa phrase, elle le relança. « Mais ? »

Brunetti étudia un instant la photo du journal. « Mais nous avons davantage de raisons de les mépriser, j'en ai peur. » Il prit une longue gorgée. « Je me demande souvent sur quelle planète ils croient habiter. » Elle referma le journal et le repoussa. « Ils parlent une langue incompréhensible, ne connaissent pas d'autre passion que l'avidité et…

– Si tu dois faire la liste de leurs passions, n'oublie pas celle qu'ils semblent avoir en ce moment pour les transsexuels, la coupa-t-il, voulant être précis et espérant lui rendre sa bonne humeur, même si rien ne garantissait que la question des transsexuels puisse le faire.

– Leur sens moral est tel qu'à côté ce transsexuel qui est mort récemment – je n'arrive pas à me rappeler son nom, pauvre fille – aurait l'air d'être Mère Teresa.

– Comparaison que beaucoup de croyants pourraient trouver offensante », observa Guido.

Paola donna à cette remarque toute l'attention qu'elle méritait. « Tu as raison. Même moi je la trouve offensante. Je me suis laissée emporter. »

Il se pencha sur elle et l'embrassa sur la bouche. « Je sais, ma chère, et ça fait partie des choses qui font que tu m'as volé mon cœur.

– Oh, arrête, Guido, dit-elle en lui tendant son verre. Ressers-moi, que j'aille ensuite mettre l'eau à chauffer pour les pâtes. »

Il fit ce qu'elle lui demandait, puis il l'aida à mettre le couvert, ayant appris avec plaisir que les enfants mangeraient avec eux. La vie nous joue tout de même de ces tours, pensa-t-il en repliant les serviettes à côté des assiettes. Lorsque Raffi avait été en âge de manger pour la première fois à table, en en fichant autant par terre que ce qu'il enfournait, pas très sûr de ce qu'il fallait faire d'une fourchette, Brunetti n'avait rien vu là de charmant, seulement que cela le distrayait de sa propre assiette. Et voilà que, quelques années plus tard, il se prenait à souhaiter que ce même garçon – un expert dans le maniement de la fourchette, à présent – prenne le temps de manger avec eux plutôt que d'aller chez un ami. Cela n'avait strictement rien à voir avec la conversation de son fils, avec son humour, sa manière de voir les choses, se rendait compte Guido. Simplement, cela lui gonflait le cœur, de les avoir ici tous les deux, de les voir, de les entendre, sachant qu'ils étaient en sécurité, au chaud, bien nourris.

« Quelque chose ne va pas ? demanda Paola derrière lui.

– Hein ? fit Guido en se retournant.

– Tu restes planté là à contempler la table, et je me demandais si quelque chose n'allait pas, dit-elle, intriguée.

– Non. Rien. Je réfléchissais.

– Et si on tapait encore un coup dans la bouteille avant que les enfants arrivent ? »

Dans un réflexe quasi pavlovien, Brunetti se tourna vers le frigo. « L'élégance de ta pensée est à la hauteur de celle de ton langage », dit-il.

Elle sourit et lui tendit une fois de plus son verre. « Tel est le destin d'une personne qui habite avec deux adolescents. »

Il restait assez de champagne pour que les adolescents en question puissent en avoir un verre avant le repas.

« Qu'est-ce que nous fêtons ? demanda Raffi en prenant le sien.

– On n'a pas besoin d'avoir quelque chose à fêter pour boire du champagne », lui répondit sa sœur, du ton de celle qui a laissé derrière elle une piste de jéroboams. Elle leva à son tour son verre, le fit tinter contre celui de Raffi et prit une gorgée. Raffi regardait son verre sans avoir l'air de vouloir y goûter. « Je ne comprends pas ce qu'on trouve au champagne. »

Paola posa une première assiette de *turbanti* devant lui, une deuxième devant Chiara et alla en préparer deux autres pour Guido et elle. « Qu'est-ce que tu ne comprends pas ? demanda-t-elle une fois assise et après avoir pris une gorgée, comme pour tester le produit.

– Pourquoi les gens en sont fous, pourquoi ils trouvent ça tellement bon », expliqua Raffi. Il reposa le verre devant son assiette et prit sa fourchette.

« Le snobisme, lui répondit Chiara, la bouche pleine.

– Chiara », lui dit Paola sur un ton d'avertissement. L'adolescente porta une main à sa bouche d'un geste coupable. Elle se servit d'eau minérale, en prit une gorgée et reposa sa fourchette. « Le snobisme », répéta-t-elle. Brunetti, étudiant son visage, constata qu'aux rondeurs de l'enfance commençaient à succéder les traits plus accusés de l'adulte et que, du coup, elle ressemblait de plus en plus à sa mère.

« Et qu'est-ce que ça veut dire ? demanda Raffi, davantage intéressé par son assiette que par ces considérations.

– C'est une façon d'impressionner les gens. Pour montrer à quel point on est chic, à quel point on a bon goût. Ce que les gens font tout le temps, d'ailleurs, avec tout et n'importe quoi. Les voitures, les vêtements, les choses qu'ils prétendent aimer.

– Mais pourquoi dire qu'on aime quelque chose quand on ne l'aime pas ? » s'étonna Raffi. Brunetti crut déceler une réelle perplexité dans la voix de son fils, lui faisant se demander sur quelle planète, à son insu et à celui de Paola, leur rejeton avait vécu toutes ces dernières années.

Chiara posa sa fourchette et, le menton dans la paume de la main, regarda son frère. Il l'ignora. Finalement, c'est elle qui reprit la parole. « C'est la raison pour laquelle tu veux une paire de Tod's et pas des chaussures quelconques. »

Raffi continua de manger sans rien dire.

« La raison pour laquelle les parents de mes copines

pensent tous qu'il n'y a que les Maldives ou les Seychelles pour partir en vacances », insista-t-elle.

Raffi remplit son verre d'eau, délaissant le champagne. Il but son eau, posa son verre, repoussa sa chaise et pivota pour faire face à sa sœur. Puis il leva un pied et le tendit vers elle. « Achetées au marché de Lignano cet été pour dix-neuf euros », déclara-t-il fièrement en faisant tourner son pied pour bien montrer la chaussure. « C'est pas une Tod's, c'est pas une marque. » Il rebaissa son pied et reprit sa position à table. S'emparant de sa fourchette, il se remit à manger.

Déconfite, Chiara regarda tour à tour ses deux parents. Si elle avait été un garçon, l'affaire se serait peut-être terminée plus ou moins en bagarre, sur quoi Guido serait intervenu pour protéger le plus petit. Alors pourquoi, lorsque les combats se déroulaient à coups de paroles, laissait-on le ou la plus faible se débrouiller tout seul ?

Brunetti s'était bagarré plusieurs fois, pendant son enfance et son adolescence, mais cela s'était toujours résumé à l'échange de quelques horions et à beaucoup de bousculades. Il ne se souvenait même pas d'avoir jamais été blessé, ou d'avoir blessé quelqu'un, et aucune de ces bagarres ne lui avait laissé un souvenir bien clair. Il se rappelait cependant l'après-midi où Geraldo Barasciutti, assis à ses côtés en classe de maths, s'était moqué de lui quand il avait commis une erreur de grammaire, mélangeant vénitien et italien.

« Hé, qu'est-ce qui t'arrive ? Ton père décharge les bateaux sur les quais ? » lui avait demandé Geraldo en lui donnant un coup dans les côtes. En fait, Geraldo plaisantait, car ces confusions entre les deux langues étaient chose courante chez les enfants. Mais la pointe avait piqué au vif un Brunetti en quête d'identité – il était déjà obligé de porter les vêtements et les souliers usagés de son frère aîné –, car son père, effectivement, avait à une époque travaillé sur les quais et gagné sa vie en déchargeant des bateaux. Cette remarque était le plus mauvais souvenir que Guido avait gardé de son enfance. Ses études universitaires, son statut de commissaire de police, l'influence et la richesse de la famille de sa femme, tout cela pouvait être remis en question par le souvenir de ces paroles, lancées par plaisanterie, et de la douleur ressentie parce qu'elles étaient vraies.

« Le plus étrange, dit alors Guido, tendant son verre vers Raffi mais parlant pour défendre la position de Chiara, est que je ne pourrais probablement pas faire la différence entre ça et le prosecco que nous buvons tous les jours.

– *Tous les jours ?* demanda Paola tandis que Guido échangeait un sourire avec sa fille.

– Le prosecco que nous buvons d'habitude », dit-il, corrigeant sa formule. Il termina son champagne, prit la bouteille vide et alla en chercher une autre dans le réfrigérateur. Il choisit finalement le prosecco de tous les jours et le rapporta sur la table.

« Ce que votre père est en train de faire, dit Paola pendant que Guido s'affairait avec la bouteille, est un bel exemple de démarche scientifique. Il est hors de question pour lui de ne pas soumettre sa remarque à la méthode expérimentale.

– Laquelle ? demanda Raffi. Sur la différence entre le champagne et le prosecco ou celle sur le fait d'en boire tous les jours ?

– D'une pierre deux coups », dit Guido, réponse qui fut suivie d'une bruyante détonation.

23

Le lendemain matin, réveillé tôt, Guido prépara le café. Pendant que celui-ci passait, il alla jusqu'à la fenêtre du fond avec l'espoir que les montagnes seraient visibles, mais elles se dissimulaient dans les brumes. C'est les yeux perdus sur ce paysage évanescent qu'il repensa à l'étrange affaire de Mme Reynard. Il n'avait aucun moyen d'apprendre, si ce n'est en leur demandant directement, pour quelle raison Sartori et Morandi en étaient arrivés à contresigner le testament. Et comment se faisait-il qu'une femme de l'âge de la Française – sans même parler de sa fortune – se soit retrouvée dans un hôpital public et non pas dans une clinique privée ?

Les gargouillis de la cafetière le tirèrent de ses réflexions. Il remplit une tasse, versa du sucre et ajouta du lait froid, ayant la flemme de le faire réchauffer. Puis il retourna à ses pensées. Comment se faisait-il que les orbites de ces quatre personnages se soient croisées dans une chambre d'hôpital : une riche héritière mourante, l'avocat qui héritait, les témoins du testament olographe qui désignait l'avocat comme héritier ? Tels deux anges tombés du ciel, une infirmière et un concierge au casier judiciaire ayant perdu sa virginité avaient été les témoins d'un document attestant le transfert de plusieurs millions. Étrange constellation. Et quelle était la taille de l'appartement que l'un de ces deux témoins avait acheté très peu de temps après ?

Puis ses pensées se reportèrent sur la femme qui avait logé chez la signora Altavilla. Brunetti se rappelait, avec une certaine culpabilité, qu'il avait commencé par soupçonner non pas cette femme mais son petit ami, le professeur de chimie qui avait eu le courage de venir avertir la signora Altavilla qu'elle avait un coucou dans son nid. Le Méridional.

Regardant, sur le mur de la cuisine, la reproduction d'une peinture représentant le Grand Canal quelques siècles auparavant, il pensa alors à l'appartement de la signora Altavilla tel qu'ils l'avaient trouvé. Et c'est en regardant la reproduction que lui revint le souvenir des clous veufs de leur tableau, chez la vieille dame. Il alla chercher son portable dans son veston et composa le numéro de Niccolini.

« Commissaire, je voulais justement vous appeler aujourd'hui même, dit le vétérinaire.

– À quel propos, dottore ? demanda Brunetti.

– À propos de l'appartement de ma mère. Certaines choses ont disparu, dit Niccolini, apparemment plus perplexe qu'en colère.

– Comment vous en êtes-vous aperçu, dottore ?

– J'y suis allé hier. Avec un ami. Juste pour voir. Il m'a accompagné pour… », sa voix mourut, mais Brunetti, au souvenir de ce qu'il avait lui-même constaté dans l'appartement, décida qu'il valait mieux laisser le vétérinaire trouver une formule.

« Pour m'aider. »

Ce que Brunetti pouvait parfaitement comprendre.

« Pouvez-vous me dire ce qui a disparu ? le relança le policier.

– Trois dessins. Tous des petits formats.

– C'est tout ?

– Il me semble. Mais je n'ai pas fait d'inventaire.

– Ils étaient où, ces dessins ?

– L'un d'eux était dans la chambre d'amis et les deux autres dans le couloir, juste à côté de la chambre.

– Ils étaient de qui ?

– Le premier était un Corot. Les deux autres des Salvator Rosa. Petits, mais de bonne qualité. »

Le vétérinaire garda longtemps le silence. Quand il reprit la parole, ce fut d'un ton mal assuré, hésitant : « Il me semblait que je devais vous en parler. Ça veut peut-être dire quelque chose. »

Brunetti remercia l'homme et raccrocha.

Il resta un bon moment assis à regarder la reproduction, puis il finit son café, mit la tasse dans l'évier et alla prendre une douche.

Quarante minutes plus tard, il se retrouvait à l'embarcadère de San Lorenzo. Accoudé sur la barrière, il regarda passer les bateaux tout en se demandant comment il pourrait convaincre Patta de déclencher une enquête officielle sur la mort de la signora Altavilla. Il imagina la statue de la justice avec son bandeau sur les yeux tenant sa balance à la main. Il y avait d'un côté une simple possibilité, et de l'autre le tapage médiatique que provoquerait l'assassinat d'une femme dans son domicile. Pendant toutes ces années, il avait fini par comprendre les mécanismes qui régissaient l'esprit de son supérieur, et il savait que le premier obstacle était la perspective de la mauvaise image que l'affaire donnerait à la ville et le second, son impact sur le tourisme.

« Et les conséquences pour le tourisme ? » s'exclama un Patta scandalisé, une demi-heure plus tard, inversant l'ordre anticipé par Brunetti sans pour autant le surprendre. Par un effort de volonté manifeste, le vice-questeur s'était contenu jusqu'à ce que son insubordonné subordonné ait fini d'exposer ses hypothèses délirantes. « Qu'est-ce que nous allons raconter à ces gens ? Qu'ils ne sont pas en sécurité même chez eux, mais qu'ils ne s'en fassent pas et prennent du bon temps ? »

Brunetti, très au fait des excès rhétoriques et des contradictions de son supérieur, s'interdit de lui faire remarquer que, lorsque les touristes étaient à Venise, ils n'étaient pas chez eux et que donc la sécurité de leur domicile n'était pas une question pertinente. Il hocha la tête d'une manière, espérait-il, qui donnait l'impression qu'il écoutait sagement.

Il s'attacha aussi à regarder Patta droit dans les yeux, car le vice-questeur détestait qu'on détourne son attention de lui, premier pas sur le chemin de la désobéissance, il n'en doutait pas – et fit tout ce qu'il fallait pour incarner un personnage confronté à une opposition rationnelle. « Oui, je vois bien ce que vous voulez dire, vice-questeur, dit-il. J'espère simplement que le dottor Niccolini... » Il n'acheva pas sa phrase, comme si ce qu'il pensait était écrit sur un tableau noir et qu'il l'effaçait.

« Qu'est-ce qu'il vient faire ici ? demanda Patta, tout de suite soupçonneux.

– Rien, monsieur », répondit Brunetti, évasif. Il se demandait s'il devait se sentir ennuyé ou mortifié par son comportement.

« Quoi, le dottor Niccolini ? demanda Patta d'un ton froid, exactement celui que Brunetti avait cherché à provoquer.

– C'est justement ça, monsieur. Il est docteur. C'est comme ça qu'il s'est présenté à l'hôpital et c'est comme ça que Rizzardi s'est adressé à lui. » C'était n'importe quoi, comme le savait Brunetti mais cela aurait pu être vrai, ce qui suffisait.

« Oui, et alors ?

– On lui a demandé d'identifier le corps de sa mère. » À la manière dont le commissaire avait ajouté cela, on aurait pu penser qu'il sous-entendait quelque chose que la délicatesse l'empêchait de formuler.

« On ne montre aux gens que le visage, observa Patta qui, soudain pris d'un doute, demanda, c'est bien ça, non ? »

Brunetti hocha affirmativement la tête. « C'est bien ça, monsieur, en effet.

– Qu'est-ce que cela signifie ? » Le ton pouvait paraître menaçant, mais Brunetti, habitué, y reconnut de l'incertitude.

Le commissaire se força à étudier ses mains, qu'il avait sagement croisées sur ses genoux, puis regarda Patta droit dans les yeux, toujours la meilleure tactique quand il voulait lui mentir. « On a dû lui montrer les marques, vice-questeur. Et comme ils pensaient qu'il était médecin, ils lui ont expliqué ce qu'elles étaient, ajouta-t-il avant que Patta puisse l'interrompre. Ou du moins, ce qu'elles pourraient être. »

Patta resta un moment songeur. « Vous pensez que Rizzardi a vraiment pu faire ça ? s'étonna-t-il, incapable de dissimuler son déplaisir à l'idée que le médecin légiste ait pu dire la vérité à quelqu'un.

– Il a dû penser que c'était la moindre des choses, ayant affaire à un collègue.

– Mais il n'est qu'un simple vétérinaire ! » s'exclama Patta, furieux. Non seulement c'était méprisant, mais il oubliait l'affaire du chien de son fils et les nombreuses fois où il avait suggéré que les aptitudes professionnelles de ce vétérinaire dépassaient celles des médecins de l'hôpital civil.

Brunetti acquiesça mais préféra garder le silence.

Assis tranquillement en face de Patta, il le voyait qui étudiait les pour et les contre et évaluait les possibilités. Niccolini représentait une variable inconnue ; il exerçait hors de la province de Venise et pouvait donc avoir un poids politique ignoré du vice-questeur. Les vétérinaires travaillent pour les agriculteurs, lesquels sont proches de la Lega, une force politique qui gagne en puissance. En dehors de ça, Brunetti n'avait pas assez d'imagination pour suivre tous les méandres des scénarios fantaisistes que pouvait envisager Patta.

D'un ton résigné qui trahissait un manque total d'enthousiasme, le vice-questeur dit finalement : « Je vais demander à un magistrat d'autoriser quelque chose. » Une idée traversa soudain son beau visage et il prit même le temps d'ajuster sa cravate. « Oui, nous devons aller au fond des choses. Dites à la signorina Elettra ce que vous souhaitez que je lui demande. Je m'en occuperai. »

Brunetti se souvint alors du passage dans lequel Dante voit les voleurs transformés en lézards et les lézards en voleurs, sans pouvoir assister à la transformation elle-même tant qu'elle n'était pas achevée. Voleur un instant, lézard le suivant. Ainsi Patta était-il passé de partisan de la paix à n'importe quel prix à justicier implacable, prêt à mobiliser les forces de l'ordre pour rechercher la vérité. Tels les pécheurs de Dante, il retombait au sol sous la forme de son opposé, se levait et s'en allait sans même un regard derrière lui.

« Je vais lui en parler tout de suite, monsieur, si vous voulez bien.

– Oui, l'encouragea Patta. Elle saura trouver le magistrat qui convient le mieux. L'un des jeunes, j'imagine. »

Brunetti se leva et prit congé de son supérieur.

La signorina Elettra ne manifesta ni surprise ni joie en apprenant que le vice-questeur venait de changer son fusil d'épaule. « Je pense à un jeune magistrat, en effet. Il est très bien, dit-elle avec le sourire calculateur qu'elle aurait pu avoir en demandant un poulet bien rebondi à son volailler. Il manque un peu d'expérience, et il sera donc… plus ouvert aux suggestions. » Telle était sans doute, pensa Brunetti, la méthode que le Vieux de la Montagne employait pour manipuler ses apprentis assassins avant de les envoyer en mission suicide.

« Quel âge a-t-il ? demanda Brunetti.

– Pas encore trente ans. » Elle avait répondu comme si *trente ans* avait été une expression tirée d'une langue étrangère dont elle ne connaissait que vaguement le sens. Puis elle reprit un ton beaucoup plus sérieux pour demander : « Que voulez-vous qu'il vous autorise à faire ?

– Je veux avoir accès aux archives de l'hôpital civil pour la période où Mme Reynard y a été patiente ; aux fiches des employés pour cette même période, si un tel dossier existe ; parler à Morandi et à la signora Sartori ; pouvoir consulter les déclarations de revenus des deux et tous les documents concernant la vente de l'appartement de l'épouse de Cuccetti à Morandi, ainsi que tout ce qui concerne le testament de la veuve pour voir ce qu'elle a laissé et à qui. » Il y avait déjà largement de quoi faire avec ça, se dit Brunetti.

Ayant pris note de ses requêtes, elle leva les yeux sur lui. « Je dispose déjà de certaines de ces informations, mais il me suffira de changer les dates : j'aurai l'air de les avoir obtenues après la signature du mandat par le magistrat. » Elle jeta un coup d'œil sur ce qu'elle avait écrit et le tapota du bout de son stylo. « Il ne sait probablement pas comment on doit s'y prendre, pour obtenir ces renseignements. Je me dis que je pourrais éventuellement lui faire quelques suggestions pour l'aider.

– Des suggestions », répéta Brunetti.

Le regard qu'elle lui adressa aurait jeté tout autre homme à ses genoux. « Voyons, commissaire », fut tout ce qu'elle dit. Puis elle prit son téléphone.

Ce fut réglé en quelques minutes, et la secrétaire du magistrat, avec laquelle la signorina Elettra s'entretint amicalement, promit que les mandats seraient à la vice-questure dès le lendemain matin. Brunetti ne chercha pas à connaître le nom du juge, sachant qu'il verrait sa signature au bas du mandat, le lendemain. Au fond, songea-t-il devant la vitesse et l'efficacité avec lesquelles avaient été accordées ses requêtes, pourquoi en irait-il autrement dans le système judiciaire que dans les autres institutions, publiques ou privées ? On accordait une faveur à la personne dont la demande s'accompagnait d'une recommandation ; et plus était puissante la personne qui faisait celle-ci, plus étroite était l'amitié liant les assistants qui s'occupaient des détails de procédure, plus rapidement cette demande était accordée. Besoin d'un lit à l'hôpital ? Il valait mieux avoir un cousin médecin dans l'hôpital en question, ou un cousin ayant pour conjoint ce médecin. Un permis pour restaurer un hôtel ? Un problème avec la Commission des Beaux-Arts pour envoyer une peinture de votre appartement de Rome à votre appartement à Londres ? Il suffisait que la bonne personne glisse un mot à l'oreille du bon haut fonctionnaire ou à celle de quelqu'un à qui ce haut fonctionnaire devait un service, et la voie se dégageait rapidement.

Brunetti se retrouva, une fois de plus, prisonnier de ses contradictions. En l'occurrence, le fait que la signorina Elettra ait fait du système judiciaire de la ville son fief personnel tournait à son avantage – et se rassurait-il, à celui du bien public. Mais dans des organismes où des personnes… comment dire ? d'une probité moins grande, exerçaient des responsabilités, le résultat n'aurait peut-être pas été aussi salutaire.

Il chassa ces pensées, remercia la secrétaire pour son aide et retourna dans son bureau.

Il y était encore, continuant à lire et à griffer de ses initiales des documents divers et des rapports, lorsque la signorina Elettra vint lui parler. « J'ai trouvé l'homme de mes rêves », dit-elle en entrant. Brunetti mit un peu de temps avant de saisir qu'il s'agissait du jeune magistrat.

« Je suppose qu'il a profité de votre expérience des particularités de Venise. »

Elle sourit et acquiesça avec grâce. « Sa secrétaire lui a parlé de moi en bien avant de me le passer au téléphone, reconnut-elle.

– Après quoi, vous l'avez convaincu de ne pas se formaliser de la légalité douteuse de certaines des choses que vous lui avez demandé d'autoriser, c'est ça ? » Elle parut presque blessée par la remarque – ou du moins, celle-ci la poussa à faire cette réponse : « Je ne suis pas certaine qu'il existe encore dans ce pays une légalité qui ne soit pas douteuse.

– Quoi qu'il en soit, signorina, il me tarde de savoir ce que vous l'avez persuadé d'autoriser.

– Tout, répondit-elle avec un ravissement non dissimulé. Je crois que ce jeune homme va se révéler une mine d'or pour nous. »

Brunetti pensa à l'avertissement écrit au-dessus des portes de l'enfer et fut un instant tenté de renoncer à sa progression sur un territoire où la légalité n'était plus douteuse, mais carrément absente ; l'hypocrisie, cependant, ne comptait pas parmi ses défauts. Il appréciait aussi le fait qu'elle ait employé le pluriel, si bien qu'il sourit et répondit : « Je tremble à l'idée de ce que vous pourriez lui demander d'autoriser. »

Elle eut l'air un peu déçue et ne le cacha pas. « Jamais je ne vous compromettrais en quoi que ce soit, dottore.

– Vous prendriez tout sur vos épaules ? » s'étonna-t-il, sachant que c'était de toute façon impossible.

Le silence de la signorina Elettra l'obligea finalement à reconnaître comme une réalité que, depuis des années, elle faisait pour lui des requêtes qui excédaient largement ses responsabilités. Mais comment poser la question sans avoir l'air de l'accuser ?

« À qui les réponses à ces requêtes doivent-elles être envoyées ?

– Au vice-questeur, monsieur », répondit-elle simplement. Un instant, il se la représenta en train de rendre des comptes à un juge ; les cheveux sévèrement tirés en arrière, elle n'aurait pas le moindre maquillage, pas le moindre bijou sur elle ; il la voyait aussi assez bien avec une tenue tout à fait sage, jupe bleu marine démodée tombant à mi-mollet, des chaussures à talons plats. Risquerait-il de l'affubler de lunettes ? Elle aurait les yeux baissés modestement devant la majesté de la loi ; ses paroles seraient mesurées, et elle éviterait soigneusement les plaisanteries et les provocations. Il se demanda (il s'était déjà posé la question) si elle n'avait pas, par hasard, un deuxième prénom ringard du genre Clotilde ou Cunégonde. Et c'est Patta qui se retrouverait le dindon de la farce.

« Vous lui feriez un truc pareil ?

– Voyons, dottore, dit-elle en prenant un ton offensé. Vous devez me reconnaître sensible aux affections humaines, ou aux faiblesses humaines, si vous préférez. »

À la vérité, Brunetti avait toutes les raisons de lui reconnaître cette sensibilité, et c'est très directement qu'il lui posa la question suivante : « Mais si quelque chose allait de travers, vous laisseriez Patta se débrouiller tout seul ? »

Elle parvint à avoir l'air sincèrement choquée, puis déçue qu'il ait pu penser à lui poser une telle question. « Ah, dit-elle, laissant la voyelle s'étirer, je ne pourrais plus me regarder dans la glace si je faisais ça. Sans compter que vous n'imaginez pas le temps qu'il me faudrait pour former la personne envoyée pour le remplacer. » Au moins, pensa Brunetti, voilà qui changeait des noirceurs de l'hypocrisie ambiante. « Et je dois avouer, ajouta-t-elle avec une pointe de mauvaise humeur, qu'avec le temps, j'ai fini par le trouver presque sympathique. »

Brunetti se rendit compte, avec étonnement, qu'il partageait probablement son sentiment.

Après lui avoir laissé tout le temps de réfléchir à ce qu'elle venait de dire, elle ajouta, avec le sourire : « Sans compter que toutes les requêtes sont envoyées au nom du lieutenant Scarpa. »

Brunetti ne manqua pas de remarquer l'utilisation de la voix passive. C'était un trait de génie. « Si bien que tout laisse à penser que le lieutenant a commis des abus de pouvoir pendant toutes ces années ? Demander des informations sans l'ordre d'un magistrat… ajouta-t-il, rêveur, ne jugeant pas nécessaire de commenter la piste de preuves électroniques qu'il avait sans aucun doute laissée derrière lui.

– Il a également cassé des codes de banque, pillé les informations de Telecom, parcouru les dossiers confidentiels sur les citoyens des divers organismes de l'État, et volé des copies des relevés bancaires des gens. » Elle avait l'air tout à fait scandalisée par l'ampleur de la perfidie de Scarpa.

« Je suis choqué », dit Brunetti. Et il l'était : il fallait un esprit réellement machiavélique pour élaborer un piège aussi sophistiqué. « Et toutes ces requêtes ont pour origine son adresse courriel ? » Il se demandait de plus quel labyrinthe tortueux elle avait pu créer pour récupérer les réponses.

Elle eut une légère hésitation, puis elle sourit. « Le lieutenant s'imagine être le seul à connaître le mot de passe de son compte. Je ne voulais pas qu'il ait la corvée de lire les réponses, continua-t-elle, la voix plus douce, mais le regard toujours aussi froid, si bien qu'elles sont transférées automatiquement sur l'un des comptes du vice-questeur. » Le prénom *Giorgio* vint à l'esprit de Brunetti : Giorgio, l'ami de la signorina Elettra auquel elle faisait si souvent allusion, le cyber-génie des cyber-génies. Mais la discrétion prévalut et il ne prononça pas ce prénom à haute voix ni ne demanda si le vice-questeur avait connaissance de ce compte.

« Étonnant, tout de même, que le lieutenant ait l'imprudence d'utiliser sa propre adresse pour obtenir ces informations », observa le commissaire. Il pensa à Riverre et Alvise qui, du coup, se trouvaient à l'abri.

« Sans doute se croit-il trop intelligent pour être pris, suggéra-t-elle.

– C'est très déraisonnable de sa part », répondit Brunetti, se souvenant des nombreuses fois où Scarpa avait tenté de prouver sa supériorité intellectuelle à la signorina Elettra. « Comment a-t-il pu ne pas se rendre compte que c'était dangereux ? Comment a-t-il pu penser qu'il pourrait toujours s'en tirer ? ajouta-t-il en voyant le sourire qu'affichait la signorina Elettra au fur et à mesure qu'il comprenait l'étendue des dégâts.

– Parfois, le lieutenant met ma patience à l'épreuve », conclut la secrétaire avec un sourire glacial qui fit chaud au cœur de Brunetti.

24

Comme si l'expérience nouvelle de travailler dans le cadre de la loi lui donnait des ailes, la signorina Elettra obtint les informations manquantes avant midi le lendemain. Elle monta aussitôt dans le bureau de Brunetti et, si elle essaya bien d'incarner la justice aux yeux bandés lorsqu'elle posa les papiers sur son bureau, elle ne réussit pas à déguiser sa satisfaction d'avoir accompli sa tâche dans des délais aussi brefs. « C'est tellement facile que je me demande si je ne vais pas chercher une autre approche », dit-elle.

Cette vantardise n'échappa pas à Brunetti. « Mais je n'attends que ça, signorina », répondit-il d'un ton amène. Il étudia le premier document, copie d'un texte manuscrit rédigé d'une main plus qu'hésitante, tremblotante, et suivi d'une signature illisible. Signature encadrée de deux autres.

« Vous devriez peut-être jeter un coup d'œil sur le deuxième document, monsieur. » Ce qu'il fit. Il s'agissait du certificat de décès de Mme Marie Reynard.

Brunetti n'avait jamais pu savoir si la signorina Elettra préférait lui expliquer les choses ou le laisser les découvrir par lui-même. Il décida de gagner du temps. « Et à quoi suis-je censé m'intéresser ?

– Aux dates, monsieur. »

Il revint au premier document et constata qu'il avait été rédigé quatre jours avant la date du décès. Il le montra du doigt. « C'est donc là le fameux testament ? » Pas étonnant qu'il ait provoqué autant de remous : seul un expert graphologue aurait pu déchiffrer ces griffonnages.

« La dernière page est une transcription, monsieur. Elle a été faite par trois personnes différentes qui ont toutes donné à peu de choses près la même version.

– À peu de choses près ?

– Rien d'important. C'est du moins ce que disent les autres papiers. »

Brunetti prit donc cette troisième feuille et lut que Marie Reynard, saine d'esprit sinon de corps, laissait tous ses biens, comprenant des comptes en banque, des comptes d'investissement, des maisons, des appartements et des brevets industriels, ainsi que tous ses biens meubles, à l'avocat Benevento Cuccetti ; que ce testament annulait et rendait caducs tous les testaments qui auraient été faits avant cette date et était l'expression de son désir le plus absolu et une décision irrévocable.

« Beau mélange de poésie et de droit, observa Brunetti.

– Et beau mélange de biens meubles et immeubles, aussi », ajouta la signorina Elettra. Brunetti s'intéressa alors à la transcription, laquelle était suivie d'une liste détaillée de comptes en banque, de propriétés et de biens divers.

« Qu'avez-vous appris d'autre ?

– L'appartement vendu à Morandi est situé derrière la basilique, dernier étage, cent quatre-vingts mètres carrés.

– Si la propriétaire était bien la femme de Cuccetti, c'est qu'il ne faisait pas partie des biens de la succession Reynard.

– En effet. Elle l'avait depuis dix ans quand elle l'a vendu.

– Prix déclaré ?

– Cent cinquante mille euros. Il vaut probablement plus de dix fois ce prix aujourd'hui.

– Et il valait déjà trois fois plus cher à l'époque de la vente », commenta Brunetti. Puis il revint à ce qui lui importait. « On peut s'étonner que personne, au service des impôts, n'ait remis ce prix en question : c'est une sous-estimation flagrante. » Elle haussa les épaules. Un homme disposant de la richesse et de l'entregent de Cuccetti s'était certainement tiré de passes plus délicates au cours de sa vie – et à qui le fisc pouvait-il faire une fleur, sinon à maître Cuccetti ?

Vianello s'encadra dans la porte. « Signorina ? Le vice-questeur voudrait vous parler. »

Aucun des trois ne se demanda pourquoi Patta n'avait pas tout simplement utilisé son téléphone. Mais de cette façon, tous prendraient bonne note que le vice-questeur pouvait envoyer Vianello faire une commission, obliger la signorina Elettra à interrompre ce qu'elle faisait pour venir dans son bureau, et bien faire comprendre à Brunetti que c'était pour lui qu'elle travaillait et que c'était à lui qu'allait sa loyauté. Elle les laissa et Vianello, sans y être invité, alla s'asseoir devant le bureau de Brunetti.

« J'ai jeté un coup d'œil dans les textes de loi, dit Brunetti avec un geste du pouce vers la bibliothèque, située derrière lui, où s'alignaient des livres de droit civil et criminel. Et les délais de recours sont épuisés. Les faits sont prescrits depuis des années.

– Pour quel délit ?

– Falsification d'un document officiel. En l'occurrence, un testament.

– C'est un détail que j'ignorais, dit Vianello, soulignant le mot *détail.*

– Ce qui veut dire ?

– Que si je l'ignorais, il y a peu de chances pour que quelqu'un comme Morandi l'ait su, tu ne crois pas ?

– Ce qui veut dire ? »

Vianello posa une cheville sur l'autre et croisa les bras, avachi sur sa chaise. Puis il parla, mais avec une telle lenteur que Brunetti eut l'impression de l'entendre assembler les pièces du puzzle au fur et à mesure. « Ce qui veut dire qu'une manière de comprendre ce qui s'est passé consiste à supposer que la signora Sartori a dit quelque chose à la signora Altavilla sur ce qu'elle et Morandi avaient fait, quoi que ce soit. À propos du testament, bien entendu. »

Brunetti intervint. « Par exemple, qu'ils savaient que c'était un faux quand ils l'ont contresigné ?

– Par exemple.

– Madre Rosa m'a parlé de la *redoutable honnêteté* de la signora Altavilla, ou quelque chose comme ça », dit le commissaire, plus très sûr de l'adjectif employé par la religieuse, même s'il l'avait trouvé curieux, sur le moment. « Si bien que si la signora Altavilla avait appris quelque chose de la signora Sartori, elle a très bien pu aller demander des comptes à Morandi.

– Pour l'obliger à avouer ? »

Brunetti réfléchit quelques instants à cette hypothèse avant de répondre. « J'y ai pensé, mais avec quel objectif ? La vieille dame était morte, Cuccetti et son fils étaient morts aussi. Toute la succession a disparu, puisque c'est l'Église qui a récupéré l'ensemble de ce qu'il en restait. Elle a peut-être voulu sauver sa réputation… ou sauver son âme. » Comment savoir ? Les gens peuvent croire à des choses plus étranges.

« Morandi n'est pas le genre d'homme à avoir des problèmes de conscience, dit abruptement Vianello. Ou à se soucier de sa réputation. » L'inspecteur préféra ne pas épiloguer sur la question de l'âme.

« Tu serais surpris.

– Surpris de quoi ?

– De l'importance que lui accordent des gens de la part de qui on ne s'y attendrait pas.

– Mais ce type n'a aucune éducation, il a un casier long comme le bras, c'est un voleur avéré ! protesta Vianello, incapable de cacher son étonnement.

– On croirait que tu décris une partie des membres du Parlement », répliqua Brunetti. Il avait eu l'intention de ne faire qu'une plaisanterie, mais il se sentit mal à l'aise à l'idée qu'il disait vrai. Cependant, il avait mis le doigt sur un point important : même la pire des canailles voulait être perçue comme meilleure qu'elle n'était. Sinon, comment l'hypocrisie aurait-elle pu atteindre des sommets aussi délirants ?

Il repensa à sa rencontre avec Morandi. Le vieil homme avait été pris par surprise, en le voyant dans la chambre de la signora Sartori, et avait réagi sans réfléchir. Mais dès qu'il avait compris que Brunetti était un représentant de l'État, venu dans le cadre de ses fonctions – et en l'occurrence, pour aider la signora Sartori –, ses manières s'étaient adoucies. Brunetti pensa à son propre père et à ses manifestations de violence : même dans les pires moments, il était toujours resté respectueux de l'autorité et des personnes dont l'opinion comptait pour lui. Il avait toujours traité sa femme avec respect, s'efforçant d'obtenir la même chose d'elle. Les traditions ont la vie dure.

C'est Vianello qui le tira de ces réflexions. « Tu as peut-être raison, dit-il un peu à contrecœur.

– À propos de quoi ?

– Qu'il tient à ce qu'on ait une bonne opinion de lui. Tu m'as dit qu'il se montrait protecteur vis-à-vis de cette femme ?

– Oui, apparemment.

– Mais protecteur parce qu'il ne voulait pas que tu lui parles, ou parce qu'il ne voulait pas que tu la perturbes ? »

Brunetti dut réfléchir quelques instants avant de répondre. « Je dirais qu'il y a un peu des deux, mais davantage du second.

– Et pourquoi ?

– Parce qu'il l'aime, répondit Brunetti, se souvenant de la manière dont Morandi la regardait. C'est la raison la plus évidente. Parmi les choses que m'a fait remarquer un jour Paola, il y a notre tendance à traiter par le mépris les émotions des personnes simples. Comme si les nôtres étaient d'essence supérieure.

– Et l'amour est toujours l'amour ?

– Je crois que oui. » Brunetti devait encore lutter contre sa répugnance à accepter pleinement ce fait, comme Paola semblait le faire spontanément. Il y voyait une faiblesse fondamentale de son humanité. Il changea complètement de sujet. « Mais dans ce cas, d'où provient l'argent ? » Voyant Vianello interloqué, il ajouta : « L'argent qui va sur son compte, en plus de sa pension.

– C'est un mystère. À moins qu'il ne vende de la drogue, dit Vianello, pensant plaisanter.

– À plus de quatre-vingts ans, c'est en effet qu'il vend quelque chose. Il ne va certainement pas cambrioler les maisons et il est trop âgé pour travailler. Et depuis la mort de Cuccetti et de toute la famille de l'avocat, tout étant allé à l'Église, il n'y a personne qu'il peut faire chanter. »

Vianello sourit et ne put s'empêcher de répliquer : « J'ai toujours apprécié ta vision réconfortante de la nature humaine, Guido. » L'emploi des fleurs de la Rhétorique serait-il par hasard contagieux ? se demanda Brunetti. Dix ans auparavant, Vianello n'aurait jamais été capable d'en cueillir une pareille. Brunetti était ravi.

« Donc il vend quelque chose, continua-t-il comme si l'inspecteur n'avait rien dit. Et si tel est bien le cas, s'il ne vole plus sur les quais, il s'agit peut-être de quelque chose que les Cuccetti lui ont donné quand il a contresigné le testament, ou quand il a obtenu l'appartement.

– Ou de quelque chose qu'il a volé autrefois », ajouta Vianello comme pour apporter, lui aussi, sa petite contribution à la définition de la nature humaine.

Cette possibilité laissa Brunetti mal à l'aise. « Il a fait la connaissance de la signora Sartori quand il est allé travailler à l'hôpital, après quoi nous n'en avons plus entendu parler.

– Ou bien il a continué mais ne s'est pas fait prendre.

– Il n'est pas très intelligent. Il se serait fait prendre, insista Brunetti. Regarde le nombre de fois où il a été arrêté.

– Oui, mais il s'en est toujours assez bien sorti. Peut-être a-t-il menacé des gens, ou leur a-t-il fait peur.

– S'il avait été quelqu'un de violent, ou de dangereux, cela figurerait dans son casier. Nous le saurions.

– C'est possible. L'amour peut faire faire aux gens des choses plus étranges que les assagir.

– L'amour peut rendre meilleur aussi, trouva bon de dire Brunetti.

– À t'entendre, on croirait que tu le prends pour

saint Paul, dit Vianello, amusé par cette comparaison peu vraisemblable. Voilà qu'il est en route pour aller voler la machine à radiographier de l'hôpital, qu'il voit la signora Sartori dans son uniforme blanc d'infirmière, et qu'il tombe à terre devant cette vision – et quand il se relève, il est un autre homme ? »

Brunetti en eut peut-être assez des envolées rhétoriques de l'inspecteur. « N'es-tu pas un homme meilleur depuis que tu as épousé Nadia ? » demanda-t-il, le prenant par surprise.

Vianello décroisa les jambes, les recroisa. Il avait l'air tellement mal à l'aise que Brunetti crut bien qu'il allait s'écrier « joker » et refuser de répondre. Mais finalement l'inspecteur hocha la tête et sourit. « Je vois ce que tu veux dire... oui, c'est possible.

– La tentation a peut-être été tout simplement trop forte : un appartement contre deux signatures au bas d'un testament. » *Paris vaut bien une messe*, avait dit un roi de France, comme s'en rappela tout à coup Brunetti. Craignant que Vianello ne comprenne pas l'allusion, il garda la citation pour lui. Vianello sourit. « Il n'y a pas un saint qui a dit, *Mon Dieu, rends-moi chaste, mais pas tout de suite* ?

– Augustin, je crois. » Le sourire de Vianello s'élargit. « Sauf que cela ne nous dit toujours pas d'où vient l'argent, n'est-ce pas ? »

Ils retournèrent la question dans tous les sens pendant un moment, essayant de trouver une explication aux dépôts d'argent qui revenaient régulièrement. « Mais au fait, pourquoi mettre cet argent à la banque ? s'étonna Vianello. Il faut être insensé pour laisser des traces pareilles.

– Ou ne pas avoir la moindre idée de la facilité avec laquelle on peut remonter ce genre de piste. » S'entendant parler, Brunetti décida de regarder à nouveau la liste des dépôts. Il sortit de son tiroir le dossier des relevés bancaires de Morandi et l'ouvrit. Faisant glisser le doigt le long des colonnes de chiffres, il constata que les deux premiers dépôts avaient été faits sous forme de chèques.

Il composa le numéro de la signorina Elettra et, pendant qu'il attendait qu'elle décroche, il entendit Vianello qui murmurait : « On ne peut pas être idiot à ce point. »

Il expliqua à la secrétaire ce qu'il voulait qu'elle trouve. « Oh, c'est merveilleux, répondit-elle, je peux le faire légalement, cette fois », dit-elle, l'air d'être aussi ravie que s'il lui avait dit de prendre congé pour le reste de l'après-midi.

Ne sachant trop si c'était ou non une provocation, Brunetti se contenta de répondre : « C'est toujours enrichissant de faire des nouvelles expériences. » Et il raccrocha.

25

Même si la signorina Elettra avait réussi à trouver l'ensemble des relevés bancaires de Morandi en moins de vingt minutes, Brunetti se garda bien d'en conclure que cette facilité la reconvertirait aux procédures légales.

Les dépôts, le premier de quatre mille euros, le deuxième de trois mille, provenaient de chèques signés par Nicola Turchetti, nom qui disait quelque chose à Brunetti. Vianello était retourné dans la salle des officiers, et le commissaire devait donc se creuser la tête tout seul pour retrouver qui était ce Turchetti. Puisque rien ne lui venait à l'esprit, il tira l'annuaire du téléphone du tiroir du bas de son bureau et l'ouvrit à la lettre T.

Curieusement, le seul fait de voir le nom écrit suffit à réveiller les souvenirs de Brunetti. Turchetti était un marchand de tableaux qui, tel un Janus des arts, avait une double réputation : son expertise était reconnue de tous ; sa probité dans les transactions l'était nettement moins. Pour autant que le savait Brunetti, personne n'avait jamais déposé plainte contre lui. On mentionnait cependant souvent son nom lorsqu'il était question de pratiques discutables en affaires, de manière positive par ceux qui trouvaient des raretés dans sa boutique, de manière négative par ceux qui se posaient des questions sur l'origine de certaines de ses acquisitions. Le beau-père de Brunetti ne tenait compte ni de l'une ni de l'autre opinion, et toujours client de Turchetti, avait acquis chez lui, au cours des années, un certain nombre de peintures et quantité de dessins.

Au fait, les dessins… Brunetti repensa à la mythique vente Reynard et aux dessins qui n'avaient jamais été mis aux enchères, à la grande déception de nombre de collectionneurs rêvant de compléter leur tableau de chasse. Il n'y aurait donc pas eu d'inventaire ? Ou bien, comme cela était le plus vraisemblable, cet inventaire aurait-il été effectué sous le contrôle de maître Cuccetti ? Le palazzo Reynard était à présent un hôtel, et les objets qu'il avait contenus jadis étaient depuis longtemps passés entre les mains d'amateurs avides. L'avocat ayant été retrouver Mme Reynard là où elle l'avait précédé, ils n'avaient rien pu emporter avec eux.

L'annuaire étant posé ouvert devant lui, Brunetti composa le numéro de téléphone. Une secrétaire, à l'accent romain nonchalant que Brunetti n'aimait pas, répondit. Il lui donna son nom mais pas son titre, et lorsque la demoiselle lui expliqua que le signor Turchetti était très occupé, il y ajouta le nom de son beau-père – alors les eaux se fendirent et son appel fut transféré sur-le-champ au propriétaire de la galerie.

« Ah, dottor Brunetti, le comte Orazio m'a souvent parlé de vous, fit une voix profonde.

– Et lui m'a aussi souvent parlé de vous, répliqua Brunetti, dégoulinant d'affabilité.

– En quoi puis-je vous être utile ? demanda Turchetti après une brève hésitation.

– Je me demandais si vous auriez le temps de me parler de l'un de vos clients.

– Bien entendu, lequel ? voulut savoir Turchetti, s'exprimant avec aisance.

– Je vais passer vous voir et nous en parlerons, vous voulez bien ? » Et sans attendre de réponse, il reposa le téléphone et quitta son bureau.

Il emprunta le Numéro 1, descendit à Accademia et tourna à gauche dans la direction du Guggenheim. Il trouva la galerie avant le premier pont, prit le temps d'étudier les œuvres en vitrine et entra. La salle d'exposition était vaste mais basse de plafond, inconvénient corrigé par un effet d'optique, un éclairage de leds tournées vers le plafond. La lumière en provenance des reflets du soleil sur le canal contribuait à augmenter cet effet.

La secrétaire n'était pas là. « Ah, dottor Brunetti », dit Turchetti en s'approchant, main tendue. *Robuste* était le qualificatif qui décrivait le mieux cet homme, qui paraissait d'autant plus trapu qu'il n'était pas très grand. Aurait-il eu dix centimètres de plus, l'énergie et la vivacité de ses mouvements l'auraient rendu imposant ; mais chez lui, elles donnaient plutôt une vague impression d'agressivité, comme si d'avoir à rester confinées dans un volume aussi réduit les obligeait à chercher un autre moyen de s'échapper. Il avait un visage large, des yeux sombres et un nez légèrement dévié vers la gauche, accentuant l'impression de pugnacité.

Il arborait un sourire agréable et accueillant très naturel ; Brunetti, cependant, ne put s'empêcher d'y voir le réflexe bien conditionné d'un vendeur. Sa poignée de main était ferme mais ne cherchait nullement à s'imposer. Il avait des revers surpiqués à la main. « En quoi puis-je vous aider, dottore ? » demanda-t-il.

Avant de répondre, le policier jeta un coup d'œil autour de lui dans la galerie. Sur le mur de gauche, il vit un petit portrait de sainte Catherine d'Alexandrie, la tête tournée de côté, les yeux levés dans l'attente du martyre et de la béatification, une main traîtresse et protectrice placée sur l'unique rangée de perles, à son cou. Elle était déjà affublée de sa couronne de martyre, mais celle-ci était aussi décrédibilisée par une rangée de perles. Sa main droite reposait négligemment sur la roue de son martyre, la palme qu'elle tenait prête à glisser de ses doigts. Alors, ma fille, ce sera la terre ou le ciel ? Les plaisirs d'ici-bas ou le salut ? Captée dans un moment d'indécision absolue, elle contemplait un rayon de lumière en provenance d'un angle supérieur du tableau, trahissant son incertitude de tout son être.

« Elle est ravissante, vous ne trouvez pas ? » demanda Turchetti. Il se déplaça d'un pas pour être en face de la peinture. « Son départ va me rendre malade », ajouta-t-il, à croire que la jeune femme aurait été capable de prendre elle-même la décision de relever ses jupes et de sortir de la galerie.

Puis le marchand d'art se détourna du tableau pour faire face à Brunetti. « Vous vous intéressez à l'un de mes clients ?

– En effet. Benito Morandi. »

Au plissement de ses yeux et à la légère contraction de sa bouche, comme devant un goût désagréable, il était évident que ce nom disait quelque chose à Turchetti. « Ah. » Ce soupir pouvait aussi bien trahir de la confusion que la reconnaissance, ce qui, dans un cas comme dans l'autre, lui donnait le temps de réfléchir à ce qu'il allait répondre. Brunetti, qui n'était que trop familier avec cette tactique, attendit tranquillement sans rien dire, le visage impassible.

« Si nous allions nous asseoir ? » suggéra le galeriste. Il fit demi-tour et se dirigea vers son bureau. Brunetti le suivit, s'installa sur l'une des chaises réservées aux clients et jeta un nouveau coup d'œil autour de lui, mais aucune des autres peintures exposées ne le captiva autant que la sainte Catherine. Turchetti s'assit sur le bord de son bureau, bras croisés ; puis, prenant conscience que cela le faisait largement dominer son visiteur, il s'assit sur l'autre chaise, face à Brunetti. « Votre beau-père, reprit Turchetti, m'a dit quelle profession vous exerciez. »

Brunetti ne put qu'admirer avec quelle exquise sensibilité l'homme avait évité de prononcer le mot *policier*. Il acquiesça.

« Et que vous étiez un homme avec un certain… comment exprimer cela ? » Le marchand d'art s'interrompit, à la recherche du terme le plus flatteur. Brunetti, pour sa part, résista à l'envie de lui dire que peu importait comment il le décrirait, du moment qu'il consentait à lui parler de Benito Morandi, mais il se contenta d'incliner la tête de côté, plus ou moins comme la sainte Catherine et d'une manière qui, espérait-il, suggérerait une légère curiosité et non un ravissement angélique.

« Sens de la justice ? Est-ce là l'expression que je cherchais ? »

Brunetti pensa que oui et hocha de nouveau la tête.

Turchetti renouvela son sourire. « Très bien, dans ce cas. » Il s'enfonça un peu dans son siège et croisa les jambes, suggérant que, maintenant que les préliminaires étaient terminés, ils pouvaient commencer à parler. « Le signor Morandi est plutôt un de mes fournisseurs qu'un de mes clients, en réalité. Il me vend de temps en temps quelque chose. »

Brunetti sourit en entendant une vérité universellement admise et que tout le monde connaissait déjà. Autrement dit, Turchetti devait se souvenir, sinon regretter, d'avoir signé des chèques à Morandi. Avait-il manqué de liquide ? Avait-il eu besoin d'un délai de paiement ? Ou avait-il payé en chèque pour avoir le temps d'authentifier son achat ? Ou d'en vérifier la provenance ?

« Et quoi donc ? demanda Brunetti.

– Oh, des choses diverses.

– Quelles choses ? »

Le galeriste répondit sans manifester de surprise devant le ton de Brunetti. « Un dessin, de temps en temps.

– Quels dessins ? »

Pendant que Turchetti réfléchissait à ce qu'il allait répondre, Brunetti sortit son carnet de sa poche. Il l'ouvrit à la page comportant les noms des professeurs de Chiara et fit mine de consulter la liste.

Il n'eut pas à répéter sa question. « Oh, ce sont des œuvres d'artistes mineurs, dont vous n'avez probablement jamais entendu parler.

– Essayez, pour voir. »

Le sourire de Turchetti resta toujours aussi gracieux. « Johann von Dillis, Friedrich Salathé, par exemple », dit-il en prononçant le prénom du second comme s'il avait longtemps fréquenté Goethe et Heine.

Brunetti avait entendu parler du premier mais pas du second, ce qui ne l'empêcha pas de hocher la tête et de prendre les deux noms en note comme s'il les connaissait. Son beau-père n'avait jamais fait allusion à l'un ou l'autre artiste, mais en tant qu'amateur d'art passant beaucoup de temps dans les galeries, il en avait peut-être vu des dessins ; Turchetti lui en avait peut-être montré ici même, et Brunetti pourrait ainsi avoir une idée du prix auquel ils étaient revendus.

« Et les autres ? » demanda Brunetti.

Nouveau sourire de Turchetti. « Il faudrait que je

consulte mes registres. Cela remonte à tellement longtemps.

– Pourtant, le dernier achat ne remonte qu'à... » Tournant les pages de son carnet, Brunetti essaya de se rappeler ce qu'il y avait sur les papiers que lui avait donnés la signorina Elettra. « Environ trois mois. »

Si Turchetti avait été un poisson, Brunetti l'aurait vu se tortiller pour s'échapper de l'hameçon de manière à se faire aussi peu mal que possible. Le galeriste ne se mit pas exactement à chercher l'air à la manière d'un poisson, mais il inspira longuement deux fois de suite. « Pour gagner du temps, commissaire, vous pourriez peut-être me dire ce que vous voulez savoir, dit-il finalement.

– Simplement ce qu'il vous a vendu et leur valeur. »

Avec un sourire qui aurait été aguicheur, adressé à une femme, le galeriste demanda : « Vous ne voulez pas savoir combien je lui en ai donné ? »

Brunetti sentit l'envie de l'envoyer dans les cordes, mais Turchetti ignorait que, comme Morandi avait consciencieusement déposé l'argent sur un compte bancaire, le policier le savait déjà. Sans doute devait-il être impossible à un marchand d'art d'imaginer qu'on puisse vendre quelque chose et déposer ensuite l'argent à la banque.

« Non, signor, dit Brunetti, sans donner son titre à Turchetti, je voudrais simplement savoir quelle est leur valeur.

– Est-ce que vous vous contenterez d'une simple estimation ? » demanda très directement Turchetti, ne prenant plus la peine de parler de ses registres. Brunetti avait assez souvent entendu des prêtres parler d'indulgences, pendant son enfance, et il n'ignorait donc pas la grande plasticité de la notion de valeur.

« Je vous en prie, répondit Brunetti.

– Le Dillis valait dans les quarante mille ; le Salathé un peu moins.

– Et les autres ? le relança Brunetti après un coup d'œil sur la liste des profs de Chiara.

– Il y avait quelques gravures : des Tiepolo, qui ne pouvaient pas valoir plus de dix ou douze mille. Je crois qu'il y en avait six ou sept.

– Vous ne lui avez pas offert un prix pour le lot ?

– Non, répondit Turchetti, incapable de dissimuler davantage son irritation. Il tenait à les apporter l'un après l'autre. » Puis il ajouta, avec une pointe d'autosatisfaction : « Il s'imaginait qu'il en tirerait davantage de cette façon. » À son ton, il était clair que Morandi s'était fait des illusions.

Brunetti refusa de lui donner la satisfaction d'une réponse. « Et quoi d'autre ? demanda-t-il.

– Vous voulez tout savoir ? » demanda Turchetti avec un étonnement parfaitement maîtrisé.

Sans se presser, Brunetti accrocha le stylo au carnet et referma celui-ci. Puis il regarda Turchetti. « Je ne me suis peut-être pas bien fait comprendre, signore. J'ai une liste, qui comporte des sommes et des dates, et je voulais savoir ce qu'il a donné en échange des sommes en question.

– Et je suppose que vous avez un mandat pour exiger de moi ces informations ? » demanda Turchetti. Il ne souriait plus du tout, à présent.

« Non seulement je peux en avoir un quand je veux, mais mon beau-père s'intéresse aussi à la question. »

Le galeriste fut incapable de cacher sa surprise comme de déguiser son inquiétude. « Qu'est-ce que cela veut dire ?

– Qu'il me suffirait de lui suggérer que la provenance

attribuée à certains objets de cette galerie est contestable, et je suis sûr qu'il ne manquera pas d'appeler ses amis pour leur demander s'ils ont entendu dire la même chose. » Il attendit un instant, puis ajouta : « Et je suppose qu'eux-mêmes appelleraient d'autres amis. Et ainsi de suite. » Brunetti retrouva alors le sourire et rouvrit son carnet de notes, se penchant dessus. « Quoi d'autre ? »

Turchetti, avec une précision que Brunetti trouva exemplaire, lui donna une liste de dessins et de gravures, avec les dates approximatives et les prix. Le policier releva tout, dans l'espace à droite des noms des professeurs de Chiara, et attaqua pour finir une page blanche. Lorsque Turchetti se tut, Brunetti ne trouva pas nécessaire de lui demander s'il n'avait pas oublié quelque chose.

Il referma le carnet de notes, remit le stylo dans sa poche et se leva. « Vous les avez tous revendus ? » demanda-t-il, même si la question n'était pas indispensable. Ces œuvres appartenaient maintenant à ceux qui les possédaient, et même la justice ne pourrait en ordonner la restitution, car à qui seraient-elles revenues ?

– Non. Il m'en reste deux. » Brunetti vit le galeriste commencer à dire quelque chose, se retenir, puis finalement céder à son premier mouvement. « Pourquoi ? Dois-je vous en donner une ? »

Brunetti fit demi-tour et quitta la galerie.

26

« Tiens, tiens, tiens… » Plongé dans ses réflexions, Brunetti revenait vers le pont de l'Accademia. Le Dillis valait quarante mille euros et ce pauvre idiot de Morandi n'en avait obtenu que quatre mille – mais pourquoi parler de Morandi comme d'un pauvre idiot ? Parce que le Salathé valait presque autant et qu'il avait accepté de le laisser pour trois mille à Turchetti ? Lecteur des auteurs grecs et romains, il connaissait leur opinion sur la justice, le bien et le mal, le bien commun et le bien personnel ; il avait aussi étudié ces questions chez les Pères de l'Église. Il connaissait les règles, mais chaque fois qu'il était face à un cas précis, il se retrouvait embourbé dans les circonstances particulières qui l'entouraient, prenant fait et cause ou non pour les gens en fonction de ce qu'ils pensaient ou ressentaient et non pas dans le respect des règles supposées nous gouverner.

Morandi avait autrefois été un voyou, mais depuis que Brunetti avait vu le regard protecteur de cet homme pour la femme solitaire, près de sa fenêtre, il ne pouvait croire que celui-ci avait voulu l'empêcher de parler et non pas, avant tout, qu'on ne vienne pas troubler le peu de paix dont elle jouissait.

Il attendit le Numéro 2, regardant sans les voir les passants qui franchissaient le pont. Des bateaux passaient dans les deux sens ; l'un d'eux était rempli jusqu'aux sabords par les effets personnels, et peut-être les espoirs, de toute une famille qui déménageait. Pour aller à Castello ? Retourner à San Marco ? Un chien noir hirsute se tenait sur une table en équilibre précaire sur des cartons, à la proue du bateau, la truffe pointée vers l'avant telle une impavide figure de proue. C'est fou comme les chiens aiment les bateaux. Est-ce parce qu'ils sont à l'air libre, un air chargé des multiples odeurs qu'ils sentent en passant ? Il ne savait plus si les chiens avaient une bonne acuité visuelle ou s'ils ne voyaient que de près – ou si, encore, cela ne dépendait pas de la race. Celle du chien noir hirsute était des plus indéterminées : on y trouvait du bergamasque, du labrador, de l'épagneul et du chien courant. Mais l'animal était de toute évidence heureux, et peut-être était-ce tout ce qu'un chien pouvait demander et tout ce que Brunetti devait savoir sur lui.

L'arrivée du vaporetto interrompit ses réflexions, sans pour autant chasser Morandi de son esprit. *Les gens ne changent pas*… Combien de fois avait-il entendu sa mère le répéter ? Elle n'avait jamais étudié la psychologie, pauvre femme. En fait, elle n'avait guère fait d'études, mais cela ne l'empêchait pas d'avoir un esprit logique et de pouvoir faire preuve de finesse. Devant un exemple de comportement inhabituel, elle faisait parfois remarquer que c'était simplement une manifestation du véritable caractère de la personne. D'ordinaire, les gens nous surprennent, songea-t-il, quand ils font le mal, lorsque quelque sombre impulsion se libère et les conduit, eux et d'autres, à la ruine. Et comme il est facile, alors, de trouver dans leur passé des symptômes de leur méchanceté passés inaperçus…

Mais comment fait-on pour détecter des symptômes de leur bonté ?

Arrivé à son bureau, il consulta de nouveau l'annuaire et y trouva Morandi. À la huitième sonnerie, l'appel bascula sur un répondeur, où une voix d'homme l'invita à le joindre sur son portable. Brunetti recopia le numéro et le composa aussitôt.

« *Si*, répondit la voix d'homme.

– Signor Morandi ?

– *Si. Chi è ?*

– Bonjour, signor Morandi. Guido Brunetti à l'appareil. Nous nous sommes parlé il y a deux jours, dans la chambre de la signora Sartori.

– Ah, le monsieur pour la pension ? » demanda Morandi. Brunetti crut déceler un espoir renouvelé et de la courtoisie dans le ton.

Il ne répondit pas à la question. « J'aimerais vous parler de nouveau, signor Morandi.

– À propos de la pension de Maria ?

– Entre autres choses », répondit Brunetti sans se compromettre davantage. Il s'attendait à une question, à une manifestation d'inquiétude sur ce que pouvait être cette autre chose. Mais rien ne vint.

Au lieu de cela, Morandi demanda : « Quand pouvons-nous nous voir ? Vous voulez que je vienne à votre bureau ?

– Non, signor Morandi. Je ne veux pas vous déranger. Nous pourrions peut-être nous rencontrer à proximité de votre domicile.

– J'habite derrière San Marco, expliqua Morandi, ignorant que Brunetti en savait beaucoup plus, sur son domicile, que son adresse. Je dois être à la maison de retraite à cinq heures et demie. Nous pourrions peut-être nous retrouver dans le secteur ?

– Sur la place ? proposa Brunetti.

– Entendu. Merci, signore, dit le vieil homme. Dans un quart d'heure ?

– Parfait. » Et Brunetti raccrocha. Il avait largement le temps, et il passa donc d'abord par le service des pièces à conviction avant de prendre la direction du Campo. Le soleil de cette fin d'automne lui chauffait la nuque, pour son plus grand plaisir.

Le vieil homme était assis sur un banc, en face de la maison de retraite. Penché en avant, il jetait des miettes à une volée de moineaux qui sautillaient autour de ses pieds. Seigneur, allait-il se laisser séduire par une poignée de miettes lancées à des oiseaux affamés ? Il se raidit intérieurement et s'approcha du banc.

Morandi l'entendit arriver, jeta tout ce qui lui restait aux moineaux et se leva lentement. Il sourit, l'air d'avoir oublié – ou de ne pas vouloir se rappeler – les premiers moments de leur rencontre précédente, et tendit la main. Brunetti la prit et fut surpris de la trouver aussi molle. Il se rendit compte, une fois près de lui, qu'il était beaucoup plus grand que Morandi ; il voyait la peau rose de son crâne sous les mèches de cheveux sombres collées en travers dessus. « On s'assoit ? » proposa Brunetti.

Le vieil homme, s'appuyant d'une main sur le banc, se rassit laborieusement. Brunetti en fit autant, laissant un certain espace entre eux, et les oiseaux se mirent à grouiller de nouveau aux pieds de Morandi. D'un geste machinal, il mit la main dans sa poche et en tira des graines qu'il lança loin devant lui. Apeurés par le mouvement du bras, certains des oiseaux s'envolèrent pour se reposer au milieu des graines vers lesquelles les autres avaient préféré sautiller. Sans se disputer ni se chamailler, ils se remirent à picorer à toute vitesse.

« Je viens ici presque tous les jours, expliqua Morandi après avoir lancé un coup d'œil à Brunetti. Ils me connaissent, maintenant. » Les oiseaux se rapprochèrent une fois de plus, mais il s'adossa au banc et croisa les bras. « C'est fini. Je dois parler à ce monsieur, à présent. » Les moineaux se mirent à pépier et à protester ; ils attendirent un moment, puis l'abandonnèrent tous d'un seul coup avec l'arrivée d'une dame aux cheveux blancs de l'autre côté du Campo.

« Je dois tout d'abord vous dire, signor Morandi, commença Brunetti qui jugeait qu'il était temps de libérer sa conscience, que je n'étais pas venu pour une histoire de pension de retraite.

– Vous voulez dire qu'elle ne va pas avoir l'augmentation ? demanda l'homme, qui se redressa et se tourna vers Brunetti.

– Il n'y avait pas d'erreur : les années litigieuses avaient bien été prises en compte.

– Alors, il n'y aura pas d'augmentation ? répéta Morandi, n'arrivant pas à croire ce qu'il entendait.

– J'ai bien peur que non, signore », répondit Brunetti en secouant la tête.

Les épaules du vieil homme s'affaissèrent et il s'adossa de nouveau au banc. Son regard se perdit vers l'autre bout du Campo que le soleil de l'après-midi faisait miroiter. Mais on aurait dit qu'il contemplait plutôt un terrain vague ou un désert.

« Je suis désolé de vous avoir donné un faux espoir », reprit Brunetti. Se tournant un peu, Morandi posa une main sur le bras de Brunetti et le serra faiblement. « Ça ne fait rien, fiston. Elle n'a jamais été suffisante et ça, depuis le début. Cette fois, nous pouvions espérer un peu. » Il regarda Brunetti et essaya de sourire. Le policier vit les mêmes petites varicosités, le même nez en patate, les mêmes cheveux ridicules, mais il se demanda néanmoins où était passé l'individu qu'il avait vu à la maison de retraite, car celui-ci n'était certainement pas le même.

Les sentiments qui l'animaient alors, que ce soit la colère, la peur ou autre chose, avaient disparu. Sur le banc public, il n'y avait plus qu'un vieil homme qui prenait le soleil. Morandi avait peut-être seulement réagi à la manière d'un garde du corps qui cherche à défendre celui ou celle qu'il a mission de protéger ; en dehors de ça, il se satisfaisait de prendre le soleil sur son banc et de jeter des miettes aux petits oiseaux.

Mais dans ce cas, que fallait-il penser de son casier judiciaire ? Au bout de combien de temps un tel casier perdait-il toute signification ?

« Vous êtes de la police ? demanda Morandi, surprenant Brunetti.

– Oui. Comment l'avez-vous deviné ? »

Le vieil homme haussa les épaules. « Quand je vous ai vu la première fois, dans la chambre, c'est ce que j'ai pensé tout de suite, et maintenant vous me dites que vous n'étiez pas venu pour la pension. Ça m'a fait réfléchir.

– Oui, mais pourquoi serais-je un policier ? »

Morandi lui jeta un coup d'œil. « J'ai toujours pensé que vous viendriez un jour, tôt ou tard. » Il haussa les épaules et posa les mains à plat sur ses cuisses. « Mais je n'aurais pas cru que ça vous prendrait tant de temps.

– Pourquoi ? Cela fait combien de temps ?

– Depuis qu'elle est morte.

– Et qu'est-ce qui vous faisait penser que nous viendrions un jour ? »

Morandi étudia ses doigts, puis regarda Brunetti, puis de nouveau ses doigts. C'est d'une voix adoucie qu'il reprit la parole. « À cause de ce que j'ai fait. » Sur quoi il raidit ses coudes et se pencha en avant, toujours en appui sur ses cuisses. Mais il n'était pas prêt à se lever, comme le voyait Brunetti : il regardait le sol. Soudain les oiseaux s'abattirent à ses pieds et se mirent à pépier avec insistance en tournant la tête vers lui. Le policier eut l'impression que Morandi ne les voyait pas.

Avec un effort visible, le vieil homme se redressa contre le banc. Puis il regarda sa montre et se leva précipitamment. Brunetti en fit autant. « C'est l'heure. Il faut que j'aille la voir. Son docteur vient à cinq heures, et les bonnes sœurs m'ont dit que je pourrais la voir après. Mais seulement quelques minutes. Pour qu'elle ne s'inquiète pas de ce qu'il aurait pu lui dire. »

Il se tourna et prit la direction de la maison de retraite, de l'autre côté du Campo. Le bâtiment n'avait qu'une entrée et Brunetti aurait très bien pu attendre Morandi sur leur banc, mais il emboîta le pas à Morandi, lequel parut ne pas le remarquer, ou ne pas s'en formaliser.

Cette fois-ci, par déférence pour l'âge de l'homme et alors qu'il détestait l'impression d'être prisonnier dans une cage, Brunetti prit l'ascenseur avec lui. La Toltèque les attendait à l'étage. Elle sourit à Morandi, adressa un signe de tête à Brunetti et prit le vieil homme par le bras pour le faire entrer dans l'institution.

Laissé seul, Brunetti alla se réfugier dans une petite salle d'attente qui donnait sur la façade. Assis sur une chaise branlante, il prit la seule revue posée sur la table, *Famiglia cristiana*. Il fut contraint de devoir choisir entre la leçon de catéchisme du pape et une recette de tarte salée au jambon et au fromage. C'est au moment où il fallait la mettre au four qu'il entendit un bruit de pas.

L'une des mèches de Morandi s'était décollée de son crâne et pendait sur son épaule. Il regarda Brunetti, de la stupéfaction dans les yeux. « Pourquoi ils se croient obligés de dire la vérité ? » demanda-t-il en entrant, d'un ton à la fois rageur et désolé. Brunetti se leva vivement et alla prendre l'homme par le bras pour le piloter jusqu'au canapé trop rembourré.

Morandi s'assit au milieu, serra le poing et frappa le coussin à plusieurs reprises, à côté de lui. « Les toubibs ! Qu'ils aillent tous au diable ! C'est tous des fils de pute ! » À chaque phrase, son visage s'empourprait davantage, tandis que son poing s'abattait sur le coussin ; il ressemblait de plus en plus à l'homme que Brunetti avait vu la première fois, dans la chambre de la signora Sartori.

Finalement vidé de ses forces, il se laissa aller contre le dossier du canapé et ferma les yeux. Brunetti retourna à sa chaise, prit la revue, la referma et la posa sur la table. Il attendit, se demandant quel Morandi rouvrirait les yeux : le saint François au cœur tendre, ou l'ennemi enragé des médecins et des bureaucrates ?

Du temps passa, et Brunetti en profita pour bâtir un scénario. Morandi s'était attendu à ce que la police vienne lui demander des comptes après la mort de la signora Altavilla ; mais pour quelle raison, sinon la culpabilité qu'il ressentait ? Au souvenir des bleus sur le cou de la signora Altavilla, Brunetti étudia les mains du vieil homme, des mains larges et épaisses, des mains de travailleur manuel. Si la vue d'un étranger dans la chambre de la signora Sartori ou l'idée qu'un médecin puisse dire la vérité pouvaient le propulser dans de tels accès de colère, comment avait-il pu réagir devant… devant quoi, au juste ? Quelle forme avait pu prendre la redoutable honnêteté de la signora Altavilla ? L'avait-elle incité à faire l'aveu de leur aide dans l'affaire du testament de Mme Reynard, sans prendre en considération les conséquences sur la signora Sartori ?

Un autre scénario lui vint à l'esprit. Et si le testament de Mme Reynard n'avait pas été falsifié ? Si cette écriture tremblotante était bien celle de la centenaire, si elle avait réellement voulu que son avocat – qui avait certainement dû se montrer aussi courtois et d'une aide aussi précieuse que Lucifer lui-même – hérite de tout ? Que Cuccetti ait été un menteur et un escroc aux yeux de la moitié des Vénitiens ne signifiait rien, si la très vieille dame avait sincèrement voulu qu'il soit son héritier. Faudrait-il que seuls ceux qui font le bien soient récompensés ?

Mais alors pourquoi l'appartement à San Marco, pourquoi le Dillis, les Tiepolo, le Salathé ? Brunetti regarda Morandi, qui paraissait s'être endormi, et fut pris d'une furieuse envie de le saisir par les épaules et de le secouer jusqu'à ce qu'il lui dise la vérité.

27

Silencieusement pour ne pas réveiller Morandi, Brunetti retira de sa poche le porte-clefs de la signora Altavilla – l'objet qu'il était allé retirer du service des pièces à conviction avant de quitter la vice-questure. S'aidant de son ongle, il fit glisser la troisième clef – celle qui ne correspondait à aucune porte – le long de l'anneau. La pièce métallique était serrée et il eut un peu de mal, mais la clef finit par tomber dans la paume de sa main. Il se pencha alors en avant et la déposa sur la cuisse du vieil homme. Après quoi il rangea les deux clefs restantes dans sa poche, s'enfonça dans son siège et croisa les bras.

Se sentant indiscret de regarder son voisin dormir, il se tourna vers la fenêtre qui donnait sur le canal et les maisons de l'autre côté, et se mit à méditer sur les singes. Il avait lu un article qui relatait une expérience scientifique visant à évaluer le sens inhérent de la justice chez une espèce de singes vivant en groupes dont Brunetti avait oublié le nom. Une fois que tous les membres du groupe avaient pris l'habitude de recevoir une récompense identique pour la même action, ils se mettaient en colère si l'un d'entre eux recevait une récompense plus importante que les autres. La cause de leur agitation avait beau n'être rien de plus qu'un morceau de concombre et un raisin, ils donnaient à Brunetti l'impression de réagir de manière très humaine : une récompense imméritée les fâchait, alors même qu'ils n'avaient rien perdu eux-mêmes. Si l'on ajoutait à cela un soupçon de tromperie ou de vol de la part du gagnant du raisin, le sentiment de frustration devenait plus fort. Dans le cas de maître Cuccetti, il n'y avait jamais eu qu'un soupçon de magouille, rien de plus, même si sa récompense avait été infiniment plus considérable qu'une grappe de raisin. Assez de temps avait passé, cependant, pour qu'il ne puisse y avoir de poursuites légales, même si l'on pouvait prouver qu'il y avait eu une escroquerie. Même en établissant la preuve flagrante qu'il avait volé le raisin, il était impossible de l'obliger à le rendre.

Morandi n'avait pas été surpris de voir arriver un policier ; pour lui, la police ne pouvait que venir lui demander des comptes après ce qu'il avait fait. Était-ce à cause du testament de Mme Reynard ? Parce qu'il avait été voir la signora Altavilla ? Parce qu'il avait essayé de la raisonner, elle et son intraitable honnêteté ? Ou parce qu'il l'avait bousculée, et fait tomber, ayant vu ou non le radiateur ?

Des gens sonnaient de temps en temps à la porte et la Toltèque allait leur ouvrir, mais tous avaient leur sujet de préoccupation et aucun ne prit la peine de jeter un coup d'œil dans le salon. De toute façon, qu'auraient-ils vu dans la pièce ? L'un des pensionnaires de la maison de retraite, ayant un moment oublié ses soucis – et n'était-ce pas son fils, assis à côté de lui ?

« Qu'est-ce que vous voulez ? » demanda Morandi d'une voix atone.

Brunetti se tourna et le vit parfaitement réveillé, tenant la clef à la main. Il la frottait entre ses doigts, comme s'il s'était agi d'une pièce de monnaie dont il évaluait l'authenticité.

« J'aimerais que vous me parliez de cette clef.

– C'est donc vrai qu'elle l'avait, dit Morandi, résigné.

– Oui. »

Le vieil homme secoua la tête, ses regrets évidents. « J'étais certain qu'elle l'avait, mais elle m'a dit qu'elle n'était pas là.

– Elle n'y était pas.

– Comment ça ?

– Elle l'avait donnée à quelqu'un d'autre.

– À son fils ?

– À une amie.

– Oh, dit Morandi, toujours aussi résigné. Elle aurait mieux fait de me la rendre.

– Vous lui avez demandé ?

– Bien sûr. C'est pour ça que je suis allé la voir. Pour qu'elle me la rende.

– Mais ?

– Mais elle n'a pas voulu. Elle m'a dit qu'elle savait ce que c'était et que je n'avais pas le droit de l'avoir, ni d'avoir le reste.

– Je vois, dit Brunetti. C'est la signora Sartori qui l'avait mise au courant ? »

Morandi s'ébroua, un peu à la manière d'un chien. D'abord par la tête pour gagner progressivement les épaules et une partie de ses bras. Deux autres mèches de cheveux se détachèrent de son crâne et vinrent se poser sur le col de son veston. Impossible de savoir si c'était la question elle-même ou la réponse qu'on attendait qu'il essayait de rejeter ainsi. Une fois le mouvement arrêté, il garda le silence.

« Je suppose que la signora Sartori a dû le lui dire », reprit Brunetti du même ton résigné que Morandi. À croire qu'il venait de suivre dans sa tête un cheminement tortueux qui ne pouvait mener qu'à cette conclusion.

« Qui lui a dit quoi ? demanda le vieil homme, la voix ralentie par la fatigue, pas par le soupçon.

– Ce que vous et la signora Sartori aviez fait. »

Comme s'il venait brusquement de prendre conscience du désordre de ses cheveux, Morandi remit délicatement en place les mèches égarées, les posant l'une après l'autre sur le dôme rose de son crâne. Il les tapota et garda la main dessus, l'air d'attendre un signal lui disant qu'elles adhéraient à la surface.

Il abaissa finalement la main et, quand il parla, évita de regarder Brunetti. « Elle n'aurait pas dû lui en parler. Je veux dire, Maria n'aurait pas dû lui en parler. Mais depuis que… depuis que ce truc lui est arrivé, elle ne fait plus attention à ce qu'elle raconte et elle… » Sa voix mourut, il se tapota machinalement et inutilement les cheveux, puis regarda Brunetti comme s'il s'attendait une réaction. « Elle dérive, ajouta-t-il finalement.

– Qu'est-ce que disent les médecins ?

– Oh, les docteurs », répondit Morandi avec colère et un geste de la main vers l'arrière. « Un médecin a dit que c'était juste une petite attaque, l'autre que c'était peut-être le début de la maladie d'Al… quelque chose. C'est juste l'âge. Et l'angoisse.

– Je suis désolé. Elle mérite de vivre en paix. »

Morandi sourit et inclina la tête à ce compliment que lui-même ne méritait pas. « Oui, elle le mérite. C'est la femme la plus merveilleuse du monde. » Sa voix chevrota de manière audible. Brunetti attendit. « Je n'ai jamais rencontré personne comme elle.

– Vous devez très bien la connaître pour lui être autant dévoué, signore. »

Mais le vieil homme avait incliné la tête et le policier ne voyait que son crâne rose strié par les mèches aplaties. Le rose devint peu à peu plus foncé. « Elle est tout pour moi. »

Brunetti laissa passer quelques secondes avant de répondre. « Vous avez de la chance.

– Je le sais, dit Morandi, le tremblement de nouveau audible dans sa voix.

– Depuis combien de temps la connaissez-vous ?

– Depuis le 16 juillet 1959.

– J'étais encore gamin, observa Brunetti.

– J'étais déjà un homme. » Puis à voix plus basse, il ajouta : « Un type qui n'était pas très bien et qui n'était pas très sympathique.

– Mais vous l'avez pourtant rencontrée », l'encouragea Brunetti.

Morandi releva la tête et Brunetti revit le sourire étrangement enfantin. « Oui… à trois heures et demie de l'après-midi.

– Vous avez de la chance de vous souvenir aussi bien de cette journée », dit Brunetti, surpris de ne pas se rappeler la date à laquelle il avait rencontré Paola. Il se souvenait de l'année, et qu'elle était dans la bibliothèque ainsi que du sujet de la dissertation qu'il devait rédiger ; si bien que, s'il allait fouiller dans les archives de l'université, il pourrait certainement trouver au moins le mois. Quant au jour, il ne fallait pas y penser. L'idée de le demander à Paola le gênait : si jamais elle-même s'en souvenait, il aurait l'air malin. Cela dit, elle pouvait tout aussi bien réagir en le traitant d'idiot sentimental de vouloir se rappeler ce genre de détails, en quoi elle aurait sans doute raison. Ce qui faisait de Morandi un idiot sentimental, supposait-il.

« Comment l'avez-vous rencontrée ? »

La question et le souvenir qu'elle évoquait firent sourire Morandi. « Je travaillais comme portier à l'hôpital et on m'avait demandé d'aller dans une chambre pour aider à mettre un malade sur une civière. Il devait aller en radiographie, ou quelque chose comme ça. Maria était déjà là, et elle aidait l'infirmière. » Son regard se perdit sur le mur, derrière Brunetti. Peut-être revoyait-il la chambre de l'hôpital. « Mais elles étaient toutes les deux des femmes menues et ne pouvaient pas y arriver toutes seules. Je leur ai dit de sortir de mon chemin, j'ai soulevé le patient et je l'ai mis sur la civière. Elles m'ont remercié, Maria a souri et… je suppose que… » Il n'alla pas plus loin mais il continua de sourire. « Je l'ai su tout de suite, vous savez », reprit-il. Il s'adressait d'homme à homme à Brunetti, même si Brunetti pensait que les femmes l'auraient mieux compris que les hommes. « … que c'était la bonne. Et depuis tout ce temps, ça n'a pas changé.

– Vous avez de la chance », répéta Brunetti, qui croyait sincèrement qu'un homme ou une femme capable de passer des dizaines d'années pétri de cette conviction avait effectivement de la chance. Mais pourquoi, dans ce cas, ne s'étaient-ils jamais mariés ? Il se rappelait sa première impression quand il l'avait pris pour un voyou, et il se demanda si l'homme n'aurait pas eu une famille peu recommandable logée quelque part. Paola faisait souvent allusion à la Mrs Rochester[1] que certains hommes avaient dans leur grenier. Morandi en aurait-il une ?

« Je le crois, dit Morandi, tenant toujours la clef.

– Depuis combien de temps la signora Sartori est-elle ici ? » demanda Brunetti avec un geste vague de la main tout autour de lui – aussi innocemment que s'il

1. L'épouse folle recluse dans un grenier, dans *Jane Eyre*.

n'avait pas eu sur son bureau la liste, consultable d'un coup d'œil, des paiements au noir qui permettaient de régler sa pension.

« Voilà trois ans. »

Trois ans, cela correspondait à la date du premier chèque de Turchetti déposé sur le compte de Morandi.

« C'est une excellente maison de retraite, dit Brunetti. Elle a de la chance d'être là. » Pas question pour lui d'évoquer ce qu'il avait vécu avec sa mère. « Je sais qu'il y en a d'autres, dans la ville, qui ne prennent pas aussi bien soin de leurs pensionnaires que les bonnes sœurs d'ici. » Comme Morandi ne réagissait pas, le policier ajouta : « J'ai entendu parler d'histoires arrivées dans d'autres endroits.

– Oui, nous avons eu beaucoup de chance, répondit tout à fait sérieusement le vieux monsieur – sans mordre à l'hameçon ou l'ayant évité.

– J'ai entendu dire que c'était très cher.

– Nous avions mis un peu d'argent de côté », répondit Morandi.

Brunetti se pencha et reprit la clef des mains du vieil homme. « C'est là qu'ils sont ? » demanda-t-il en la tenant en l'air. Morandi ne répondant pas, Brunetti glissa la clef dans sa poche. Morandi posa la main droite sur la cuisse à l'endroit où s'était trouvée la clef, puis la gauche sur l'autre cuisse. Il regarda le policier, son visage avait pâli. « C'est elle qui vous l'a dit ? »

Ne sachant pas si Morandi faisait allusion à la signora Sartori ou à la signora Altavilla, Brunetti fit une réponse évasive. « Peu importe qui, n'est-ce pas, signore ? Le fait est que j'ai la clef et que je sais où ils sont.

– Ils n'appartiennent à personne, protesta le vieil homme. Ils sont tous morts, tous ceux qui auraient pu les vouloir.

– Comment vous les êtes-vous procurés ?

– Ils étaient chez la vieille dame française. Dans un panier pour la lessive. »

– Je vois. Mais vous, comment avez-vous mis la main dessus ? » À la manière dont la question était formulée, Morandi comprit que le *vous* était un pluriel.

« Maria ignorait tout de cette affaire. Cela ne lui aurait pas plu. Pas du tout. Elle ne m'aurait pas laissé les prendre.

– Oh, je comprends, je comprends. » Il se demanda combien de fois il aurait encore à employer cette formule, en entendant proférer une affirmation qui avait peu de chances d'être vraie. Cela faisait des dizaines d'années que Morandi les avait en sa possession, et elle n'aurait pas été au courant ?

« C'est Cuccetti qui me les a donnés. Le soir même du jour où nous avons été témoins, pour le papier. » Brunetti remarqua que Morandi ne pouvait se résoudre à parler d'un *testament*. « C'est moi qui l'ai obligé, reprit Morandi, avec de la colère dans la voix.

– Pourquoi ?

– Parce que je n'avais aucune confiance en lui. » Le ton, cette fois, était définitif.

« Et l'appartement ? demanda Brunetti, ne voulant pas poursuivre sur la question de l'honnêteté de l'avocat.

– C'était ce qu'il m'avait promis si nous acceptions de signer. Il ne m'inspirait pas confiance, au début comme par la suite. Je savais comment il était. Il allait me donner l'appartement, et il trouverait ensuite un moyen de me le reprendre. Un moyen légal. Il était avocat, on ne doit pas l'oublier », ajouta Morandi comme s'il avait dit qu'un oiseau était un vautour.

Brunetti, qui s'y connaissait en matière d'avocats, hocha la tête.

« Et à cause de ça, je lui ai dit ce que je voulais.

– Mais comment connaissiez-vous leur existence et ce qu'ils valaient ?

– La vieille dame aimait bien bavarder avec Maria, et c'est elle qui lui en a parlé, qui lui a dit qu'ils avaient beaucoup de valeur, et Maria me l'a répété. » Puis il ajouta vivement, craignant que Brunetti ne fasse une mauvaise interprétation : « Non, ce n'est pas ce que vous pensez. C'est juste quelque chose qu'elle m'a dit, quand elle parlait de son travail, et des malades, et ce qu'ils lui racontaient. » Il détourna les yeux un instant, comme s'il était gêné que le policier puisse penser du mal de la signora Sartori. « C'était mon idée, pas la sienne. Elle ignorait ce que je faisais des dessins, elle n'a jamais su que je les avais. »

Peu charitable, Brunetti se demanda comment elle était au courant, pour la clef.

« Qu'est-ce qu'a dit Cuccetti ?

– Qu'est-ce qu'il pouvait dire ? répliqua Morandi, le ton dur. La vieille dame n'allait pas durer bien longtemps. N'importe qui pouvait s'en rendre compte, expliqua-t-il, et je savais donc qu'il fallait faire vite. »

Brunetti ne commenta pas cet aveu que Morandi venait de faire sur lui-même sans s'en rendre compte.

« Je lui ai dit que je ne signerais rien du tout tant qu'ils ne me les auraient pas donnés. »

La manière dont le vieil homme racontait son histoire rappela au policier que Morandi était un ancien voyou. Sa voix se durcissait, ses yeux se plissaient et sa bouche se serrait à l'évocation de ces souvenirs. Brunetti était quant à lui impassible.

« La vieille dame a finalement eu une crise – je ne me rappelle plus trop de quoi. Des problèmes respiratoires, je crois. Et il a paniqué, Cuccetti. J'imagine qu'il est allé les prendre chez elle et qu'il les a ramenés à l'hôpital où il les a cachés dans son placard.

– Mais pourquoi aurait-il fait ça ? »

Morandi répondit sur-le-champ. « Si jamais on lui avait posé la question, il pouvait toujours dire que Mme Reynard lui avait demandé de les amener pour les revoir une dernière fois. » À la façon dont il hocha la tête, il était clair que Morandi jugeait cette initiative particulièrement habile. « Mais elle ne les a pas vus. Elle était complètement gaga à ce moment-là. » Brunetti pensa de nouveau aux lézards de Dante et à leurs incessants changements de forme qui les faisait retourner de façon inéluctable à ce qu'ils avaient été jadis.

« Alors vous avez signé ? demanda Brunetti.

– Oui.

– Et c'est aussi la signature de la signora Sartori ? »

Morandi rougit de nouveau, bien plus fort que les fois précédentes. Toute sa combativité disparut et il eut l'air d'un ballon qui se dégonfle. « Oui, dit-il, la tête baissée, attendant le prochain coup de Brunetti.

– Qu'est-ce que vous lui avez raconté ? »

Morandi ouvrit la bouche pour répondre mais une quinte de toux nerveuse l'en empêcha. Il se pencha un peu plus sur ses genoux et resta dans cette position jusqu'à ce que sa toux se soit calmée. Puis il se redressa, s'adossa au canapé et ferma les yeux. Brunetti était bien décidé à ne pas le laisser se rendormir, cette fois, et était prêt, au besoin, à lui enfoncer un coude dans les côtes. Mais Morandi rouvrit les yeux. « Je lui ai dit que j'avais vu Mme Reynard l'écrire. Qu'elle l'avait rédigé de sa propre main, en ma présence et en celle de Cuccetti.

– Qui est-ce qui l'a vraiment écrit ? »

Morandi haussa les épaules. « Je ne sais pas. Il était sur la table quand je suis entré dans la chambre. » Il se tourna vers Brunetti, sans chercher à cacher son désir de croire à ce qu'il allait dire. « Elle avait très bien pu l'écrire elle-même, pas vrai ? »

Brunetti ne répondit pas à la question. « Dans ce cas, n'importe qui aurait pu le contresigner, observa-t-il d'un ton égal. Mais c'est vous et la signora Sartori qui l'avez fait. »

Morandi hocha de nouveau la tête et se cacha les yeux de la main droite, comme si la perspicacité du policier rendait trop difficile de voir les choses en face. Brunetti vit des larmes couler entre les doigts du vieil homme.

Morandi resta un moment dans cette position, puis, s'inclinant pesamment d'un côté, retira un énorme mouchoir blanc de sa poche. Il s'essuya les yeux, se moucha, replia le mouchoir avec soin et le remit dans sa poche.

Morandi reprit son récit comme si Brunetti n'avait pas fait sa dernière observation. « Elle est morte quelques jours plus tard. Trois ou quatre. Puis Cuccetti a fait enregistrer le testament, et il a fallu répondre aux questions du notaire. J'ai dû expliquer à Maria qu'elle devait dire qu'elle avait vu Mme Reynard signer, sans quoi nous aurions des ennuis.

– Et elle l'a dit ? Elle vous croyait ?

– Oui. À ce moment-là.

– Mais après ?

– Après, elle a commencé à avoir des doutes.

– À cause de l'appartement ?

– Non, je lui avais dit que c'était l'héritage d'une tante. Qu'elle vivait à Turin et qu'elle était morte à peu près en même temps. C'est l'explication que j'ai donnée à Maria.

– Et pour ça, elle vous a cru ?

– Oui. Bien sûr. » Devant l'expression qu'eut Brunetti, il reprit, d'une voix qui suppliait presque : « Je vous en prie. Vous devez comprendre que Maria est quelqu'un d'honnête. Elle était incapable de mentir et n'imaginait pas que les autres puissent mentir… En fait, je ne lui avais jamais menti, jusque-là. Je l'ai fait parce que je voulais qu'on ait un foyer bien à nous dont on puisse être fiers. Pour y vivre ensemble. » Combler un désir lui rendait les choses faciles, se prit à penser Brunetti.

« Qu'avez-vous fait des dessins ? » Brunetti commençait à en avoir assez, assez de devoir se demander lequel des deux Morandi répondait à ses questions.

« Je les ai mis à la banque », répondit le vieil homme avec un geste vers la poche de Brunetti, comme s'ils s'y étaient trouvés.

Brunetti se retint de se taper le front et de crier : « Bien sûr, bien sûr ! » Les gens comme Morandi n'habitent pas de vastes appartements près de Saint-Marc, et les pauvres n'ont pas de coffre à la banque, en général. Pourtant, qu'est-ce que cette clef ouvrait, sinon un coffre de banque ? « Quand est-ce qu'elle a pris la clef ? »

Morandi eut une mimique d'écolier qui reçoit une légère réprimande. « Il y a une semaine. Vous vous souvenez, le jour où il a fait si chaud ? »

Brunetti se rappelait même qu'ils en avaient profité pour dîner sur la terrasse, mais que ce coup de chaleur n'avait pas duré.

« Je suis allé fumer une cigarette sur le Campo. J'avais laissé mon manteau dans sa chambre. Elle a dû en profiter pour prendre la clef. Je ne m'en suis aperçu qu'en arrivant chez moi, mais il était trop tard pour revenir à la maison de retraite, et quand je lui ai posé la question, le lendemain, elle m'a répondu qu'elle ne savait pas de quoi je parlais.

– Savait-elle à quoi correspondait cette clef ? »

Morandi secoua la tête. « Non, je ne sais pas, je ne

sais pas. J'avais toujours cru jusqu'ici qu'elle ne savait rien, qu'elle n'avait pas compris ce qui s'était passé. Pour l'appartement. Et pour les dessins. » Il adressa un long regard à Brunetti et ajouta, son état de confusion perceptible dans chacun de ses mots : « Mais elle avait dû comprendre, vous ne croyez pas ? Si elle a pris la clef… c'est qu'elle avait dû savoir… pendant toutes ces années… Non ? » Entre chaque phrase, il attendait de Brunetti une réaction qui ne venait pas ; et il y avait une note de désespoir dans sa voix, à l'idée qu'il allait devoir réviser l'image qu'il se faisait de Maria comme d'une sainte.

Brunetti ne trouvait rien à dire. Les gens savent beaucoup plus de choses, en réalité, qu'ils ne pensent ou n'admettent en savoir.

« Il faut me rendre cette clef, lâcha tout d'un coup Morandi. Il me la faut.

– Pourquoi ? demanda Brunetti, qui se doutait de la réponse.

– Pour payer les factures. » Le vieil homme regarda autour de lui, dans la pièce, et passa une main sur le velours du canapé. « Vous savez comment sont les maisons de retraite publiques, vous en avez vu. Je ne peux pas la mettre là-dedans. » À cette idée, il se remit à pleurer mais sans en avoir conscience, cette fois. « On n'en voudrait pas pour son chien. »

Brunetti, qui n'y avait pas mis sa mère, ne dit rien.

« Il faut bien les payer. Je ne peux pas la faire changer, maintenant, pas pour aller dans une de ces maisons. » Il étouffa un sanglot qui le prit par surprise, ainsi que Brunetti. Puis Morandi se mit péniblement debout et se dirigea vers la porte. « J'en peux plus d'être à l'intérieur. » Et il alla prendre l'ascenseur.

28

Brunetti n'avait pas d'autre choix que de le suivre, mais il prit l'escalier, cette fois, et arriva avant lui. L'expression de Morandi s'adoucit quand il vit le policier en sortant de la cabine, et c'est ensemble qu'ils s'avancèrent dans la lumière de la fin d'après-midi. Le vieil homme retourna vers le même banc et, en quelques minutes, les oiseaux modifièrent leur trajectoire pour venir se poser non loin de ses pieds, après quoi ils se rapprochèrent en sautillant. Mais il n'avait plus rien à leur donner et ne parut même pas les remarquer. Brunetti s'assit à son tour, laissant un certain espace entre eux. Morandi sortit de sa poche du papier à cigarette et du tabac à rouler. Avec maladresse, faisant tomber du tabac sur ses genoux et ses chaussures, il réussit à rouler une cigarette et à l'allumer. Il tira trois longues bouffées puis s'adossa au banc, ignorant les oiseaux qui eux-mêmes ignorèrent les débris de tabac qui tombaient autour d'eux. Ils tournaient leur petite tête vers lui, mais leurs pépiements indignés ne firent aucune impression sur lui. Il tira encore à plusieurs reprises sur sa cigarette, jusqu'à avoir la tête entourée d'un nuage de fumée – sur quoi il fut pris d'une nouvelle quinte de toux. Finalement, il jeta son mégot, l'air dégoûté, et se tourna vers Brunetti.

« Maria ne me laisse pas fumer dans la maison, expliqua-t-il avec quelque chose comme de la fierté.

– Pour votre santé ?

– Oh, j'aimerais bien », répondit-il en détournant tout de suite la tête. Il parcourut alors la place des yeux, autour de lui, à croire qu'il cherchait s'il n'y aurait pas quelqu'un que la fumée incommoderait. « Il faut que vous me rendiez cette clef, signore. » Il avait cherché à prendre un ton raisonnable, mais c'était le désespoir que celui-ci exprimait. Puis il tenta un sourire amical qui se dissipa peu à peu.

« Il en reste combien ? » demanda Brunetti.

Morandi plissa les yeux et voulut se rebiffer : « Qu'est-ce que vous croyez… » Puis il y renonça et se tut. Il croisa les doigts, enfonça les deux mains entre ses genoux et se pencha en avant. Il remarqua alors les moineaux. Sans manifester la moindre crainte, ceux-ci sautillèrent plus près encore, pépiant en direction du visage qui leur était familier. Morandi glissa une main dans sa poche et en retira quelques dizaines de graines qu'il laissa tomber entre ses pieds. Les moineaux se jetèrent dessus.

La tête penchée, comme s'il s'intéressait aux oiseaux, il répondit : « Sept.

– Vous savez de quoi il s'agit ?

– Non, répondit Morandi, secouant la tête. Je suis allé dans les galeries et les musées pour en voir d'autres. On me laisse entrer gratuitement, aujourd'hui, à cause de mon âge. Mais je n'arrive pas à me rappeler ce que je vois, et les noms ne signifient rien pour moi. » Il décroisa les doigts et écarta les mains pour exprimer son ignorance et sa perplexité. « Je suis bien obligé de faire confiance au type qui me les achète.

– Et qui vous dit ce qu'ils valent », ajouta Brunetti.

Morandi acquiesça d'un hochement de tête. « Oui. Il a été hospitalisé alors que Maria travaillait encore. C'est elle qui m'a parlé de lui. Et je me suis souvenu de lui quand… quand j'ai été obligé de les vendre.

– Vous lui faites confiance ? »

Morandi le regarda et Brunetti vit un éclair d'intelligence dans son regard lorsque le vieil homme répondit : « Je n'avais pas tellement le choix, vous ne croyez pas ?

– Vous auriez peut-être pu vous adresser à quelqu'un d'autre, non ?

– C'est une vraie mafia, affirma Morandi sans la moindre hésitation. Allez chez l'un ou allez chez l'autre, ça revient au même. Ils vous grugent tous.

– Il y en a peut-être qui vous grugeraient moins », suggéra Brunetti.

Morandi repoussa cette possibilité d'un haussement d'épaules. « À l'heure actuelle, répondit-il, l'air tout à fait sûr de lui, ils savent tous qui je suis et de qui je suis la chasse gardée.

– Qu'est-ce que vous allez faire, quand il n'y en aura plus ? »

Morandi baissa la tête pour contempler les oiseaux qui se bousculaient encore à ses pieds, se tournant vers lui pour quémander des graines. « Quand il n'y en aura plus, il n'y en aura plus. » Il avait parlé d'un ton résigné, et Brunetti attendit patiemment qu'il continue. « Je pourrais en tirer assez pour tenir encore deux ans.

– Et alors ? » insista Brunetti, aussi entêté qu'un bulldog.

Le vieil homme soupira. « Qui sait ce qui peut arriver en deux ans ?

– Et qu'est-ce que vous ont dit les médecins ? demanda Brunetti avec un mouvement de tête vers la maison de retraite.

– Et vous, pourquoi vous me posez la question ? répliqua Morandi en reprenant son ton incisif.

– Parce que vous m'avez paru tellement inquiet quand vous en avez parlé.

– Et ça suffit pour vous donner envie de le savoir ? » À la manière dont il avait posé la question, on aurait pu croire qu'il était anthropologue et venait de découvrir une forme totalement nouvelle de comportement humain.

« Elle m'a fait l'effet d'une femme qui a eu bien assez de difficultés dans sa vie, se risqua à dire Brunetti. Je ne voudrais pas qu'elle en ait encore. »

Les yeux de Morandi se portèrent vers les fenêtres du deuxième étage de la maison de retraite, probablement, estima Brunetti, celles de la salle à manger, là où il avait vu la signora Sartori pour la première fois. « Oh, on en connaît toujours plus, dit Morandi. Toujours plus, toujours plus et c'est la fin – et là c'est terminé. » Il se tourna vers Brunetti. « Vous ne croyez pas ?

– Je ne sais pas, fut tout ce que le policier trouva à répondre, en dépit du temps qu'il avait pris à le faire. J'espérais qu'elle pourrait connaître un peu de paix. »

Morandi sourit en entendant ce mot, mais ce n'était pas un sourire bien gai. « Nous n'en avons pas eu depuis que nous sommes installés à l'appartement.

– Celui de San Marco ? »

Morandi hocha la tête et une de ses mèches de cheveux se déplaça. « Avant les choses n'allaient pas si mal. On travaillait tous les deux, on parlait, et je crois qu'elle était heureuse.

– Et pas vous ?

– Oh, répondit-il, cette fois avec un vrai sourire, je n'ai jamais été aussi heureux de toute ma vie.

– Mais ensuite ?

– Ensuite, Cuccetti m'a proposé l'appartement. Nous

étions en location quelque part du côté de Castello. Quarante et un mètres carrés en rez-de-chaussée. Nous étions comme des sardines. Mais des sardines heureuses. »

Il prit une nouvelle et profonde inspiration par les narines et se mit debout. « Il nous a parlé de l'appartement que nous pourrions avoir : plus de cent mètres carrés, dernier étage, deux salles de bains. À l'entendre, on aurait dit qu'il parlait d'un château, ça paraissait merveilleux. » Il regardait Brunetti comme s'il voulait que celui-ci, qui n'avait aucune idée de ce que signifiait vivre en couple dans quarante et un mètres carrés, puisse imaginer ce que cela représentait pour eux. Brunetti acquiesça. « J'ai donc dit que j'étais d'accord à Cuccetti. Et j'ai convaincu Maria de le faire aussi parce qu'il y avait besoin de deux témoins. C'est à ce moment-là que j'ai pensé aux dessins de la vieille dame. Elle en avait parlé à Maria. » Il inclina la tête légèrement de côté et demanda, clairement intéressé par la réponse : « Est-ce que c'est à cause de ça que les choses ont mal tourné, d'après vous ? Parce que je me suis montré cupide et que j'ai dit à Cuccetti que je voulais en plus les dessins ?

– Je ne sais pas, signor Morandi. Je ne peux pas porter un jugement de cette nature.

– Pour Maria, c'est à partir de là que les choses ont commencé à mal tourner. Mais elle ne sait pas pourquoi. » Il y avait une note de désespoir dans la voix du vieil homme. « Si bien que peu importe ce que j'en pense ou ce que vous en pensez. Elle sait qu'il est arrivé quelque chose de mal. » Morandi secoua la tête, poursuivant machinalement son mouvement, comme si sa culpabilité se renouvelait à chaque oscillation. « Qu'est-ce qui s'est passé quand vous êtes allé voir la signora Altavilla ? » demanda Brunetti.

Les mouvements de sa tête s'arrêtèrent. Il regarda

Brunetti et croisa les bras sur sa poitrine comme pour montrer qu'il en avait assez et ne dirait plus rien. Mais à la surprise du policier, il répondit. « Je suis allé lui parler pour essayer de lui faire comprendre que j'avais besoin de la clef. Je ne pouvais pas lui parler des dessins, elle aurait été capable de tout raconter à Maria, et alors Maria aurait su ce que j'avais fait.

– Et elle ne le savait pas ?

– Oh non, absolument pas, rien, répondit-il vivement. Elle ne les a jamais vus. Quand Cuccetti me les a donnés, j'ai été directement à la banque. Je paye la location du coffre en liquide, une fois par an. Maria n'avait aucun moyen d'être mise au courant. » Cette seule possibilité mit une note d'effroi dans sa voix.

« Mais elle connaissait pourtant l'existence de la clef, non ?

– Maria n'est pas idiote.

– Je n'en doute pas.

– Elle savait que cette clef était importante, même si elle ignorait à quoi elle servait. Et donc elle l'a prise et l'a donnée à la signora Altavilla.

– Vous savez que c'est elle ? »

Morandi acquiesça.

« C'est elle qui vous l'a dit ?

– Oui.

– Quand ? Pourquoi ?

– Elle a commencé par refuser de parler. Mais comme je vous l'ai dit, elle était incapable de mensonge. Au bout d'un moment, elle m'a avoué qu'elle l'avait prise. Mais elle n'a pas voulu dire ce qu'elle en avait fait.

– Comment l'avez-vous découvert ? »

Morandi se mit à scruter la façade de l'immeuble comme un marin scrute la nuit pour y repérer un phare. Ses lèvres s'étirèrent et il émit un grognement de souffrance animale. Il se pencha de nouveau en avant et se cacha la figure avec les mains. Et cette fois, il se mit à sangloter comme sanglote un enfant, de manière hachée et brusque, tout espoir d'un bonheur futur enfui.

Brunetti ne put le supporter. Il se leva et marcha jusqu'à l'église, où il resta planté devant la plaque rappelant que Vivaldi y avait été baptisé. Les minutes passèrent. Il lui semblait entendre encore les sanglots, mais il ne put se résoudre à se retourner. Après avoir relu l'inscription encore une fois, le policier alla se rasseoir à sa place sur le banc.

Morandi prit soudain Brunetti par le poignet. « Je l'ai frappée. » Il avait le visage marbré de rouge, il hoquetait encore, sous l'effet de son accès de chagrin, et répéta, comme si cet aveu pouvait l'absoudre de sa faute. « Je l'ai frappée. Je ne l'avais jamais fait. Pas une fois pendant toutes ces années que nous avons passées ensemble. » Brunetti détourna les yeux, ce qui ne l'empêcha pas d'entendre la suite. « C'est là qu'elle m'a dit qu'elle lui avait donné la clef. »

Il tira sur le poignet de Brunetti jusqu'à ce que le policier se tourne vers lui. « Vous devez comprendre. Il me fallait absolument cette clef. On ne vous laisse entrer que si vous l'avez, et il fallait bien que j'aie l'argent pour la maison de retraite. Ou alors, c'était dans le public qu'elle irait. Mais je ne pouvais pas lui dire, parce que alors j'aurais dû tout lui expliquer. » Il serra un peu plus le poignet de Brunetti pour donner plus de force à ce qu'il disait. Il voulut reprendre la parole, mais une quinte de toux l'en empêcha. « Et alors, elle ne m'aurait plus respecté », finit-il par dire dans un murmure.

Brunetti repensa soudain au récit qu'avait fait la signora Orsoni des justifications que son beau-frère donnait à tous ses actes de violence. Et voilà qu'il entendait raconter la même histoire. Ou peut-être pas ? De la main droite, il détacha un à un les doigts de Morandi qui l'agrippaient. Et pour être bien compris, il prit la main du vieil homme et la lui posa sur la cuisse. « Qu'est-ce qui s'est passé quand vous êtes allé voir la signora Altavilla ? » Morandi parut interloqué. « Je vous l'ai dit. Je lui ai demandé la clef. » Prenant sans doute conscience du désordre de sa coiffure, il se passa la main sur la figure et repoussa les mèches qui retombèrent sur son col. « Demandé ? »

Morandi ne manifesta aucune surprise devant cette question ni devant le ton sur lequel elle avait été posée. « Très bien, dit-il à contrecœur, je lui ai dit de me donner la clef.

– Sinon ? »

Il tressaillit. « Il n'y a pas eu de sinon. Elle avait la clef, je voulais qu'elle me la donne, et si elle ne voulait pas, qu'est-ce que je pouvais y faire ?

– Vous auriez pu la menacer. »

Il y eut de la stupéfaction mêlée de confusion dans l'expression qu'eut Morandi, et Brunetti estima que ce n'était pas simulé. « Mais c'est une femme ! »

Le policier se retint de lui faire remarquer que la signora Sartori était aussi une femme et que cela ne l'avait pas empêché de la frapper. D'un ton calme, il préféra demander : « Qu'est-ce qui s'est passé ? » Morandi regarda de nouveau le sol, et Brunetti vit une rougeur de gêne envahir le crâne du vieil homme. « Vous l'avez frappée ? » demanda-t-il, se retenant d'ajouter, *elle aussi*.

Les yeux baissés, tel un enfant tentant d'échapper à une réprimande, Morandi secoua la tête à plusieurs reprises. Brunetti refusa de se laisser manipuler par le silence obstiné de l'homme et répéta sa question. « Vous l'avez frappée ?

– Non, pas vraiment, répondit Morandi dans un souffle, la voix presque inaudible.

– Qu'est-ce que cela veut dire ?

– Je l'ai attrapée. » Il jeta un bref coup d'œil à Brunetti et retourna à la contemplation du sol. Brunetti garda le silence. « Elle m'a dit de partir, que je pouvais bien dire ce que je voulais, que rien ne lui ferait changer d'avis. Et elle est allée vers la porte.

– Qu'est-ce qu'elle voulait faire de cette clef ? »

Morandi tourna un visage inexpressif vers Brunetti. « Je ne sais pas. Elle ne me l'a pas dit. » La seule personne pouvant avoir accès au coffre était le porteur de la clef, accompagné d'un représentant de la banque ayant la seconde clef. Pour que toute autre personne l'utilise, il fallait un mandat d'un tribunal, mandat que l'on ne pouvait obtenir que s'il y avait la preuve d'un délit. Mais après tant d'années, il y avait prescription pour un délit de ce genre.

Morandi aurait pu dire à la banque qu'il l'avait perdue. Cela aurait pris du temps, mais il aurait eu finalement accès au coffre et à son contenu. La possession de la clef ne prouvait rien : elle ne conférait aucun pouvoir, aucune autorité à qui la détenait, car seule la personne autorisée pouvait ouvrir le coffre. La signora Altavilla ne le savait pas et, apparemment, Morandi ne le savait pas non plus. Ses menaces ne valaient rien.

« Qu'est-ce qui s'est passé, alors ? » demanda Brunetti, inflexible. Cela prit du temps. Mais Morandi ignorait qu'il n'était pas obligé de répondre.

« Elle s'est dirigée vers la porte, dit-il finalement, et j'ai essayé de l'arrêter. » Tout en parlant, Morandi leva ses deux mains en coupe. « Je l'ai appelée par son nom, et quand elle s'est retournée, je lui ai mis les mains sur les épaules. Mais quand j'ai vu son visage, je me suis souvenu de ma promesse. J'ai desserré mes mains, mais elle s'est dégagée elle-même. Et elle est allée ouvrir la porte.

– Et vous ? »

D'une voix encore plus douce, Morandi répondit : « J'avais honte de moi, vous ne pouvez pas savoir. D'abord je frappe Maria et ensuite je porte les mains sur cette femme. Je ne la connaissais même pas, et j'avais les mains sur ses épaules.

– C'est tout ce que vous avez fait ? » insista Brunetti. Morandi se cacha les yeux de la main. « J'avais tellement honte que je n'ai même pas été capable de m'excuser. Elle a ouvert la porte, elle m'a dit de sortir, il n'y avait rien que je pouvais faire. » Il tendit la main vers Brunetti mais, se souvenant de ce qui s'était passé quand il l'avait touché, la première fois, il la retira. « Je peux vous dire quelque chose ?

– Oui.

– Je me suis mis à pleurer dans l'escalier. J'avais frappé Maria, j'avais fait peur à cette pauvre femme. J'ai attendu d'arrêter de pleurer, derrière la porte de l'immeuble, avant de sortir. Après avoir frappé Maria, je m'étais promis-juré de ne plus jamais rien faire de mal pendant tout le reste de ma vie, et voilà que je venais de recommencer. Alors je me suis dit que si j'aimais vraiment Maria comme je le prétendais, je ne referais jamais une chose pareille pour le reste de ma vie. » Il s'arrêta, comme surpris par ses propres paroles et regarda Brunetti avec un sourire embarrassé. « Même s'il ne me reste pas longtemps à vivre. » Son sourire disparut. « Et je me suis promis de ne plus jamais mentir, et de ne jamais faire quoi que ce soit qui déplairait à Maria.

– Mais pourquoi ?

– Je vous l'ai dit : parce que j'avais tellement honte de ce que j'avais fait.

– Mais que pensiez-vous qu'il allait arriver, si vous teniez vos promesses ? »

Morandi posa son index droit sur le dessus de sa cuisse et appuya à plusieurs reprises, attendant à chaque fois que le petit creux disparaisse.

« Qu'allait-il arriver, signor Morandi ? » répéta Brunetti.

Le vieil homme continua son geste machinal, attendant le bon moment. « Parce que peut-être, finit-il par répondre, si elle le savait, elle m'aimerait.

– Vous voulez dire qu'elle vous aimerait de nouveau ? »

L'étonnement de Morandi fut total : Brunetti put le lire dans le manque d'expression de ses yeux, lorsque l'homme se tourna vers lui. « Non. Qu'elle m'aime. Elle ne m'a jamais aimé. Pas vraiment. Quand nous nous sommes rencontrés, elle avait presque quarante ans et elle a accepté de vivre avec moi. Mais elle ne m'a jamais aimé. Pas vraiment », répéta-t-il. Les larmes revinrent et tombèrent sur sa chemise, mais Morandi n'y fit pas attention. « Pas de la manière dont je l'aimais, moi. » Il s'ébroua encore une fois à la manière d'un chien. « Nous sommes les deux seuls à le savoir », reprit-il en effleurant le bras de Brunetti. Il retira vivement sa main, comme si elle l'effrayait. « Maria ne le sait pas, ou elle ne sait pas que je le sais. Mais je le sais. Et maintenant, vous le savez aussi. »

Brunetti n'avait aucune idée de la façon dont il devait réagir devant ces terribles vérités et leurs conséquences encore plus terribles. Et ce n'était ni dans la façade de l'église, ni dans celle de la maison de retraite qu'il allait trouver la réponse.

Il se leva. Prit le vieil homme par le bras et l'aida à se lever. « Je vais vous raccompagner chez vous, si vous voulez. »

29

Il fallut aider le vieil homme à grimper l'escalier. Brunetti prit prétexte de son désir d'admirer la vue qui, depuis le dernier étage, devait donner sur le campanile et la basilique. Tenant l'homme solidement par le coude, il faisait halte à chaque palier, évoquant pour cela une vieille blessure au genou qui le ralentissait. Une fois au dernier étage, Morandi se sentit tout fier de s'en être apparemment mieux sorti qu'un homme plus jeune, tandis que Brunetti était soulagé que le vieil homme n'ait pas eu à faire état de ses infirmités.

Morandi ouvrit la porte et s'effaça pour laisser entrer son invité. Sachant que l'homme vivait seul dans l'appartement depuis trois ans, Brunetti s'était préparé à y trouver du désordre, sinon pire, mais absolument pas à ce qu'il découvrit. Le soleil de la fin de l'après-midi entrait à flots dans le couloir, en provenance de la pièce du fond. Il faisait briller le carrelage au poli parfait, ce *cotto Veneziano* que l'on trouve rarement à un tel étage, même dans les palazzi et qui, de plus, paraissait ici authentique. Il était aujourd'hui impossible à reproduire et difficile à réparer. Le plafond n'était pas particulièrement haut, mais l'entrée était grande et le couloir d'une largeur exceptionnelle.

« Vous pourrez voir la basilique depuis cette pièce »,

dit Morandi en s'engageant dans le couloir, laissant Brunetti le suivre. Il n'y avait aucun mobilier contre les murs et aucune porte donnant sur les autres pièces. Brunetti jeta un coup d'œil dans l'une d'elles et constata qu'elle était parfaitement vide, même si l'éclat de la lumière passait par les fenêtres et faisait briller le sol. Au bout de quelques instants, Brunetti prit conscience du froid qui régnait dans l'appartement, un froid qui donnait l'impression de s'infiltrer par les murs et le sol.

La vue, depuis la dernière pièce, était effectivement magnifique, mais il s'y trouvait si peu de mobilier – une table et deux chaises – qu'elle donnait le sentiment d'un logement inoccupé, n'attendant que la visite d'un acheteur éventuel. Par les fenêtres, se détachaient les dômes arrondis de Saint-Marc, avec leur faîtage s'élançant vers le ciel, faits d'une croix venant percer de minuscules boules ; au-delà, on apercevait, de dos, les anges ailés qui donnaient sur le bacino. La voix de Morandi s'éleva derrière le policier. « Maria restait des heures à admirer la vue, depuis cette fenêtre. Ça la rendait heureuse. Au début. » Il vint se tenir près de Brunetti, et ensemble, ils regardèrent les symboles de la puissance de Dieu et de l'État. Brunetti fut frappé par la majesté que ces symboles avaient jadis pu avoir et n'avaient plus.

« Signor Morandi, demanda-t-il, continuant à le vouvoyer sans faire la moindre concession grammaticale du fait des choses que le vieil homme lui avait révélées, me disiez-vous la vérité, lorsque vous avez affirmé avoir décidé de mener une vie meilleure ?

– Oh, oui, répondit aussitôt Morandi, du ton qu'ont les enfants quand ils répètent leur catéchisme.

– C'est fini, les mensonges ?

– C'est fini. »

Brunetti pensa à ces casse-tête qu'on proposait aux élèves. L'un d'eux mettait en scène une poule, un chou et un renard que l'on devait faire passer d'une rive à une autre ; ou bien un autre où il était question de neuf perles sur une balance, ou encore celui de l'homme qui répondait toujours par un mensonge. Il s'en souvenait vaguement, mais les solutions ne lui revenaient pas. Si Morandi mentait toujours, son affirmation qu'il ne mentirait plus jamais était aussi un mensonge, non ?

– Pouvez-vous me jurer, sur la tête de Maria Sartori, que vous n'avez fait que poser les mains sur les épaules de la signora Altavilla, et que vous ne lui avez pas fait mal, ni blessée ? »

Morandi, à côté de lui, ne bougea pas. Puis, faisant penser à un pratiquant de t'ai chi, sans tension dans les bras, il leva lentement les mains, paumes tournées vers le sol, jusqu'à hauteur de ses épaules. Mais au lieu de les ramener à lui pour se préparer à pousser contre une force quelconque, il les posa sur une présence invisible. Brunetti vit ses doigts se contracter, et Morandi vit que Brunetti avait vu le mouvement.

Le vieil homme baissa les mains. « C'est tout ce que j'ai fait. Je ne lui ai pas fait mal.

– Qu'est-ce qu'elle portait ? Et où vous teniez-vous ? »

Morandi ferma les yeux, sollicitant sa mémoire pour évoquer la scène. « Nous nous trouvions dans son entrée. Juste devant la porte. Je vous l'ai déjà dit. Elle ne m'a pas laissé entrer dans l'appartement – seulement de trois ou quatre pas depuis la porte. » Il se tut un instant et inclina la tête. « Je ne me rappelle pas ce qu'elle portait. Un chemisier, je crois. Un truc jaune, de toute façon. »

Ce fut au tour de Brunetti de faire appel à sa mémoire

et d'évoquer la morte chez elle, sur le plancher de son séjour. Un gros chandail bleu et, dessous, un chemisier d'un jaune éclatant. « Seulement ça ? demanda-t-il.

– Oui. Je me rappelle même que je me suis dit qu'elle aurait dû porter quelque chose de plus chaud. La soirée était fraîche. »

Comme s'il remarquait seulement maintenant le vide qui régnait dans l'appartement, Brunetti demanda : « Où est passé le reste du mobilier ?

– Oh j'ai dû le vendre, aussi. Il y a une *badante* qui vient s'occuper de Maria tous les après-midi pendant trois heures : elle la lave, elle lui brosse les cheveux et elle prend soin de son linge. Ça me revient d'autant plus cher que la maison de retraite exige qu'elle soit déclarée, si bien que j'en ai pour le double, avec les taxes. »

Le vent s'était levé et s'engouffrait dans la Piazza ; il agitait les drapeaux, de l'autre côté de la basilique, les faisant apparaître et disparaître brusquement, comme s'ils leur adressaient des signes. « Qu'est-ce que vous allez faire, signor Morandi ?

– Oh je vais tout vendre, petit à petit, en espérant que je pourrai continuer à payer autant qu'elle durera.

– Les médecins ont-ils fait un pronostic ? »

Morandi haussa les épaules, l'allusion aux médecins ne provoquant plus de colère en lui, à présent. « Le pancréas, se limita-t-il à répondre.

– Et ensuite ?

– Oh, je n'y ai même pas pensé », répondit Morandi. Brunetti le crut. « Il suffit que je sois là aussi longtemps qu'elle, pas vrai ? »

Brunetti se sentit incapable de répondre à une question pareille. « Et ça ? » demanda-t-il avec un geste qui englobait l'appartement, un appartement qui avait appartenu à la signora Cuccetti et qui était passé à Morandi, sur quoi les époux Cuccetti étaient morts. « Vous pourriez le vendre. » Morandi ne put cacher sa stupéfaction. « Mais si jamais Maria revenait à la maison, même pour quelques jours, avant de… ? » Le vieil homme jeta un coup d'œil à Brunetti. Il souriait. Du menton, il indiqua le panorama. « Elle voudrait le revoir, alors…

– Il doit valoir très cher.

– Oh, ça m'est bien égal », répondit Morandi, comme s'il s'agissait d'une paire de vieux souliers ou d'une pile de journaux ficelés avec soin pour aller dans la bonne poubelle. « Maria n'a pas de parents et je n'ai qu'un neveu, de mon côté. Il est parti pour l'Argentine il y a cinquante ans et depuis je n'ai jamais eu de nouvelles de lui. » Il se tut, l'air de réfléchir, et Brunetti garda le silence. « J'imagine qu'il va revenir à l'État. Ou à la ville. Je m'en fiche. C'est sans importance. » Il parcourut la pièce des yeux, étudia un instant les poutres du plafond et retourna au panorama. Les drapeaux s'agitaient de plus en plus et Brunetti avait l'impression d'entendre les rafales du vent qui forcissait.

C'est finalement Morandi qui reprit la parole. « Je n'ai jamais aimé cet endroit, voyez-vous. Je n'ai jamais eu l'impression d'y être chez moi. Je travaillais comme un chien pour payer le loyer, quand nous étions à Castello, mais j'avais au moins l'impression qu'il m'appartenait. Qu'il nous appartenait. Mais ici, c'est comme si ça avait été trop facile ; comme si je l'avais trouvé, ou volé à quelqu'un. Et il ne m'a valu que des ennuis, en fin de compte. Ce sera très bien qu'il aille à quelqu'un d'autre.

– Où logez-vous ? » demanda Brunetti, conscient que la question était idiote quand on la posait au domicile de son interlocuteur.

Mais Morandi comprit sans la moindre difficulté. « Je passe le plus clair de mon temps dans la cuisine. C'est la seule pièce que je chauffe. Avec ma chambre, mais je ne fais qu'y dormir. » Il se détourna, comme s'il s'apprêtait à faire visiter le reste de l'appartement à Brunetti. Celui-ci le laissa s'éloigner de quelques pas et, profitant de ce que le vieil homme avait le dos tourné, sortit la clef de sa poche et la posa sur la table, à côté de la fenêtre.

Brunetti l'appela et, lorsque Morandi revint lentement vers la fenêtre, il eut un geste de la main. « Merci de m'avoir permis d'admirer cette vue, signore. Elle est splendide.

– Splendide, oui », répondit Morandi sans faire attention à la main de Brunetti car son regard parcourait les dômes, les drapeaux et les nuages échevelés qui filaient maintenant vers l'ouest. « Vous ne trouvez pas que c'est triste, tous ces tracas que nous nous donnons pour nos maisons, pour les rendre belles à l'intérieur, quand les parties les plus belles sont là-dehors et que nous ne pouvons rien y changer ? » Cette fois, ce fut lui qui eut un geste vers la basilique, sa main englobant non seulement l'église, mais un passé et une gloire qui n'étaient plus.

DU MÊME AUTEUR

Mort à La Fenice
Calmann-Lévy, 1997
et « Points Policier », n° P514
Point Deux, 2011

Mort en terre étrangère
Calmann-Lévy, 1997
et « Points Policier », n° P572
Point Deux, 2013

Un Vénitien anonyme
Calmann-Lévy, 1998
et « Points Policier », n° P618

Le Prix de la chair
Calmann-Lévy, 1998
et « Points Policier », n° P686

Entre deux eaux
Calmann-Lévy, 1999
et « Points Policier », n° P734

Péchés mortels
Calmann-Lévy, 2000
et « Points Policier », n° P859

Noblesse oblige
Calmann-Lévy, 2001
et « Points Policier », n° P990

L'Affaire Paola
Calmann-Lévy, 2002
et « Points Policier », n° P1089

Des amis haut placés
Calmann-Lévy, 2003
et « Points Policier », n° P1225

Mortes-Eaux
Calmann-Lévy, 2004
et « Points Policier », n° P1331

Une question d'honneur
Calmann-Lévy, 2005
et « Points Policier », n° P1452

Le Meilleur de nos fils
Calmann-Lévy, 2006
et « Points Policier », n° P1661

Sans Brunetti
Essais, 1972-2006
Calmann-Lévy, 2007

Dissimulation de preuves
Calmann-Lévy, 2007
et « Points Policier », n° P1883

De sang et d'ébène
Calmann-Lévy, 2008
et « Points Policier », n° P2056

Requiem pour une cité de verre
Calmann-Lévy, 2009
et « Points Policier », n° P2291

Le Cantique des innocents
Calmann-Lévy, 2010
et « Points Policier », n° P2525

Brunetti passe à table
Recettes et récits
(avec Roberta Pianaro)
Calmann-Lévy, 2011
et « Points Policier », n° P2753

La Petite Fille de ses rêves
Calmann-Lévy, 2011
et « Points Policier », n° P2742

Le Bestiaire de Haendel
À la recherche des animaux dans les opéras de Haendel
Calmann-Lévy, 2012

La Femme au masque de chair
Calmann-Lévy, 2012
et « Points Policier », n° P2937

Les Joyaux du paradis
Calmann-Lévy, 2012
et « Points Policier », n° P3091

Curiosités vénitiennes
Calmann-Lévy, 2013

Brunetti et le mauvais augure
Calmann-Lévy, 2013
et « Points Policier », n° P3163

Gondoles
Histoires, peintures, chansons
Calmann-Lévy, 2014

L'Inconnu du Grand Canal
Calmann-Lévy, 2014

COMPOSITION : NORD COMPO À VILLENEUVE-D'ASCQ
IMPRESSION : CPI BRODARD ET TAUPIN À LA FLÈCHE
DÉPÔT LÉGAL : JANVIER 2015. N° 108632 (3007607)
IMPRIMÉ EN FRANCE